新潮文庫

○に十の字

新・古着屋総兵衛 第五巻

佐伯泰英著

目次

○に十の字

新・古着屋総兵衛　第五巻

第一章　鳶沢《とびさわ》村の娘

一

駿州久能山《すんしゅうくのうざん》沖に一夜仮泊した巨大帆船イマサカ号と大黒丸《だいこくまる》の二艘《そう》は、夜明けを待って錨《いかり》を上げ、全檣《ぜんしょう》に帆を張って南の海に向けて姿を消した。

風と波が吹き付けるイマサカ号の舳先《へさき》には黒と朱のビロード地の長衣《マント》を身にまとった若者の屹立《きつりつ》する姿が望遠できた。

富沢町《とみざわちょう》の古着問屋大黒屋が所有する二艘の帆船は一夜、父祖の地近くの海の沖合に泊まり、長い交易航海の無事を先祖の御霊《みたま》に願った様子があった。

だが、二艘の帆船からだれ一人として下船し、また乗船した気配はなかった。

ただ、新たなる異国との交易に出立する鳶沢《とびさわ》、池城《いけぐすく》、今坂の三族が鳶沢村の先祖に決意を示した停船と思えた。

そんな様子を遠眼鏡で久能山の斜面から確かめる人影があった。薩摩《さつま》藩が鳶沢村に張りつかせた密偵だった。密偵は伸ばした遠眼鏡の筒を縮め、腰の革袋に戻した。そして、久能山の獣道《けものみち》を使い、裏側へと廻り込んだ。

久能山は標高七百十余尺（約二一六メートル）の高くもない山だ。だが、海側、陸側の斜面ともに切り立ち、徳川家康が自らの死に際して霊廟《れいびょう》建立の場所として指名し、西国大名に対して一年にわたり、睨《にら》みを利《き》かせた、

「神聖にして冒すべからざる地」

であった。

そんな久能山と鳶沢村をこの半年余、薩摩の密偵が見張っていた。むろん江戸の富沢町の古着商いを牛耳《ぎゅうじ》る大黒屋には、隠された貌《かお》があることを承知してのことだった。そこで国許《くにもと》の鳶沢村にこの年明けより監視を付けたのだ。

大黒屋の初代の主《あるじ》鳶沢成元《なるもと》は、江戸城と城下が建設された折り、新興開発地江戸にひと旗あげんとして入り込んだ戦国武将くずれの一人だった。だが、諸

国から江戸に入り込んでもそううまい話はない。そこで流入した武士たちは夜盗と化し、建設に関わる人間の懐《ふところ》を狙《ねら》った。

その当時、江戸では朝になるとあちらこちらに骸《むくろ》が転がり、夜間は無法地帯と化していた。そこで家康は、

「毒を制するに毒を用いる」

策に出た。

無法者らの中でもいちばん手強《てごわ》い鳶沢成元に狙いを定めて捕縛させ、家康の前に引き出させた。家康は強《したた》かな面魂《つらだましい》を確かめると、一つの提案をなした。

「どうだ、夜の間に出没する盗人の群れをそなたの手で一掃できぬか。それとも仲間を裏切る真似《まね》などしたくはないか」

成元は家康を不敵な表情で見据えると、

「わしの報奨はありやなしや」

「野盗の頭《かしら》を動かすに金子を望むか」

「金子は使えば消えよう。そなた様の家臣として仕えようか」

「夜盗風情《ふぜい》が欲をかきよるわ。闇《やみ》にまぎれて人を殺《あや》めてきた人間をどうして信

用できようか。主従は代々二世《にせ》を誓った者のみの特権よ」

「ならばこの鳶沢成元になにをもって働けというか」

「一に江戸城の鬼門の方角に六百余坪の拝領地を与える」

ふん、と成元が鼻でせせら笑った。

「二に古着商いの権利を与えよう」

成元が腹を抱えて笑い出した。

「成元、おかしいか」

「戦国を生き抜いてきた武士《もののふ》に商人になれというか」

「おう、家康が約定する」

後ろ手に縛められた成元がそっぽを向いて唾《つば》を吐いた。

「己《おのれ》もまた刀剣を振り回すだけの愚か者か。よいか、古着商いには常にそなたらが犯す所業の証《あかし》がついてまわる。つまりは古着商いの下には闇の情報が流れ込んでくるということよ」

「うむ」

と初めて関心を示した成元が、

「夜盗の群れを退治するにどれほどの猶予《ゆうよ》を」

「十日の猶予を与えよう」

「かしこまってそうろう」

鳶沢成元は家康との約定を見事果たすと江戸城の鬼門にあたる方角に拝領地を頂戴《ちょうだい》し、古着商の鑑札を与えられるとともに大黒屋総兵衛《そうべえ》として古着屋を束ねる惣代《そうだい》の地位に就いた。

十数年後、江戸の発展とともに商人として力をつけた鳶沢成元は再び家康のもとに呼ばれた。駿府城で死の床にあった家康は大黒屋総兵衛として巨大な力を得ていた鳶沢成元に今一つの隠された使命を与えた。

それは徳川幕府を陰から支える、

「隠れ旗本」

であった。

影様と一体となり、徳川幕府に謀反《むほん》を働こうとする人物や組織を密《ひそ》かに抹殺《まっさつ》する権限を有する密命であった。この代償として、徳川幕府の盤石の備えを期する家康は死に際して、最初の霊廟として選んだ久能山裏手に国許というべき拝領地鳶沢村を与え、さらに江戸の富沢町を江戸屋敷として連携して機能させる影御用を授けたのだ。

鳶沢一族の初陣《ういじん》は、家康の死から一年後、久能山衛士《えじ》としてその亡骸《なきがら》を陰ながら護《まも》り、日光に建設された壮大な伽藍《がらん》の建ち並ぶ霊廟、日光東照宮に従ったことだった。これによって鳶沢一族の特異な地位が固まったといえた。

以来、二百年近く代々の大黒屋総兵衛は、表の貌は古着商人、裏の貌は鳶沢一族を率いる頭領として数多《あまた》の戦《いくさ》を戦い抜いてきた。そして、大黒屋総兵衛は十代目の総兵衛勝臣《かつおみ》の時代を迎えていた。

若き大黒屋総兵衛と大黒屋の交易船団に危機感を募らせたのが、琉球《りゅうきゅう》を根城に異国との交易を続ける島津家の薩摩藩だ。

大黒屋が新たなる交易を南海に求めようとするとき、必ずや薩摩とぶつかりあうことになる。そこで薩摩の島津重豪《しげひで》は、幕府内に密かに大きな楔《くさび》を打ち込んだ。わが娘をいったん近衛《このえ》家の養女に入れ、将軍家斉《いえなり》の正室として送り込んだのだ。さらに薩摩は家斉の御側衆本郷丹後守康秀《おそばしゅうほんごうたんごのかみやすひで》が鳶沢一族に命を下す、

「影様」

と知ると本郷康秀を懐柔して手を結ぼうとした。

それを察した鳶沢一族は日光に十代目総兵衛自らが赴き、

「影様殺し」

のご法度《はっと》を敢《あ》えて冒し、薩摩の意図を砕いた。そして、勇躍イマサカ号と大黒丸を南の海へと向かわせたのだ。


鳶沢村の鳶沢一族は薩摩の密偵が国許に入り込み、一族の動静と交易船団の動きを見張っていることを承知していながら、その探索を放任していた。

駿府の鳶沢村は一族の領地なのだ。たとえば薩摩に幕府の忍び風情が一人ふたり入り込んだとしても領外に出ることは決して許されないのと同じように、薩摩の密偵もまた鳶沢村の長《おさ》、鳶沢安左衛門《やすざえもん》の指揮下、その挙動をすべて監視されていたのだ。

この日、安左衛門は鳶沢村の屋敷の居室で、十代鳶沢総兵衛勝臣と対面していた。

江戸湾の船隠しの深浦《ふかうら》を出たイマサカ号と大黒丸は半日の航海で駿州江尻湊《えじりみなと》沖に接近した。船足を緩めたイマサカ号に鳶沢一族の小帆船が寄り添うように近づいて、総兵衛、桜子《さくらこ》、早走りの田之助を素早く乗り移らせ、反対に鳶沢一族の若者十五人を大船に移乗させた。この行動は久能山から死角になって見逃された。三人を下ろした二艘の帆船は何事もなかったように久能山沖に停泊したのだ。

「総兵衛様、薩摩の密偵、小蝿《こばえ》のごとくに煩《うるそ》うございますな」

「やつの狙いはこの総兵衛」

「いかにもさようです。薩摩にはしばらく総兵衛様が交易に出たごとくに思わせておくほうが得策にございましょう。御大将が交易船団を率いるのとそうでないのとでは、意気の上がり方が違いますでな」

「総兵衛印旗《しるしばた》だけでは薩摩をそう長くは騙《だま》せぬか」

「騙せませぬな。その上、鳶沢村に総兵衛様が残っておられると薩摩が知ったら、イマサカ号と大黒丸に即刻攻撃を仕掛けましょうでな」

「とは申せ、鳶沢村の分家にいつまでもお籠《こも》りしているわけにもいくまい。家籠りも正直飽きた」

「京にも出立できませぬな。密偵を捉《とら》えますか」

「捉えてどうする」

「その先はそのときのことにございますよ」

待て、と総兵衛がしばし沈思し、

「桜子様を伴い、ご先祖の墓参りに参ろうか」

「密偵が総兵衛様の姿を見て、驚きましょうな。そこを捉えよと申されますか」

「直《す》ぐには捉えるでない。必ずこのことは薩摩に知らされるはずじゃな」

「あやつが薩摩と連絡《つなぎ》を取り合う方法は京の薩摩屋敷経由でございますよ、府中の飛脚問屋を通して書状が送られます」

「ならば、府中の飛脚屋に参る道中、身柄を捉えよ」

「相手は薩摩の密偵にございます、命がけで抗《あらが》いましょうな」

「始末せよと申すか」

「そうなろうかと存じます」

「致し方なきときのみ命を断て」

と総兵衛が命じた。

すでに鳶沢一族と薩摩の戦いは日光で前哨戦《ぜんしょうせん》が始まっていた。いずれ鳶沢一族と薩摩島津家が総力を上げての血みどろの戦いになる。生半可な気持ちではこの戦で勝ちを得ることはできなかった。そのことを総兵衛も安左衛門も重々承知していた。

その昼前、総兵衛が坊城《ぼうじょう》桜子を連れて分家屋敷の門を出ると、鳶沢一族の女たちが二人の姿を認めて、

「あれ、総兵衛様ではございませぬか。いつお戻りでございましたな」

と女衆《おなごし》の頭分のおくまが総兵衛に呼びかけた。

異国生まれの総兵衛と鳶沢村の女どもとは初対面だった。だが、安左衛門が主立った鳶沢村の男女らと総兵衛を密かに対面させていたのだ。

「おお、おくまか。墓参にな、昨夜戻って参った」

「さようでございましたか」

と応じたおくまが、

「お連れ様はどなた様にございましょうな」

と潜み声で問うたものだ。

おくまは総兵衛とは面会していたが、桜子とは会う機会は持たされていなかったから、驚きもほんものだ。

鳶沢一族の頭領は若い身空だ。その連れが雛《ひな》人形のように愛らしい娘御だ。女たちが関心をもつのは当然のことだった。

「おくま、江戸でな、大黒屋が百年も前から世話になっておる坊城家の桜子様ですよ」

「公卿様《くげさま》のお血を引いておられるからかね、お顔立ちがなんとも雅《みやび》ですよ。桜子様、ようお出《い》でなされました、大黒屋で番頭を仰《おお》せつかっております雄三郎の母親のおくまにございますよ」

と挨拶《あいさつ》し、桜子が、

「おくまさん、皆さん、坊城桜子にございます」

と挨拶すると女たちの間から溜息《ためいき》が洩《も》れた。

「おくま、また後でな」

総兵衛と桜子が一族の墓所に向かいかけると田之助が墓前に供する花を閼伽《あか》

桶《おけ》に入れて待っていた。

その様子を薩摩の密偵が久能山の北斜面から遠眼鏡で見て、

「総兵衛は交易船に乗ってないのか、こりゃ奇妙なことだよ。国に知らせるとご一統衆が魂消《たまげ》られるぞ。いや、急ぎ知らせれば琉球あたりでイマサカ号と大黒丸を薩摩の砲艦船団が捕まえられようぞ」

ともう一度総兵衛と桜子の容貌《ようぼう》を確かめると後ずさりして、久能山神社の床下に設けた隠れ家へと戻っていった。それを鳶沢一族の男衆が先回りしたり、間合いを十分とって尾行したりしていった。

半刻《はんとき》(一時間)後、薩摩の密偵北郷陰吉《きたごうかげよし》は久能山を下りると府中への海沿いの道を急いでいた。その髷《まげ》の中には、総兵衛を鳶沢村で見かけたという知らせを暗号にした薄紙を入れた細い竹筒が結い込まれていた。

陰吉が青沢の龍珠院の門前を通り過ぎようとしたとき、前後に人影が立ち塞《ふさ》がった。破《や》れ笠《がさ》をかぶったり古手拭《ふるてぬぐ》いで頬被《ほおかぶ》りしたり、百姓姿のように見受けられた。その全員が天秤棒《てんびんぼう》をかつぎ、竹籠《たけかご》に青物を入れている。

陰吉は相手の動きを窺《うかが》いながら、その傍らを通り過ぎようとした。すると天秤棒が、

くるり

と回って陰吉の鼻先に迫り、足止めした。

「おっと」

と陰吉が天秤棒を搔《か》い潜《くぐ》ろうとすると、竹籠が足を薙《な》いだ。

ひょい

と横手に逃れようとした。だが、見事な連携で六人の担《かつ》ぐ六本の天秤棒の輪の中に陰吉は囲まれていた。

「旅の者にございます、前を空けて下さいまし」

「ふっふっふ」

と天秤棒の一人が含み笑いした。

鳶沢村で野菜を作り、江尻や府中の旅籠《はたご》などに卸《おろ》す根古屋の仁助《じんすけ》とその仲間だ。鳶沢村に残った一族の中核部隊の戦闘員だった。

「久能山神社の床下にこの半年余り暮らしてきたな」

「いえ、そのようなことは」

「ないか」

「無体なことはしないで下され。お伊勢参りの途次、体を壊し久能山神社の床下をお借りしてしばらく休ませてもらってきたことはたしかにございますよ。どうやら体も回復しこうして旅を再開できるようになりました」

「薩摩にお帰りか」

「薩摩ですと、私は野州在の百姓の陰吉にございますよ」

「そなたもわれらがどのような人間か承知して見張りについていたはずであろうが。大黒屋の十代目総兵衛様の姿をたしかめて、慌《あわ》てて府中の飛脚屋に走るところと見ましたが間違いですかな」

「なんのことやらさっぱり」

と応じながら陰吉は天秤棒で囲まれた輪の外へ抜け出そうと試みた。

陰吉も国許《くにもと》の薩摩領内で忍びの技を教え込まれ、薩摩藩江戸屋敷で目付支配下の影の者として鍛錬を積んできた密偵だ。一応の武術も忍びの技も承知していた。だが、十分に輪の外に抜けられると見た空間が不意に狭められ、行く手

を塞がれた。そこで横手に飛ぼうとしたとき、後ろの天秤棒が、
くるり
と回転して陰吉の鬢《びん》を殴りつけ、昏倒《こんとう》させた。

半刻後、陰吉はずきずきとした痛みに意識を取り戻した。すると暗い蔵の中のような場所に手足四本を濡《ぬ》れた麻縄で縛られ、転がされているのが行灯《あんどん》の灯りでたしかめられた。

(いささか鳶沢一族を甘く見たか)

陰吉は、鳶沢一族の中核は江戸富沢町の大黒屋に奉公しており、またその他の働き盛りはイマサカ号と大黒丸に乗り組んでいると考えていた。

鳶沢村の第一の使命は富沢町と交易船団に働き手を供給することで、村の中心は富沢町の大黒屋から暇をもらった年寄か、女、子どもと思っていた。だが、鳶沢村の郷の他に領内に隠れ集落があって、根古屋の仁助のような戦闘員が配されていたのだ。

(さあて)

抜け出す思案をしながら、手足を縛める一本の麻縄を緩めようと関節を外し、体を捩《よ》じって工夫してみた。だが、一本の麻縄は何本かの細い麻紐《あさひも》で縒《よ》り合わされていて、緩めようとすればするほど反対に締まってきた。

「くそっ」

陰吉がこれまで経験したこともない結び方だった。しばらく悪戦苦闘した末に段々ときつくなった手足を休めようとした。だが、休めようにもどの関節もますます動かすことができなくなってきた。

(なんということが)

焦《あせ》りが生じ、鬢の痛みは増し、額に冷汗が浮かんできた。

ふうっ

と体内の空気をゆっくりと吐いた。こうすると体の容積がわずかながら小さくなるはずだった。だが、いよいよ濡れた麻縄はきつく縮んで陰吉を苦しめた。

そのとき、陰吉は初めて人の気配を感じた。

この空間の中に人がいた。迂闊《うかつ》にも陰吉はそのことに気付かなかった。薩摩領内開聞岳《かいもんだけ》の忍び道場で物心ついたときから鍛え上げられ、何度もの試しに合格した者が最終の試しを通過した後、京や江戸藩邸に送り込まれた。陰吉もその一人だった。

その陰吉がなんと身近にいる人の気配を読み取ることができなかった。

「そなたの名はなんというか」

と若い声が問うた。

陰吉の背後からだ。陰吉は必死の思いで手足をもがれた守宮《やもり》がのたうつようにしてその人物の見える角度へ体の向きを転じた。

「大黒屋総兵衛」

と思わず呟《つぶや》いていた。もはや伊勢参りの野州の百姓などという言い訳が通じる相手ではないことを陰吉は感じとっていたからだ。

「交易船団には乗らなかったか」

「総兵衛印旗が掲げられておるなれば乗り組んでおりましょうな」

「交易船団が戻ってくるはずもない。季節風を逃せば一年航海を待つことになる」

「いかにもさようです」

「となればそなたが大黒屋総兵衛当人じゃな」

「そなたが京の薩摩屋敷を通じて、総兵衛駿府にあり、と知らせようとしたように総兵衛はここにございます」

「なんのことやら分かりかねる」

「そなたの髷《まげ》に結い込まれた細竹の筒に入れられた薄紙、わが手にございます」

と総兵衛と思《おぼ》しき若者が床に視線を落とした。

陰吉が顔を捻《ね》じ曲げて必死の形相で見ると、見覚えのある竹筒と薄紙が広げられてあった。

「知らぬな」

「薩摩の忍びは身の処し方を厳しく叩《たた》き込まれるそうな。そなたは命じられた忍びをしくじった。もはや薩摩にも江戸にも戻れますまいな」

「殺せ。後悔することになる」

「迷うております」

と若者が言った。

陰吉は不思議な気持ちにうたれていた。薩摩人は口が重かった。お国訛《なま》りが強いこともあった、その上、薩摩忍びは、

「自ら口を開くは愚、相手に話させることを良しとせよ」

と教え込まれた。だが、この若者と対面していると、いつしか口が緩んでいた。

「なにを迷うておるかお分かりですか」

「わしを殺すかどうかであろうが」

「そのようなことは迷いませぬ。そなたはもはや死んだも同然の身、直《す》ぐにも息の根をこの鳶沢勝臣が絶って差し上げます」

「うっ」

と陰吉は思わず息を詰まらせた。

「あまり動かぬほうがようございます。動けば動くほど苦しみが倍加します。その結び方はアイスランドなる国の漁師に伝わる結び方です。そなたを日の下に転がしておけば縄が乾いて縮まり、手足は次々に折れて何日も苦しみながら死ぬことになります」

「大黒屋総兵衛、おのれは」

と陰吉は途中で苦しくなり言葉を続けられなかった。

二

「た、助けてくれ」

と陰吉はついに総兵衛に願った。

二人が会話を交わして半刻（一時間）後のことだ。

「助けてくれとはどういうことか」

と総兵衛の声は平静だった。ただ床に広げた紙片を眺めて考えることに没入していた。言葉遣いが微妙に変わっていた。商人から武家のそれに変わっていた。

「なにが知りたい」

陰吉が声を絞り出した。

「格別に知りたくはない。そなたが鳶沢村を見張っておるのは最初から分かっておったことじゃでな」

「そ、そなた、なにをしておる」

「見てのとおりそなたが飛脚屋に託そうとした文を読んでおる。なかなか凝った隠し文かな」

「と、解けるか」

「手伝うというか」

総兵衛が紙片から顔を上げて陰吉を見た。

「手伝うてもよい」

「手伝うということは薩摩を裏切り、家族を失うことじゃぞ。薩摩は格別に愛郷心、藩主への忠誠心が強い国と聞く。そなた、裏切ることがどのようなことか分っておらぬな。母親にも子にも会うことができぬのだぞ」

「わ、わしには家族もなければ母親もおらぬ」

「苦しみを逃れるためにすべてを捨てるというか。これからの人生を後悔し続けることになるのじゃぞ、止《や》めておいたほうがよかろう。いや、そなたの力を借りぬともなんとか解けそうな気がしてきたでな」

総兵衛は再び床に置かれた紙片に目を落とした。

北郷陰吉が隠し文字にして薩摩藩京屋敷を通じ、薩摩に急ぎ送ろうとした文だった。そこには数字の羅列がびっしりと細字で書かれてあった。

「ならば殺せ」

「殺しはせぬ。あと一、二刻あれば解読できようと思う」

会話をかわしながらも総兵衛の目は紙片に釘《くぎ》づけだ。

陰吉は脂汗《あぶらあせ》を流しながら耐えた。だが、もはやどうにもならないほど痛みが全身を襲っていた。

「頼む、もはやわしは薩摩の下忍ではない。ただの転び忍びじゃ」

悲鳴を上げた。

「わが鳶沢一族に転んだと申すか」

「いかにもそうだ」

「生涯鳶沢総兵衛勝臣の囚《とら》われ人として生きるというか」

「生きる。そなた様の囚われ人として忠誠を誓う」

「転ぼうとする人間の言葉を安易に信じてよいものかどうか」

「試せ、試すのだ」

「よかろう」

総兵衛が答えると闇《やみ》の中からふわりと黒衣の二人が現われ、陰吉の手足を縛めていた縄を切った。

「おお、痛い、どうにもならぬ」

縛めを解かれたにも拘《かか》わらず痛みは激しさを増して襲いきた。

「この縛めは解かれた瞬間にいちばんの痛みが襲うことよ。あれを」

総兵衛が縛めを切った一人に命じて、その者が茶碗《ちゃわん》を持参した。だが、陰吉は激痛に堪《こら》えきれずその場を転がり回って悶《もだ》えていた。

陰吉の髷が摑《つか》まれて引っ張り起こされ、茶碗が口に押し当てられて、

「飲め」

とも言わず喉《のど》へと流し込んだ。

どろりと苦い液体が喉を伝い流れて、痛みが徐々に消えていった。それでも陰吉の喘《あえ》ぎは収まらなかった。

長い時が流れた。

痛みは徐々に薄れてきた、冷汗もひいてきた。

総兵衛が顔を上げて陰吉をひたと見た。

「そなたの名は」

「薩摩忍び北郷陰吉」

「生まれは薩摩鹿児島か」

とこんどは年寄の声が問うた。

「いや、外城道之島《とじょう》（奄美群島《あまみ》）に生まれた」

「外城もんが鹿児島に出られたにはわけがあるか」

「与頭《よがしら》がわしの才を認めて鹿児島に送り、薩摩忍びに加えられた」

「才とはなにか」

「遠目が利《き》き、記憶に優れ、どのような場所でもじいっと耐えることができた」

「総兵衛様が結ばれたアイスランドの船乗りの縄縛りの痛みには耐えられなかったな」

と安左衛門が問うた。

「わしも齢《とし》じゃ。鹿児島で七年、江戸屋敷に送られて十二年、忍びとしてはもはや無理な年齢に差し掛かっておった」

「薩摩訛りはどうした」

　年寄の声に変わった。

「むろんお国訛りで話せと命じられれば話せる。じゃが、そなたらには分かるまい」

　と言った北郷陰吉の声音と口調が変わり、まるで鳥の囀《さえず》りのような言葉に変わった。苦笑いした年寄鳶沢安左衛門が、

「江戸の薩摩屋敷で江戸言葉に直されたか」

「江戸で忍び御用を勤めるにはお国訛りは邪魔になるでな」

「富沢町大黒屋を承知じゃな」

「知っておる。三年二か月前から担《かつ》ぎ商いとして出入りしてきた」

「なに、担ぎ商いとして仕入れにきたというか」

「古着屋柏《かしわ》やの広一郎《こういちろう》さんのところで仕入れておったが、わしを信用した広一郎さんの口添えで大黒屋にも仕入れにいくようになった。手代の市蔵さんがわしの仕入れを担当してくれた」

市蔵は今は見習番頭に昇進していた。

「そなた、担ぎ商いとして江戸で商売したか」

「いや、江戸ではのうて武州のあちらこちらを回っておった。もはや陰吉でなければ古着はいかぬという得意先もおった。ゆえに広一郎さんも市蔵さんもわしを信用した」

「大黒屋の店の奥に入ったことはあるか」

安左衛門の声が険しくなった。だが、総兵衛は平然として相変わらず紙片を眺めていた。

「店の奥に担ぎ商いが入ることができるものか。また頭から大黒屋につながりを持って信用をされよと命じられただけゆえ無理はしておらぬ」

「無理をすれば忍び込めたか」

「忍び込むとしたら屋根伝いか船隠しからか、どちらかの方法じゃと思う」

しばし安左衛門の問いが止まった。どちらの答えもある意味では大黒屋の弱点を突いていた。

「北郷陰吉、そなたが鳶沢村に潜入したのは今年の春先であったな」

「正月松の内明けの十六日のことであった」

「ほう、半月ほど見落としたか」

と安左衛門が悔しげに呟《つぶや》いた。

「そなた、江戸薩摩屋敷にこれまで幾たび連絡《つなぎ》をつけたな」

「二十一度《たび》、鳶沢村の日々の暮らしや人数を書き送った」

「頻繁になったのは夏前からか」

「江戸の頭に鳶沢村の出入りを詳しく知らせよと命じられたでな」

「いちばん最近の命はなにか」

「鳶沢村に大黒屋の交易帆船が立ち寄るやも知れぬ、その動きを克明に知らせよとの命があった。そして、船には大黒屋の主《あるじ》鳶沢勝臣が乗っておるとも知らせてきた」

「私の生まれを承知ですか」

と総兵衛が再び商人言葉で問いに加わった。

「南の国越南《えつなん》（ベトナム）じゃと江戸から知らされた。それがどういうことか理解ができなんだ。じゃが、今、この仁ならば異人にも和人にも化けられようと得心した」

「そなたの鳶沢村の見張りに江戸は満足しておったか」

しばし陰吉の返答に間があった。

「春の終わりから江戸屋敷から命が途絶えた。わしは忘れられたかと思うたほどだ。だが、またここにきて頻繁な命が届くようになった。わしを忘れておらぬ証《あかし》じゃろうて」

江戸の薩摩屋敷は影様本郷丹後守康秀との連携を密にすることに総力を挙げて取り組んでいた時期であった。そのために鳶沢村に配した見張りのことを考える余裕はなかったのではないかと、安左衛門も総兵衛も推測した。

「喉が渇いた、腹も減った」

突然陰吉が言った。

「そなた、立場を忘れておらぬか」

「喉の渇きは耐えられぬ」

「そなたとは長い付き合いになる」

安左衛門が言うともう一人の人物に無言で命じた。最前、痛みを和らげる苦い液体を飲ませた男が茶碗の水を与えた。

陰吉は茶碗を両手で受け取り、ゆっくりと水を咀嚼《そしゃく》するように喉に落とした。

「そなた、私がこの鳶沢村に残ったと知ったのはいつのことですか」

「そなた様と若い娘が墓参りにいく姿を遠目で見たときだ。まさかと思うた。なぜならイマサカ号が出帆する折、舳先《へさき》に南蛮合羽《ガッパ》を羽織った人物が立っておったからな。わしはその人物が越南生まれの大黒屋の主《あるじ》と思うたのだ。ゆえに江戸と鹿児島にそのことを知らせた」

と訝《いぶか》しい声で陰吉が答えた。

「あれはわが実弟です。近頃、勝幸《かつゆき》はぐんと背丈が伸びたゆえ、遠目には私と見分けがつきますまい。そなたは私ら兄弟とは初対面、勝幸を私と間違うても致し方ありますまい」

と総兵衛が応じ、陰吉が、

「いつどこでイマサカ号から下船したのじゃ」

と尋ねた。

「私ども三人は、江尻沖で船足を緩めたイマサカ号から鳶沢村より迎えに来た小船へと乗り移ったのですよ。その折、十五人の鳶沢一族の若者が乗り込んだ。そなたが見張っておったとしても船を止めることなく左舷《さげん》側で行われた船から船への乗り移りは見逃したでしょうね」

総兵衛の言葉にはなんの衒《てら》いもなかった。

「そうか、そうであったか」

と呟く陰吉に総兵衛の歓喜の声が聞こえた。

「解けましたぞ、そなたの隠し文の言葉がな」

「なんと、薩摩の隠し文をわずか数刻で解いたというか」

陰吉は正直驚きの声を発していた。

「いえ、半日ほどかかりました」

と総兵衛が丁寧な言葉で応じて、

「漢数字の羅列がただ際限なく続いておりますね。こういう隠し文を洋人は暗号と呼びます。このようなものには必ず規則性があります、一つの漢数字が文字を表すことはありますまい。必ずいくつかの漢数字の組み合わせで一文字を表します」

と言いながら総兵衛は腰から矢立を外すと筆で懐紙に何事か書きつけた。

「この隠し文字も二つの漢数字がひと文字を表します。ですが、濁音などの場合、三文字がひと文字を意味するのです」

陰吉は若き大黒屋の主が異国に生まれ育ったことを忘れて驚嘆した。

「ここまで解ければわけはない。イギリス人が使う乱数文字はこの程度のものではありません。さらに複雑巧妙な工夫がなされております」

と総兵衛が笑みを浮かべた顔で言うと、

「あとは乱数字のもととなる文章を探せばよいことです。イギリス人のアルファベートなる文字は二十六字です。ところが和人はひらがな、カタカナ、漢字と幾通りもの文字を組み合わせて文章を創《つく》ります。このへんが難しい。ですが、薩摩様は、さほど複雑なことを考えられなかったようです。さて、その文章ですが、色は匂《にほ》へと、散りぬるをのいろは文字ですね。つまり『い』の字を表す乱数字は壱一《いちいち》です」

「ほう」

と安左衛門が感心した。

「色は匂へと、までが壱の組です、続いて散りぬるを、が弐《に》の組、我か世たれそ、が参の組、常ならむが四の組、有為《うゐ》の奥山が五の組、今日《けふ》こえてが六の組、浅き夢見し、が七の組、最後の酔《ゑ》ひもせす、が八の組ですよ」

「ほうほう、すると弐と五で、〝を〟を表しますか」

「安左衛門どの、そういうことです」

と笑った総兵衛がさらさらと懐紙に筆を走らせた。そして、まず安左衛門に提示した。そこには、

「とびさわそうべえ　すんぷとびさわむらにあり
ふねにのるは　べつのじんぶつ　そうべえのかげむしゃなり　かげ」

と二行のひらがな文字があり、さらに、

「鳶沢総兵衛　駿府鳶沢村に在り
船に乗るは　別の人物　総兵衛の影武者なり　かげ」

と漢字混じりの文章が添えられてあって、安左衛門がその文章を口にした。

「見事なり、鳶沢総兵衛」

と北郷陰吉が呟き、痛み止めを飲ませた男が陰吉の背中を蹴《け》りつけた。

「うっ」

と痛みに顔を歪《ゆが》めた陰吉に、

「総兵衛様と申せ」

と男が命じた。

「わしは転んだ。じゃが、鳶沢総兵衛に主従の誓いをなしたわけではない」

陰吉が言い切った。

「さあてこやつをどう使いますな。それとも駿河湾《するが》に岩を抱かせて沈めまするか。駿河湾の海底は富士の高嶺《たかね》より深うございますでな、まず浮き上がってくることはございませんでな」

安左衛門が総兵衛に言いかけた。

「口を塞《ふさ》ぐのも一つの思案かな、じゃが、それはいつでもできよう」

と応じた総兵衛が北郷陰吉の顔を見据えて言った。

「私が書く手紙をそなたの手で隠し文字にしてくれませぬか」

「薩摩を裏切った上に騙《だま》せというか」

「毒食らわば皿までと言いませぬか」

「若いわりには大胆なことを言いおるな」

「そなたとて独りでこの先生きてはいけまい。薩摩を裏切った以上、どこぞの傘の下に入るしか生きる方策はなかろう」

「しばし考えるときをくれぬか」

「洋人がよう使う慣用句があります、時は金なりとな。また時を失うともいう。決断したなれば行動は迅速がよかろう。駆け引きは許しませぬ」

総兵衛の言葉は穏やかだった、だが、顔の表情は険しかった。

「分かり申した」

と陰吉は答えるしか術《すべ》はなかった。

首肯した総兵衛がしばし熟慮すると筆を動かし、陰吉に指し示した。それにはこうあった。

「鳶沢総兵衛　帆船イマサカ号に在り　五島列島中通島奈良尾湊《なかどおりしまならおみなと》にて最後の荷積みなり　イマサカ号の砲備は六十六門なれど加賀金沢にて五十門の二十四ポンド砲ならびにカロネード砲を売却せり　ゆえに十六門の貧しき砲備なり必ずや交易地到着時までこの装備にての航海ならん　陰」

「そなた、薩摩の軍船を油断させるつもりか」

「陰吉、薩摩もそうそう簡単にこちらの手には乗ってきますまい。じゃが、そなたからの情報なれば動くやも知れませぬ。五島列島に薩摩の軍船を向かわせるもよし、また琉球沖に網を張るもよし、どちらにしても薩摩のお手並みをな、わが鳶沢一族としても見ておきたいのです」

「そなた、知恵が回りおるな」

「お褒めにあずかり、恐縮至極かな。どうだ、そなたの手跡で隠し文字にしてくれぬか。迷うことはあるまい、そなたに残された途《みち》は鳶沢一族の下で生きることだけよ」

また武家の言葉遣いに戻っていた。

「生かしてくれるか」

「鳶沢総兵衛、いったん約定したからには守る。そなたが裏切らぬかぎりな」

「分かった。隠し文にしよう。その前に飯を馳走《ちそう》してくれ」

総兵衛が安左衛門に頷《うなず》き、安左衛門がもう一人の一族の男衆《おとこし》に命じた。

一刻半《いっときはん》（三時間）後、北郷陰吉は独り府中城下に入り、馴染《なじみ》の飛脚問屋に向かっていた。むろん陰吉も薦沢一族の厳しい見張りと尾行を従えていることを承知していた。だが、薩摩の忍びの陰吉にしてその気配を察することは出来なかった。

両替町《りょうがえちょう》にある飛脚問屋に向かう陰吉の足取りが緩まったことがあった。のろのろとした歩みになり、明らかに迷っていることが窺《うかが》えた。

職人町の紺屋町《こうやまち》に入り、いよいよ足の運びが緩やかになった。

薩摩忍びの陰吉のあとをつける薦沢一族の面々が行動に出るかどうか、頭分の顔を窺ったとき、歩みがもとに戻った。そして、飛脚問屋に向かって再び足を速めた。

その刻限、薦沢村の分家屋敷の縁側で総兵衛と安左衛門が談笑していた。

「総兵衛様、いささかあやつを信用するのが早うはございませぬかな」

「安左衛門どの、私はあのアイスランドの漁師結びを経験したことがあります。あれは五体の骨という骨が軋《きし》み、関節が砕けるばかりの激痛で、耐えられぬ。

いったん薩摩を裏切ったからにはそうそうこちらの裏をかくというわけにはいきますまい。あの者、飛脚問屋までの道中、迷うことはあろう。じゃが、平静に考えれば、もはやあの者の行く道は他にはなかろう。必ず自らの二本の足で戻ってこよう」

と総兵衛が言い切ったとき、桜子が茶菓を運んできた。

「おや、客人にさようなことをさせてしまいましたか」

「安左衛門はん、うち、客人やおへん。総兵衛様の案内人にございます」

と桜子が笑った。

「桜子様、鳶沢村は退屈ではございませんかな」

「うちは江戸と京しか知らへんのどす。このような村の暮らしはなんとのう懐《なつ》かしゅうて退屈する閑《ひま》などおへんえ」

「それなればよろしいのじゃが」

安左衛門が総兵衛の顔を見た。

「北郷陰吉の腹が固まるにはあと数日かかりましょうな。桜子様、京行はそれからでようございますか」

「総兵衛様、うちのことは心配おへんえ。正直鳶沢村の暮らしを楽しんどります」

桜子は総兵衛と同じ屋根の下に寝る暮らしがこれほど楽しいとは、これまで夢にも考えなかった。

(うちはこのお方に恋してしもたんやろか)

といくたび自問したろうか。

「恋してる、いいえ、してまへん」

と独りの折になんど口にしたろうか。

「京は天子様のおられる都、武士の都の江戸とは違うとじゅらく屋の栄左衛門《えいざえもん》様に聞かされております。京を訪ねるのはなによりの楽しみ、それまであと数日、鳶沢村での暮らしを我慢して下されよ」

「うち、我慢などしておりませんえ」

桜子は自らの胸を開いて、自分の正直な気持ちを総兵衛に伝えたい欲望に駆られた。

この日、日が落ちて鳶沢村に薩摩の忍びだった北郷陰吉が総兵衛の書いた手紙を隠し文に直したものを飛脚問屋に届けて戻ってきた。その報告を聞いても総兵衛は格別驚きもしなかった。

三

総兵衛勝臣は久能山北斜面の岩棚から流れ落ちる細い滝を横に見る岩場に座していた。

暁闇《ぎょうあん》が、有度山《うどさん》と久能山の間になだらかに西から東へと傾斜を持って広がる鳶沢一族の領地を隠していた。

六代目総兵衛は折あるごとに鳶沢村に籠《こも》り、滝を見下ろす岩場で鳶沢一族につたわる祖伝夢想流《そでんむそうりゅう》の修行を積み、独創の剣、落花流水剣を編み出したと伝えられる。

十代目総兵衛は一番番頭の信一郎を通じて伝えられた祖伝夢想流落花流水剣の片鱗《へんりん》を学んだが、この秘剣は、

「六代目総兵衛勝頼《かつより》様独自の技」

だと承知していた。六代目が死して七十年余、その秘剣の全貌《ぜんぼう》は時のかなたに姿を隠していた。総兵衛勝臣は、己自身の祖伝夢想流を編み出さねば鳶沢一族を率いる真《まこと》の頭領たりえないと考えていた。

百年前の総兵衛が残した遺産は、鳶沢一族を巡る状況と立場を大きく変えていた。海外交易を望んだがゆえに鳶沢一族の、

「純血」

は崩れようとしていた。

琉球の海人池城一族が鳶沢一族に加わり、今また六代目が異郷交趾《こうち》（現在のベトナム）に残した血を継承する総兵衛勝臣と今坂一族が鳶沢一族に融合したことで、三族融和の、

「新たなる鳶沢一族と大黒屋の務め」

が模索されつつあった。そのことを立証するために巨大帆船のイマサカ号と大黒丸が新たな交易を求めて南の海へと旅立っていた。

その頭領たる総兵衛勝臣は、新生鳶沢一族の、

「百年の計」

を案ずるために和国に残った。そして、今鳶沢一族の父祖の地たる駿府鳶沢村にあった。

瞑想《めいそう》する総兵衛は瞼《まぶた》の裏に朝の気配を感じとった。

両眼を見開き、眼下の領地を見た。

小さな領地だ。だが、江戸の富沢町の古着問屋大黒屋の商いを左右する源がこの鳶沢村にあった。一族の魂の故郷であり、傷ついた心を癒《いや》す平穏の地だった。そして、相州深浦の静かな海の船隠しを通じて広大無辺の異国へとつながりを有してもいた。

総兵衛は薄靄《うすもや》が流れる鳶沢村の里山の田圃《たんぼ》の刈り入れが終わり、春を待って地中に滋養を蓄えるべく休息をする小さな領地が、

「麗《うるわ》しい」

と思った。この平穏を何人にも破壊させてはならなかった。それを護《まも》るのが鳶沢一族の頭領の務めだった。

(そのためになにをなすべきか)

総兵衛勝臣は、三池典太光世《みいけでんたみつよ》を手にゆるゆると岩場に立ち上がった。すると

足下に細い滝が吸い込まれる滝壺《たきつぼ》が、湧《わ》き立つ靄の間から見えた。
総兵衛は白扇を差した腰帯の傍らに別名葵《あおい》典太を手挟んだ。葵典太の別称は初代鳶沢成元が徳川家康から拝領したこの豪刀の茎《なかご》に葵の紋が刻まれているゆえだ。今や徳川一門の祭神として奉《たてまつ》られる神君家康が鳶沢一族に授けた秘命の象徴であった。
総兵衛は朝の冷気を胸いっぱいに吸い、吐いた。幾たびか繰り返すうちに総兵衛は体内が浄化されるのを意識した。
はっ
と無音に近い気合を発すると滝壺を見下ろす岩場の縁《ふち》に向かって静々と足を進め、腰の白扇を抜くと虚空《こくう》にひと振りして開いた。そして、右手に翳《かざ》しながら岩場の縁に片足がかかったことを感ずると方向を転じた。
総兵衛の狭められた両眼は悠久の時の流れを見ていた。そして足先は大地に通じる岩場の広さを読み、感じてゆるやかに寸毫《すんごう》の歩みを続けていた。岩場の縁をなぞり終えた総兵衛は、岩場の東端に立つと、
くるり

と身を回し、西へと進み始めた。そろりそろりと進む足は西国の雄藩薩摩に向けられ、西端に達したとき、南へと岩場の縁を四分の一周してこんどは北へと方向を転じた。

○と十字が完成し、総兵衛の脳裏に南を目指す交易船団のイマサカ号と大黒丸の勇姿が浮かんだ。大黒屋の交易船団が南に、異郷に向かうとき、その行く手に立ち塞《ふさ》がるのが、

「○に十の字」

の薩摩の帆船軍団だ。

鳶坂一族と薩摩は百年の因縁に塗《まみ》れていた。

「信一郎、薩摩を蹴散《けち》らしてわが故郷に向かえ」

と胸中で呟《つぶや》いた総兵衛は、脳裏を無念無想においた。

右手に翳していた白扇を左手に持ち替え、三池典太の柄元《つかもと》に置いた。素手になった右手が葵典太の柄を摑《つか》むと、

すらり

と抜いて虚空に翳した。

総兵衛は腰をわずかに落とし、背筋はあくまで伸ばし、馬手《めて》に典太、弓手《ゆんで》に白扇を持つと両手を拡《ひろ》げ、岩場を包む大気に同化するように舞い始めた。その動きは実に緩やかで、わずか一寸（約三センチ）を進むのに百年の時を要するようでもあり、また見方を変えれば寸毫の間に千里万里を進んでいるようにも感じとられた。

そんな運動を総兵衛は飽きることなく続けた。

いつしか久能山の頂から光が差し始め、総兵衛の舞姿を晩秋の陽射《ひざ》しが照らし付けた。だが、際限なく総兵衛のゆるゆるとした舞いは続き、陽光が中天に達したときに終わりを告げた。

一度たりとも手に翳して動かされることがなかった三池典太と白扇が腰に戻り、総兵衛は岩場の真ん中に再び胡坐《あぐら》をかいて座した。

瞑想四半刻《しはんとき》（三十分）。

総兵衛の独り稽古《げいこ》は終った。その耳に鳶沢村から木刀と木刀が打ち合う音が響いてきた。

総兵衛は滝の上の岩場を下りると杉林から梅林の間をうねうねと続く野道を

下り、鳶沢村の外れを流れる細流に架かる木橋を渡り、村へと入っていった。

すると、

「総兵衛様、お早うございます」

「ご機嫌はいかがにございますか」

と女たちが挨拶《あいさつ》した。

「鳶沢村に戻り、なにやら新たな生気を得たようで体が蘇《よみがえ》ったわ」

総兵衛は初めての鳶沢村訪問だった。だが、総兵衛の想念には初めての鳶沢行などというものはない。あくまで父祖の地に戻った感覚だった。それは六代目総兵衛の血が十代目にそう感じさせていた。

「おばば、いくつになった」

「おたけは八十八になりましたよ」

歯が抜けたおたけは腰こそ曲がっていたが矍鑠《かくしゃく》としていた。

「そうか、八十八に相なったか、目出度《めでた》いのう」

「総兵衛様よ、ここまで生きると目出度くもあり目出度くもなしの心持ちじゃな。ただ一日一日が愛《いと》おしい」

「それでよい」

と応じた総兵衛は、

「おばば、六代目をそなた、承知か」

「六代目の総兵衛様か、十二、三の折に会うたが最後じゃが、よう覚えておるわ」

「おたけ、その話をあとでゆっくりと聞かせよ」

総兵衛はそう言い残すと鳶沢村の道場へと向かった。広場の一角にある藁葺《わらぶ》き屋根の建物だった。

時節は里山の刈り入れが終わり、交易船団のイマサカ号、大黒丸が異国に出国して鳶沢村は冬仕度、のんびりとしていた。そこで鳶沢村の長老にして分家の主《あるじ》の鳶沢安左衛門は一族の本分たる武術の訓練に精を出し、仮想敵の薩摩との戦いに備えよと厳命していた。その上、総兵衛勝臣が鳶沢村に逗留《とうりゅう》しているのだ、村の一族としても張り切らざるを得ない。

この日も六十人余の一族の男衆《おとこし》が必死の稽古をなしていた。

道場を任されているのは安左衛門の実弟の五右衛門《ごえもん》だ。その下に師範代として薩摩の密偵北郷陰吉を摑まえた根古屋の仁助、久能山衛士《えじ》を束ねる組頭の有《う》度《ど》の恒蔵《つねぞう》、鍛冶屋《かじや》の稲三郎、漁師の加吉ら鳶沢村の四天王がいた。

総兵衛が道場の入口で一礼し、入っていくと見所の真ん中に分家の安左衛門が座し、その下に五右衛門が木刀を手に立って稽古を見守っていた。そして、不思議なことに見所下に北郷陰吉が胡坐をかいて稽古を見物していた。

「止《や》め！」

と五右衛門が声を張り上げ、総兵衛の到来を告げた。一斉に一族の者が見所を挟んで左右の壁際《かべぎわ》に下がった。

総兵衛は道場に入る折に腰から抜いていた三池典太を手に見所の背の壁に嵌《は》め込まれた神棚に向かい、拝礼した。そして、ゆっくりと熱気が籠る道場を見た。

鳶沢村の道場は今から三十余年前の大嵐《おおあらし》で屋根が飛ばされ、その折に建物の補強がなされて柱、棟、桁《けた》、垂木《たるき》、床などがしっかりとしたものに変えられ、屋根も葺き替えられていた。また道場の羽目板も張り替えられ、以前に増して頑丈な造りになっていた。

広さは八十八畳、それに三畳ほどの見所が付いていた。


「稽古、ご苦労である」

若い声が一族に話しかけた。

「はっ」

と全員が低頭した。

なぜか北郷陰吉までが一緒に頭を下げた。

六十余人の大半が十代半ばほどの若者で、残りは壮年を過ぎた者が見られた。働き盛りの面々は江戸に奉公に出され、また交易船団に乗り組んで村を出ていた。年齢が偏《かたよ》るのは国許《くにもと》鳶沢村の宿命だった。さらに十代目総兵衛が交趾より伴ってきた今坂一族のための和語教授などで、相州深浦にも一族が八人ほど派遣されていた。その中には鳶沢一族が教えるばかりではなく、造船技術や鍛冶技術、さらには鉄砲など武器造りなどを習うために派遣された者もいた。

総兵衛の視線が北郷陰吉にいった。

「陰吉、薩摩には独特な剣法が伝わっておると聞く」

陰吉はまさか総兵衛にいきなり話しかけられるとは予期せず、一瞬どぎまぎさせられた。この鳶沢一族を率いる若い頭領には男をも一瞬にして魅了し、あるいは反対に当惑させるふしぎな力があった。

「あります」

「そなた、承知か」

「わしは薩摩でもいちばん下の身分、藩道場には入ることは許されませぬ。じゃが、物心ついたころから地べたに立てた堅木の天辺《てっぺん》を木刀で叩《たた》いて走り回る稽古を積んできました」

「総兵衛に披露せよ」

と命じた。

目を白黒させた北郷陰吉がそれでも頷《うなず》いた。

「たれぞこの者に木刀を与えよ」

総兵衛はこれまで薩摩のお家流、東郷重位を祖とする示現流《じげんりゅう》の技を身をもって経験していたゆえに、自身、改めてその流儀の太刀筋を見極める要はなかった。鳶沢村の見張りを命じられていたこの密偵をこの先、どう生かすか殺すか、使い道を考える上でその力を試し、さらにはこの機会に鳶沢一族に薩摩示現流の片鱗《へんりん》なりとも教えようと考えての命だった。

鳶沢一族の若い衆の一人が長短幾種類か、さらに径も違う木刀を陰吉に無言で差し出した。

陰吉はその中から長さ三尺（約九〇センチ）余、径のいちばん太い樫《かし》の木刀を選んで軽く素振りをした。すると片手の素振りで、
びゅんびゅん
と音がした。なんとも凄《すさ》まじい太刀風だ。

「ほう」

と見所の安左衛門が驚きの声を上げた。

陰吉は見所とは反対側の道場入口に向かって歩き、くるりと方向を転じて見所と向き合った。

初めて木刀を両手に保持して重さと均衡を測り、柄を掌《たなごころ》に馴染《なじ》ませていたが、

「いざ」

と大声を発した。木刀を右肩に担《かつ》ぐように立て、虚空の一点を見据えた北郷

陰吉が走り出した。そして、早足になったところで、

ぎええっ

と猛禽《もうきん》の鳴声にも似た気合を発した。それは鳶沢村の道場の外にも響き渡る裂帛《れっぱく》の気合で、初めて薩摩のお家流に接する五右衛門らの胆《きも》を冷やすに十分な迫力を秘めていた。

驚くのはまだ早かった。

「ちぇーすと！」

と叫んだ陰吉が床板を蹴って垂直に飛び上がった。五右衛門らの予測を超えた高々とした飛躍だった。

「なんと」

虚空に身を置いた陰吉が手にした木刀に渾身《こんしん》の力を籠《こ》めて仮想の一点に力任せに振り下ろした。

なんとも凄まじい技だった。重力に逆らい虚空にある人間は一見すべてから解き放たれ自在のように思えるが、実は二本の足の踏ん張りが利《き》かないままに体を捩《よ》じり、両手で持った木刀を振り抜くのは尋常のことではなかった。

地面に立てられた高さ三尺から八尺（約二・四メートル）余の堅木の頂きを跳躍しつつ真上から渾身の力で叩き打ち、地面に下りると次の立木に向かって走り出す。文字通りの櫛風沐雨《しっぷうもくう》、そのような稽古を何年も何年も、一日何千回もの立木強打を繰り返して得られる尋常ならざる迅速な動きだった。

びゅーん

という太刀風がして、見る者は道場の空気が二つに裂けたかと思い身を震わせた。

陰吉は跳躍から着地に移り、両膝《りょうひざ》を曲げて衝撃を和らげると次の瞬間、走り出していた。

鳶沢村の道場内を四半刻ほど走り回り、跳躍し、打ち据える仮想の立木相手の稽古が続き、不意に終わった。

総兵衛の前に座した陰吉が一礼し、

「わしは密偵ゆえ近ごろ稽古を怠っておる。ゆえにわずか四半刻で息が上がり、腰がふらつく」

「稽古を積んだ薩摩武士はかような稽古をどれほど続けられるな」

「半日一日と続けて初めて猛者《もさ》の仲間入りができる。最後は百人相手の実戦稽古を勝ち抜かねば東郷示現流の達人とは呼ばれぬ」

陰吉の言葉に鳶沢一族から感嘆の呻《うめ》きが上がった。だが、壮年以上の者は、信じておらぬのか、口を噤《つぐ》んだままだった。

「だれか陰吉と打ち合うてみぬか」

総兵衛の言葉に若者の一人がすっくと立ち上がった。吉之助《きちのすけ》は十六歳ながら身丈は六尺（約一八二センチ）を越え、足腰はしっかりとして膂力《りょりょく》は衆に優れていた。

総兵衛が吉之助の面魂《つらだましい》を確かめ、

「陰吉、相手を務めてくれぬか」

「体が不自由になっても知らぬぞ」

「武術の稽古は怪我《けが》がつきもの、まして他流が対決するときは死に至ることもあろう」

と陰吉に応《こた》えた総兵衛が吉之助に視線を移した。陰吉の言葉に吉之助は憤然としていた。

「薩摩の流儀は木刀をもって稽古をなすと聞く。木刀での立ち合いじゃがどうするな」

「総兵衛様、生き死には覚悟の前にございます」

「その言やよし。されど無益な怪我は避けたいものよ」

と呟《つぶや》いた総兵衛は五右衛門を見ると、

「頭を打撃から守る冑《かぶと》はないか」

「総兵衛様、冑など要りませぬ」

と応じたのは五右衛門ではなく吉之助だ。

「吉之助、たわけものが。総兵衛様が聞かれたのはこのわしじゃ」

と怒声を吉之助に浴びせて黙らせた五右衛門が、

「大黒丸が異国から持ち帰りました鋼鉄製の南蛮鉄冑《てっちゅう》がございます。内側に打撃に耐えられるように綿が詰められております」

「それを吉之助に着けさせよ」

と総兵衛が命じて道場に異国土産の南蛮鉄冑が持ち出され、不満顔の吉之助の頭にしっかりと被《かぶ》せられ、顎《あご》で紐《ひも》が結ばれた。

「吉之助、動いてみよ」

総兵衛に命じられた吉之助が仕方なく首を振り、手足を動かし、

「いささか動きが鈍りますがなんとか」

と答えたのに五右衛門が、

「戦国武将は甲冑具足一式を身に着けて戦《いくさ》に出られたのじゃぞ。南蛮鉄冑を被ったくらいで、動きがなんじゃかんじゃと言うでない」

と注意を与えた。

「待たせたな、陰吉」

最前から主従の会話を黙したまま聞いていた陰吉が首肯した。

「吉之助、陰吉、私が審判を務める」

と宣言した総兵衛は手にしていた三池典太を五右衛門に渡し、脇差来国長《わきざしらいくになが》だけを腰に帯びて道場の真ん中に立った。

「両者、木刀とはいえ怪我は付き物、一切遺恨はならぬ。立ち合いは私の指示に従うてもらう、よいな」

両者が総兵衛に首肯したあと、互いが向き合い、一礼した。

次の瞬間、するすると北郷陰吉が間合いを空けて下がった。当然予測された行動だった。だが、若い吉之助は考えもしなかったようで驚きの表情を見せた。

総兵衛は以前に対決した薩摩の刺客との戦いにより示現流の長所欠点を承知していた。だが、若い吉之助にそのことを告げようとはしなかった。なぜならば、陰吉が四半刻《しはんとき》にわたって披露した示現流の独り稽古《げいこ》にすべてが隠されてあったからだ。

若い吉之助がそのことを見抜けたかどうか、すべて立ち合いの勝敗は相手から瞬間のうちにどれほどの情報を引き出せるかにかかっていた。

総兵衛は死を賭《と》しての貴重な経験と思い、吉之助にはなにも告げなかったのだ。

「参る」

吉之助は三尺五寸（約一〇六センチ）余の木刀を正眼に構えた。中段の構えたる正眼は剣術において、

「攻守」

どちらにも転じられ、対応できる構えだった。

陰吉が後退したせいで両者の間合いは五間（約九メートル）余であった。吉之助がふだん鳶沢村の道場で稽古をなす祖伝夢想流にはない間合いだ。だが、吉之助の脳裏には最前北郷陰吉が演じた示現流の俊敏にして激しい動きがあった。そして、四半刻ほど木刀を振りつつ走り回った後、さほど息を乱さない陰吉の強烈な体力が胸に刻まれていた。

（あの迅速と忍耐力にどう対応すべきか）

答えが出ぬうちに、

きえええいっ

という奇声が道場に響きわたり、陰吉がすり足で走り出した。

（跳躍、次に打撃）

と思考しつつ吉之助も踏み込んだ。

次の瞬間、相手の体が虚空《こくう》に跳躍し、木刀が背中に大きく回ってそれが上体の前傾といっしょに雪崩《なだ》れ落ちてきた。

吉之助は正眼の木刀を脇構えに回し、振り下ろされる木刀を弾《はじ》き返そうと動いた。

次の瞬間、

がつん

と強烈な打撃が頭を襲い、一瞬にして意識を失っていた。

四

遠くからだれかが呼ぶ声がした、闇《やみ》に響く声だった。

吉之助の顔に冷たいものが触れた。その途端、意識が戻り、同時に頭がずきんずきんと痛み、耳鳴りを覚えた。

（どうしたのか）

顎の紐が解かれて少しだけ楽になった。なぜか両眼を塞《ふさ》いでいた南蛮鉄冑が外され、光が差した。

「吉之助、加減はどうか」

鳶沢衆の若者頭というべき常五郎《つねごろう》の顔が吉之助の間近にあった。

「常五郎さんか、おれはどうした」

「薩摩の密偵にど頭《たま》を殴られ、気を失ったのよ」

「ああ」

と木刀を脇構えにした瞬間の光景が蘇《よみがえ》った。

「殴られたか」

「総兵衛様がおまえに南蛮冑を被れと命じなければ、今頃三途《さんず》の川を渡ってい
よう。冑がずれて両眼を塞いでおったわ」

「思い出した」

「なにを思い出したのじゃ」

「天が落ちてきたような衝撃じゃった、避けようもなかった」

「薩摩示現流、恐るべしじゃな」

「おれはなにもできなかった」

後悔の言葉を吐きながら吉之助はそろそろと上体を起こした。すると道場の
端へと移された吉之助の目に北郷陰吉と総兵衛が向き合う光景が映じた。

「総兵衛様、おん自らあやつと対戦されるか」

「おまえがあまりにもなす術《すべ》もなく敗れて二番手がおらん、そしたらあやつが
総兵衛様に対戦を申込みおったのじゃ」

と加吉叔父が吉之助に言った。

「総兵衛様は受けられたか」

「むろんのことじゃ。ただしおまえが意識を取り戻してからと注文を付けられたでな、おまえも見物ができることになった。目は見えるか」

「頭ががんがんするが目は見える」

「よし、おまえがなす術もなく敗れた薩摩示現流をしかと見ておけ。薩摩とわれら鳶沢一族は終生の敵同士じゃからな」

と加吉叔父が言った。

頭に載せられていた濡《ぬ》れ手拭《てぬぐい》をとると吉之助は顔をごしごしと擦《こす》った。するとまた頭が割れるように痛んだ。だが、意識は最前よりだいぶはっきりとした。

「北郷陰吉、もはや吉之助に使った手は使えまい」

総兵衛が北郷陰吉に笑いかけた。

「薩摩の剣術に迷いはなか。常に先手必勝の一撃にござる。どのような防御も打ち破ってみせる」

吉之助を破って意気が上がったか、転び忍びが言い切った。

「ならばそなたの潔い一手賞味しようか」

総兵衛が腰の白扇を抜くと片手に持ち開いて構えた。それは舞でも始めるような不思議な構えであった。

「なに、わしの示現流に扇一本で対するつもりか」

「いかぬか」

「扇子では受けることもできまい。南蛮鉄冑を被るか」

「ふっふっふ」

と総兵衛が笑い、

「いざ薩摩お家流拝見」

と対決を宣した。

その言葉を聞いた陰吉が最前と同様にするすると後退し、跳躍に十分な間合いを取って、木刀を立てて構えた。

「鳶沢総兵衛勝臣、東郷示現流が打ち破ってくれん！」

と叫んだ北郷陰吉が、
きええいっ

と怪しげにも肚《はら》の底から絞り出された気合を発すると総兵衛に向って突進していった。

総兵衛は動かない。

陰吉が虚空へと飛躍した。

ちぇーすと!

木刀が陰吉の背中を打ってその反動を利しつつ落下と相俟《あいま》って振り抜かれた。

総兵衛の手の白扇が、

ふわり

と手を離れて虚空に浮遊した。

その瞬間、虚空にあった北郷陰吉は微動もせぬ総兵衛の長軀《ちょうく》を白扇の蔭《かげ》に見失っていた。だが、白扇の向こうにあるはずの総兵衛の実体を打ち砕かんと木刀を敢然と振り下ろした。

だが、手応《てごた》えがない、なかった。と思った瞬間、陰吉の傍らで風が舞い、襟首を伸びてきた手で摑《つか》まえられ、道場の床板に、

ふわり

と叩《たた》きつけられていた。なんの衝撃もないにも拘《かか》わらず、陰吉の五体は金縛りにあったように動けなかった。そして、

ふわふわ

と浮遊していた白扇が陰吉の顔に落ちてきて視界を塞いだ。

「なんが起ったとじゃろか」

白扇を手で払いのけた陰吉の口から思わず薩摩弁が吐《つ》いて出た。すると総兵衛の声がした。

「北郷陰吉、とくと聞け。迅速も玄妙なれば遅滞もまた幻、どのような間《ま》にも時の流れはあるものよ、それがこの世の理《ことわり》じゃ。速と遅の間に身を置けば、薩摩示現流の迅速の太刀も見分けがつこう」

がばっ

と北郷陰吉が起き上がり、総兵衛の前に這《は》い蹲《つくば》った。

総兵衛は一刻（二時間）余、鳶沢一族の若者を相手に稽古をつけた。一族の若者にとってはなんとも幸福なひとときであったが、総兵衛の太刀筋はこれま

で習ってきた祖伝夢想流と肌合いが違う剣技だった。では、十代目総兵衛が使う剣術が一族伝来の流儀と違うかと問われれば、

「否《いな》」

と言うしかなかった。かと言って祖伝夢想流の本流かと問われれば、また、

「正《まさ》に」

と応じることもできなかった。

異国交趾生まれの総兵衛の体内に流れる血が六代目総兵衛の教えを伝承し、異郷百年の時の流れの中で変容し、さらに富沢町で祖伝夢想流のいちばんの伝承者である一番番頭の信一郎の指導で手直しがなされた、

「十代目総兵衛の祖伝夢想流」

というしかなかった。

だが、その祖伝夢想流は未《いま》だ明確な形をなしておらず、萌芽《ほうが》、成育の過程にあった。当代の総兵衛勝臣の奥儀が大輪の花を咲かせるには未だ時が要る、と安左衛門は感じていた。

一方、鳶沢村の若者にとって己《おのれ》らと齢《とし》がさして違わない総兵衛が教える剣技

は玄妙で魅力的であったという他ない。たちまちだれもが虜《とりこ》になり、総兵衛が指導する傍らでその様子を見ながら真似《まね》る者さえいた。吉之助もその一人だった。それを見た安左衛門が見所から、

「吉之助、総兵衛様のかたちを真似たところで総兵衛様の剣術の域には到達せぬ。そなたはこれまで研鑽《けんさん》してきた祖伝夢想流の基本をさらに極め、己の技を確かなものとすることじゃ」

「安左衛門様、おれの技量は薩摩の主《ぬし》に完膚《かんぷ》なきまでに叩きのめされた。新たな途《みち》を探らんでよかろうか」

「おまえは不器用な男よ。これまでどおりの途を進むことじゃぞ」

と安左衛門がいう目の前で総兵衛が五右衛門と打ち込み稽古《げいこ》を始めていた。

五右衛門とて鳶沢村の祖伝夢想流を指導してきた人物だ。それなりに自負もあり、培《つちか》ってきた剣技に自信もあった。

だが、総兵衛と対決した瞬間、格の違いといった言葉では表現できない絶望感を覚え、五体に震えが走った。

（なんと奥深い剣技か）

鳶沢村で言い伝えられる六代目総兵衛勝頼様の再来ではないか。五右衛門は正直そう思った。すると対峙《たいじ》する若武者が五右衛門の目に神々《こうごう》しくさえ映った。

「どうした、五右衛門」

「はっ、参ります」

五右衛門はいつ以来のことであろう。師に教えを乞《こ》う弟子の初々《ういうい》しさを思い出し、正眼の木刀にこれまで研鑽してきた技量と経験をこめて総兵衛へ打ち込んでいった。

不動の姿勢の総兵衛が引き付けるだけ引き付けて受け止め、押し返した。

五右衛門は悠揚迫らぬ動作と感触に五右衛門少年に祖伝夢想流の基本から教え込んでくれた八代目総兵衛のことを思い出していた。だが、八代目とて十目総兵衛が醸《かも》し出す深遠《しんえん》を感じさせなかった。

五右衛門はいつもの指導する立場を忘れ、打ち方に徹して存分に攻めて攻めぬいた。

総兵衛は鳶沢村に伝わる祖伝夢想流の一手一手を楽しむように柔らかく受け止め、払い流し、弾《はじ》き返して、技の一つひとつを楽しんでいた。

総兵衛は江戸の富沢町の大黒屋地下道場に伝わる実戦的な祖伝夢想流と微妙に違う鳶沢村の流儀を心ゆくまで楽しんで五右衛門との稽古を続けた。それは剣術のある高み以上に達した者同士が通じ合う稽古であった。

五右衛門は、若き総兵衛が空恐ろしき可能性を秘めていると知ると同時に未だ迷いの中にいることも察していた。

阿吽《あうん》の呼吸で木刀を引いた両者に安左衛門が声をかけた。

「五右衛門、十代目総兵衛様の技前のほど、感得できたか」

「長老、六代目総兵衛様のそれをわしは知らぬ。じゃが、伝えられる六代目様もかくやと思わせられますぞ」

「ふっふっふ」

と実弟の言葉に安左衛門が満足げに笑った。

「いかにもさようかもしれぬ」

「安左衛門、五右衛門、六代目は途方もなく高い岩峰よ、途中に雲がかかって頂きの一部すら見えぬ」

「雲は風の吹き具合で、すいっと速やかに消えていくものにございますぞ」

「それは譬《たと》え、六代目の跡を辿《たど》る旅はまだまだ続く」

と己に言い聞かせるように呟《つぶや》いた総兵衛が、

「田之助」

と江戸から同道してきた早走りの田之助を呼んだ。すると鳶沢村の男衆《おとこし》が土《ど》
嚢《のう》を担《かつ》いで道場に入ってきた。

「おや、なにをなされますな」

「道場を一時弓場に変えてよいか、五右衛門」

「鳶沢村の総大将は総兵衛様にございます」

「ならば出口を塞《ふさ》いで土嚢を積んでくれぬか」

総兵衛の命に吉之助らが飛び出していき、手伝いを始めた。幅二間（約三・六メートル）高さ二間の土嚢の壁がたちまち造られ、真ん中に一尺五寸（約四五センチ）四方の的が設けられた。

田之助が革に包んだものを総兵衛に差し出した。それはイマサカ号が積んできた木箱の荷で総兵衛らが小船に乗り移った後、積み替えられたものだった。

総兵衛が古革を開くと一挺《ちょう》の弩《ど》が姿を見せた。だが、それが何であるか即座

にわかった者はいなかった。

「これはな、弓と同じ機能を持って短矢を大弓より遠くに威力を失うことなく飛ばす弩という飛び道具じゃ。イマサカ号では鉄砲も装備しておるが、弩も鉄砲と同じように使う。大弓を射るには長年の修行と練磨が要る。むろん弩に習熟するにはそれなりの時を要するが、同じほどの稽古を積んだ者を競わせると大弓に比べ、命中精度がはるかに高い。弩の構造《しくみ》を説明するゆえ、私の前に座れ」

と総兵衛が命ずると、なんと北郷陰吉が最初に総兵衛の前に移動してきた。

「見よ、形は鉄砲と弓を合体させた道具のようであろう。弩は二百年以上も前まで実戦で使われた、だが、ただ今では鉄砲に代わられて、イギリス国では貴族が狩猟用に使うくらいに姿を消した。だが、まだ鉄砲の時代を本式に迎えておらぬ和国では強力な武器たりうる。台尻《だいじり》と弓床に弓を組み合わせた先端部から、鐙《あぶみ》、弓、添え金、弦《つる》、溝《みぞ》、弦受け、引き金とそれぞれの役割を果たす部品によって構成されておる。まあ、こう説明してもなかなかどのようなものか、頭に思い描くことができまい」

総兵衛はそういうと弩と短矢を持って見所まで下がった。すると鳶沢一族の者たちも見所側の左右の壁に控えた。

「弩の射程は二百間（約三六〇メートル）というが有効射程距離はその六、七割と考えよ、長弓より随分と遠くに飛ぶ。だがな、この弩にも欠点がある、長弓は一射目を射たあと直《す》ぐに矢を番《つが》えれば続けざまに射ることができるが、革帯と爪《つめ》を設けたこの弩でも、長弓が六本射るところをせいぜい三、四本しか射ることができぬ」

総兵衛は見所を背にして、

「山羊脚《やぎあし》の埋め込み取っ手をこのように台尻側に半回転させると弦が爪にかかる仕組みだ。溝に沿い、短矢を装着し、鉄砲のように構える」

初めて弩に接する鳶沢村の一族の者たちにも弩の仕組みは大体わかった。

総兵衛が立射姿勢で弩を構えた。

八十八畳の道場だ、弩の射程距離としては短い。

総兵衛は矢尻と太矢《ふとや》を照星と照門のように使い、一尺五寸の的の真ん中にある径二寸（約六センチ）の黒丸が一直線上に重なるように合わせた。

総兵衛は引き金に指をかけ、絞り落とすように引いた。

弦受けの爪が回転し、弧を描いていた弦が前方に走って矢を射ち出した。

短矢の初速は長弓どころではない。

びゅん
と矢が道場の静まり返った空気を切り裂いて飛び、的の黒丸に突き立った。

数瞬道場は静まり返ったままであったが、その直後、

「うおおっ」

というどよめきが起こった。

「これは弓どころではございませぬな。大した威力にございますぞ」

と五右衛門が感嘆した。

「たれぞ試してみぬか」

と総兵衛が一族の面々を見回すと、

「狩りの名人の達三郎、出よ」

と安左衛門が指名し、三十二、三と思える達三郎が立ち上がった。

「参れ」

総兵衛は今いちど弩の構造と使い方を懇切丁寧に教え込んだ。

総兵衛の命に達三郎が、

「試してみよ」

「はっ」

と承って弩に矢を番え、的に向かい合った。だが、達三郎は直ぐに弩の引き金に指をかけることなく、何度も弩を構えては的を狙《ねら》い、弩を下ろしてはまた構える動作を繰り返して、初めて手にする飛び道具を体に馴染《なじ》ませた。その仕度が終ると総兵衛を見て、会釈《えしやく》した。

総兵衛も無言で頷《うなず》いた。

達三郎は弩を構え、しばし姿勢を固めて、

ひょい

と引き金を引いた。

弦受けが奔《はし》り、矢が飛び出した。次の瞬間、

びしり

と音が道場に響いて的の端に短矢が突き立っていた。

「だめじゃ」

と達三郎が落胆の声を洩《も》らした。

「さすがに狩りの名人じゃな、初めての矢が的を捉《とら》えたのじゃぞ。そなたなら稽古を積めばたちまち弩のコツを会得しよう」

総兵衛の言葉にようやく達三郎の顔に笑みが浮かんだ。

「総兵衛様、なかなかの得物ですな」

と五右衛門が感心した言葉を吐いた。

「江戸市中で鉄砲を撃つことは禁じられておる。弩なれば銃声で人々を騒がせることもなく威力を発揮できる。もはや富沢町にも深浦にも弩を使いこなす一族の者がおってな、すでに実戦の場で威力を示してきた。こたびイマサカ号に装備しておった弩六挺を持参した。安左衛門、五右衛門、四挺を鳶沢村に残しておく。道場の稽古に弩を組み入れよ。そして、ゆくゆくは外の弓場で稽古を積み、鳶沢村でも弩を武器に加えよ」

「総兵衛様、必ずや弩を一族の者たちに会得させまする」

と五右衛門が約束し、安左衛門が、

「鍛冶屋《かじや》の稲三郎、大工の余一郎、これへ」

と二人を呼んだ。

「どうだ、達三郎の手の弩を鳶沢村でも造れぬか」

「どおれ」

と鍛冶屋の稲三郎が弩を受け取り、

「弓は鍛えた鋼《はがね》を使えばより強力になるやもしれませぬな、じゃが、稽古用の弩は木製か、竹を張り合わせたもので十分じゃろう。矢は和国のものより太いな」

と言いながら、さらに念入りに確かめて大工の余一郎に渡した。

「弓床はよく乾燥させた樫《かし》でよかろう。弦は動物の毛を縒《よ》り合わせたもののようじゃが、工夫が要るな。まあ、総兵衛様、安左衛門様、鉄砲を造るより難しゅうはなかろう」

と職人に戻った二人があれこれと話し合った。

「安左衛門、弩が百挺もあれば鳶沢村の防備はさらに高まろうぞ」

「いかにもさようにございますな。稲三郎、余一郎、早々に工夫せよ」

と安左衛門が命じたとき、見所脇《わき》から桜子が姿を見せた。番重《ばんじゅう》の上に握り飯が並んで鳶沢村の女衆《おなごし》が大鍋《おおなべ》やら器を運んできた。

「今日は稽古がなかなか終わらぬでな、昼餉《ひるげ》の差し入れでございますぞ」

とおくまが大声で言い、

「よう気が付いたな」

と総兵衛が褒めた。

たちまち道場が昼餉の場に早変わりした。

「朝餉なし昼餉なしかと諦《あきら》めておった」

と吉之助が嬉《うれ》しそうに握り飯を摑《つか》んだ。

「吉、そなた、陰吉の示現流に叩《たた》きのめされて頭痛がしておるのではないか。握り飯どころではあるまい」

と五右衛門がからかうように言った。

「五右衛門様、頭痛ではない、耳鳴りじゃ。じゃが飯と耳鳴りは関わりがございませんでな、頂戴《ちょうだい》します」

「吉之助、よかったのう。陰吉が力を加減したで握り飯も食せる」

「えっ、総兵衛様、あれで手加減したのでございますか」

「北郷陰吉に聞いてみよ」

吉之助が鳶沢一族の面々に混じって握り飯を頬張る陰吉を見た。

「昨日まで縛《いまし》められていたせいで、手足に力が入らなかった。まあ、そのお蔭《かげ》で無駄口を叩ける」

「魂消《たまげ》た」

と正直な言葉を洩らした吉之助が、

「そのおぬしも総兵衛様には形無しじゃったぞ」

「鳶沢総兵衛様な、あのお方は別格じゃ。いかぬ、いかぬ」

と答えた北郷陰吉は身分制が厳しい薩摩では考えられない一族の長と家来や女衆が同席して昼餉をなす光景を驚きの目で見回した。

見所では安左衛門が総兵衛に、

「昼餉の後、総兵衛様を案内したきところがございます」

と話しかけていた。

「先祖の墓参りなれば毎朝詣《もう》でておる」

「いえ、総兵衛様ばかりに驚かされては分家の面目は立ちませぬ。そこでな」

と安左衛門が含み笑いした。

第二章　再び旅へ

一

秋の続きかと思える穏やかな陽射《ひざ》しが江戸の町に降り注いでいた。だが、季節はすでに冬に移っていた。

この日、富沢町《とみざわちょう》の古着問屋大黒屋《だいこくや》の小僧天松《てんまつ》は、おこものちゅう吉を従え、鮓《すし》を入れた重箱を風呂敷《ふろしき》に包んで両手で奉じるように捧《ささ》げ持ち、上野の山下から鉤《かぎ》の手《て》に曲がって下谷車坂町に差し掛かろうとしていた。

「兄い、おれが持つよ」

と、近ごろまた一段と背丈が伸びたひょろ松こと天松の後ろからちょこちょこと短い足を忙《せわ》しげに動かして従うちゅう吉が言いかけた。

「ちゅう吉、己《おのれ》を知るのもおこもの務めだよ」

「なんだい、だから、根岸のお宅に連れていくけどな、門外までだ」

「ああ、だから、根岸のお宅に連れていくけどな、門外までだ」

「えっ、そりゃ、仕打ちが冷たくないか。大黒屋の大番頭さん直々に、ちゅう吉さん、折よいところにお出《い》でになった。ただ今天松を使いに出しますがな、どうもこのところ小僧さんときたら、ぼおっと過ごしておられる時が多い。そこで根岸まで使いに出して気分を変えさせることにしました、って言われたんだぜ」

　と最前大黒屋の店頭で展開された会話を再現した。

「……それでこのちゅう吉にお供しろと命じられるので」

「いかにもさようです」

「さすがは富沢町を仕切る大番頭さんだ。ようお店のことを見通しておられる。おれもさ、近頃、兄いの様子がおかしいと危ぶんでいたのさ。御用に出されて集金の金子を落としてくるような大しくじりを仕出かすんじゃないかとね、気にしていたのさ。だから、こうして湯島天神から用事もないのに富沢町に足を延ばすというわけさ。まあ、主《あるじ》の総兵衛《そうべえ》様が一時とはいえ、異国に戻られたんだ、奉公人の気は抜けるよな」

「おや、総兵衛様は異国に戻られましたかな」

「おっと、こいつは内緒ごとだったか」

ちゅう吉が慌《あわ》てて己に言い聞かせるように小声で応じたものだ。

「いえいえ、ちゅう吉さんの早耳にはこの光蔵《みつぞう》も感心しますよ。全くお察しの通りにお店の内がかようにだらけております。まあ、気分を変えて根岸まで天松の供をして下さいな」

光蔵に頼まれたちゅう吉がぽーんと胸を叩《たた》いたが、その時、奥から風呂敷包を捧げて姿を見せた天松が、

「えっ、大番頭さん、おこもの供ですか。私、一人でも根岸くらい参ることができます」

と遠回しに断ろうとした。

「兄い、遠慮するなって。おれも忙しい身だが、大黒屋の大番頭さんに内情まで話されて頼まれれば、無下にいやとも言えないね。さあ、行こうか」

ちゅう吉が天松を急《せ》かせて富沢町を片方はしぶしぶ、もう一人は大喜びで出てきたところだ。

東叡山《とうえいざん》寛永寺山下には寛永寺と関わりのある寺が山門を並べて続いていた。

なんともぽかぽかとした陽射しで気持ちがいい。

「総兵衛様は今頃どこまで行かれたかね。おりゃさ、異国というところに行ったことがねえや。西国よりずっと遠いんだよね、海の向こうとなると船で行かれたか」

「ちゅう吉、だれにいい加減な話を聞かされた」

「富沢町界隈《かいわい》で噂《うわさ》しきりだよ、異国となれば一年や二年留守だよね。兄い、こんなときこそ、大番頭さんのお眼鏡に叶《かな》うようにしっかりと奉公してよ、手代に出世しなきゃダメじゃないか」

「おこものおまえにそんな説教されたくないよ。総兵衛様は」

と言いかけた天松が慌てて口を噤《つぐ》んで話の矛先を変えた。

「さっきも言いましたが、根岸までは大番頭さんの命ゆえ連れて行きます」

「だけど門外までか、冷たいよな。相手はだれだ」

「中納言坊城《ちゅうなごんぼうじょう》家がご実家の坊城麻子《あさこ》様のお屋敷に、おりんさんが作ったあごの散らし鮓を届けるのですよ」

「ふうーん、中納言ってなんだ」

「だから、京のお公卿《くげ》様の、それもえらい血筋なんですよ」

「ああ、おれ、見たぜ。富沢町でよ、お雛《ひな》人形みたいなお姫様を連れたよ、女衆《おなごし》とすれ違ったことがあらあ。通りがかりの担《かつ》ぎ商いが、南蛮骨董商《こっとうしょう》の女主だと言っていたな」

「そのお方のお屋敷に届けるのです」

「話は分かった。ならば兄いもそれなりに威儀を正してよ、風呂敷くらい供のちゅう吉に持たせるがいいや」

「だから、おまえは己を分っていないというんですよ。おりんさんの拵《こしら》えたあなごの散らし鮓におこもの臭《にお》いが移ったら台無しになるじゃないか」

「臭いが移るか、それはねえぜ。だいいちおれ、臭いなんてしねえもの」

二人はいつしか掛け合いをしながら下谷坂本町から下谷金杉上町に入り、その先の金杉村にある安楽寺と御門主の屋敷の間の道へと曲がると急に鄙《ひな》びた景色が広がった。里の人が、

「根岸」

と呼び慣わす一帯だ。

「もう坊城麻子様のお屋敷は近い。ちゅう吉、少し離れてついてこい」

「ちえっ」

舌打ちしたちゅう吉の気配が不意に消えて、天松が後ろを振り返ると姿は見えなかった。

「あいつ、もう少しおこもってことを自覚してくれませんかね。近頃富沢町で、天松さん、今日はおこもの朋輩《ほうばい》を連れてないのかい、なんて聞かれるものな。私はちゅう吉のなんだろう」

とぼやいた。そして視線を戻すと坊城家の檜《ひ》皮葺《わだぶ》きの屋根門が見えてきた。

この刻限とほぼ同じ頃、分家の鳶沢安左衛門《とびさわやすざえもん》が総兵衛を伴ったのは、江尻《えじり》

湊《みなと》と駿河《するが》湾を分って砂嘴《さし》のように北へと突き出た半島の一角の松林だ。

この一角には三保の松原の景勝があって、駿河湾をいく船人に松原の上に聳《そび》える富士の高嶺《たかね》を見せてくれた。

鳶沢村からおよそ一里（約四キロ）足らずの、江尻湊の一角に折戸《おりど》と呼ばれる浜辺があった。駿河湾から江尻湊に入ってきた船は、三保の松原の半島の内側に折れ込むと深奥部《しんおうぶ》の折戸に到達した。だが、大船の出入りは出来なかった。

松林が密に生い茂っていたが、その松林の一帯を竹杖《たけづえ》で指した安左衛門が、

「この一帯の松林は先々代総兵衛様時代に鳶沢一族が買い求めて所有しておりましてな、九代目が病がちなこともあって手つかずになったままでございました」

「なんぞ目的があって買い求めたのかな」

「いかにもさようです」

二人の眼の前の松林が途切れると折戸の海がちらりと見えた。

「こちらへ」

安左衛門が案内したのは松林に囲まれた小高い丘の上に築かれた石垣の下だ。

石垣はおよそ十数間（二五、六メートル）の高さに及んでいた。石垣のあちらこちらには番人が立って、胡乱《うろん》な人物が近づくことを警戒していた。

番人小屋の門番が総兵衛と安左衛門の二人の姿を見て、緊張した。

「弥《や》の字、絵図面を」

と安左衛門が命じると弥の字こと弥吉が杉板に描かれた実測図を差し出した。

総兵衛が目を落とすと、石垣が、

「コ」

の字に組まれ、ほぼ南北の石垣一列は百間（約一八〇メートル）余の長さが、もう一辺は六十数間（一一〇メートル余）あるのが縮尺図で総兵衛にも確かめられた。石垣が組まれていない方角が折戸の海に面しているのだ。

安左衛門が百間余の西の石垣下に切り込まれた隧道《ずいどう》に総兵衛を導いた。隧道の所々に南蛮帆船が使うランタンが掲げられ、隧道の天井や側面が自然の岩盤でできていることを、そして、この数年内に人の手が入ったことを示す鑿《のみ》の痕《あと》が残っていた。おそらく反対側の東の石垣にももう一本隧道があるのだろう。

隧道の向こうから自然の光りが差し込み、大勢の人の声がした。

総兵衛にはもはや分っていた。

鳶沢村では船隠しを建造し、イマサカ号や大黒丸を駿河湾の沖合ではなく、江尻湊の深奥部の折戸に導こうと企てていたのだ。

「船隠しじゃな」

「いかにも」

安左衛門がコの字の石垣に囲まれて海水が引き入れられた人工の船隠しを総兵衛に見せた。深浦は自然の地形を利用して船隠しが設けられていたが、駿府の江尻湊折戸浜では人工の巨大な船隠しがほぼ完成しようとしていた。

「なんとまあ途方もない普請《ふしん》を分家はなしてきたものか」

「深浦から出た船を沖合に止めるのはいささか不用心ですでな、海が荒れるとなると一夜かぎりの仮泊もできません。そこで鳶沢村ではなんとしても深浦のような船隠しを持つのが積年の夢にございました。さすれば、深浦、鳶沢村江尻、琉球《りゅうきゅう》と三つの湊を得て、異郷交易の足がかりが確かなものとなります」

「いかにもさよう」

「できる限り自然の地形を利用しつつ石垣組みに三年を要しました。ともあれ折りしもイマサカ号来航がこの普請を急がせました。あと半年もあれば船隠しの内側に荷蔵や修理小屋が建ちましょう。この次、イマサカ号と大黒丸が戻ってきたときにはこの船隠しに入ることができまする」

総兵衛はコの字の奥、外側六十余間、内側では四十数間ほどの護岸の一角に立って折戸の浜を眺めた。折戸の浜に接した船隠しへの出入り口の水路は松林の中を巧妙に曲げられ、人目に付かぬように工夫がなされていた。

「安左衛門、水深はどれほどか」

「折戸の海は浅いところで二間、深いところで十間ほどでございましてな、そこでこの船隠しの水深の浅いところを五間ほどの深さに掘削するのに苦労致しました」

五間ならばイマサカ号が進入しても船底が海底に接することはない。

「人の手間も費えも莫大《ばくだい》であったろう」

「これまで鳶沢一族が溜《た》め込んだ金子の大半を使わせてもらいました」

「安左衛門、その費えは一度の交易で補えよう。深浦は江戸に近い立地ゆえに幕府にしばしば目を付けられてきた。だが、深浦が万が一の場合、代替できる第二の船隠しを鳶沢一族が持つことが、一族にとってどれほど有益か言うまでもない。安左衛門、ご苦労であったな。分家と鳶沢村にはこの総兵衛、いやはや驚かされた」

その言葉を聞いた安左衛門が会心の笑みを漏らし、それが高笑いになって船隠しに響き渡った。

「総兵衛様、イマサカ号と大黒丸の二艘《そう》とも操船上、入港に問題はありませんでしょうな」

「イマサカ号船長の具円伴之助《ぐえんばんのすけ》、大黒丸の金武陣七《きんじんしち》主船頭ともに帆船の操舵《そうだ》に長《た》けた面々じゃ、三保の松原を回り込んでこの折戸の船隠しに船を入れることなど、この国でいう朝飯前の仕事であろうよ」

「いかにもさようで」

安左衛門が安堵《あんど》の声音で返事をして、

ふうっ

と大きな息を吐いた。

鳶沢一族の三長老の一人であった先代の安左衛門は、八代目総兵衛の許しを得て密《ひそ》かに鳶沢村近くに船隠しの用地を買収、普請に入った。だが、九代目は病がちであったゆえにその負担は代替わりした当代の安左衛門一人の肩にずしりとのしかかっていた。

だが、十代目総兵衛に披露し、船隠し普請が鳶沢一族に有用であると言葉を貰《もら》ったことで一気に肩の荷が下りたのだった。

「安左衛門、琉球に書状を送り、こたびの交易の帰路、イマサカ号と大黒丸をこの船隠しに入れるように命じておきなされ」

「交易を終えて大黒屋の船が駿府に立ち寄るのは一年後にございますな」

「いかにもさよう」

「必ず二艘の船が安心して停泊できるように万端怠りなく仕度をしておきますぞ」

と安左衛門が張り切った。

総兵衛は安左衛門の案内で船隠しのすべてを見学し、細心にして大胆な築港工事であることを確かめた。働く者は土地の人間で鳶沢一族の者たちが監督していた。

総兵衛はそれらの人々一人ひとりに声をかけ、会話を交わした。

「久能山沖は嵐《あらし》の折、大層海が荒れると聞いた。この船隠しを嵐の折の避難所として使うことも考えてはどうか。かような船隠しは土地の人々の理解がなければ、隠し果《おお》せるものではないでな」

総兵衛の言葉に安左衛門が、

「いかにもさようでございますよ」

と満足げに笑ったものだ。

総兵衛と安左衛門は船隠し見物の帰路、江尻湊に立ち寄り、船隠しの方角を振り返った。

だが、松林が巧妙に船隠しを覆《おお》って江尻湊からは見えなかった。問題はイマサカ号の三檣《さんしょう》の頂きがどれほど松林の上に突き出て、人目を惹《ひ》くか、そのことだった。

「総兵衛様、石垣の上に松を植えることを考えておりますよ」

と安左衛門が総兵衛の危惧《きぐ》を推測したように答えたものだ。

「ほう、それはよい考えかな。江尻湊から見れば自然が生んだ松林にこれから植える石垣の松が溶け込んでただ松林としか見えまいでな」

「いかにもさようですよ」

と安左衛門が応じたとき、

「鳶沢村の安左衛門様、お茶など喫していかれぬかね」

と姉様かぶりの女が声を掛けてきた。

江尻湊の目ぬき通りだ。旅人の多くが通過するところに、

「肴《さかな》、めし、酒あり」

と書かれた幟《のぼり》を掲げた飯屋兼茶店は、鳶沢一族の手になるもので、連絡場所《つなぎ》でもあった。

「総兵衛様、ようこそおいでなされました」

と挨拶《あいさつ》したのは江戸大黒屋の奥を仕切るおりんの従姉妹《いとこ》のおきねだった。だが、総兵衛はそのことを知らなかった。

「分家に伴われて江尻湊見物じゃ」

「江戸と違い、江尻は小さな宿場にございますよ」

総兵衛と安左衛門は傾きかけた冬の陽射《ひざ》しの下で縁台に腰を下ろし、茶とおきねが手造りしたぼた餅《もち》を賞味した。

「おお、これは美味《うま》い」

「美味《うも》うございますか。格別に安左衛門様から譲られた砂糖を入れてつくりました」

鳶沢一族の店ならではのぼた餅だった。

「総兵衛様、おりんちゃんは元気にございますか」

「おりんと幼馴染《おさななじ》みか」

安左衛門が小声で、

「おりんとおきねは従姉妹にございますぞ」

「おお、うっかりと忘れておったわ」

と総兵衛が、

「鳶沢村で生まれ育った己《おのれ》」

の立場を思い出し答えたものだ。

冬の陽は一気に落ち夕暮れに導いた。

およその旅人がすでに旅籠《はたご》に入っていた。だが、急ぎ旅の者が通りを往来する姿があった。

総兵衛と安左衛門は茶を喫しながらしばし疲れを休めた。

「よいものを見せてもろうた。そこでそろそろ我ら本来の旅の目的地を目指して鳶沢村を旅立とうかと思う」

「京に向かわれますか」

「なんぞ懸念《けねん》があるか」

「北郷陰吉《きたごうかげよし》なる忍び、どうしたもので。あやつ、今一つ正体を見せておらぬように思います」

と安左衛門が口にした。近頃、耳が遠くなった安左衛門の声は知らず知らずのうちに高くなっていた。

その声を数間離れた通りで聞き届けた者がいた。江戸の薩摩《さつま》屋敷と京の薩摩屋敷の密偵にして連絡方《つなぎ》、

「三十里かせぎの孫六《まごろく》」

だ。孫六はまた、

「遠耳の孫六」とも呼ばれ、口の動きを見て相手が言葉にしようとしたことを読み取ることができた。

孫六は通りから路地に入り、風具合を確かめて二人の会話を盗み聞きすることにした。

「蔦沢村に置き、様子を見るのも手かと思う。じゃが、いささか思い切った手かも知れぬが、あの者の正体を知るためにわれらの旅に同行させようかと思う」

「総兵衛様、それは」

安左衛門の声を聞いた孫六は、話し相手の若い声が大黒屋総兵衛であることを知った。

なんと異郷に交易に出たはずの総兵衛が駿府江尻湊にいるとは、

(どういうことか)

「乱暴か」

「総兵衛様に桜子《さくらこ》様、田之助の三人旅に薩摩の転び忍びを同道させるのはいささか危のうございませぬか」

「正直、あの者を信じてよいのかどうか判断に迷う。だがな、あの者がもはや薩摩に戻れぬのは自明の理であろう。もしわれらの下で御用を勤めるようになれば、これからの薩摩との大戦《おおいくさ》で、大層な力にならぬか」

「それはもう。ですが、一つ間違えばわれらが大火傷《おおやけど》致しましょうな」

「それも覚悟の前」

ふうっ
と安左衛門が溜息《ためいき》を吐《つ》き、

「いつ旅に出られますな」

「京の帰りにも立ち寄る所存、ならば明後日にも出立しようと思うがどうじゃな、安左衛門」

なんと大黒屋総兵衛がわずか二人の供で京に向かうという。その一人は女というのだ。そして、いちばん大きな危難が大黒屋の国許《くにもと》の鳶沢村で生じていた。鳶沢村の見張りを命じられていた北郷陰吉が鳶沢一族に反対に正体を摑《つか》まれ、薩摩の忍びであることを告白していた。かような場合、薩摩の忍びに許された途《みち》は一つしかない。

「死」

だ。

「北郷陰吉は外城《とじょう》もんであったな」

と三十里かせぎの孫六は記憶を引き出した。となれば即刻死を与えて口を塞《ふさ》ぐことしかない。まずは江戸と京の薩摩屋敷に連絡をと思った。

その時、飯屋の縁台で話していた二人が立ち上がり、女衆を呼ぶと年寄が茶代を払い、若いほうが女衆に何事か囁《ささや》いた。だが、大きな体で口の動きが隠されて読み取ることはできなかった。

女衆がぶら提灯《ちょうちん》を渡したところを見ると灯かりを借りたのだろう。すでに提灯には蠟燭《ろうそく》が灯《とも》されていた。

三十里かせぎの孫六は大黒屋総兵衛と鳶沢村の長老と思える年寄の後を尾行することにした。江戸と京への連絡《つなぎ》は二人の動きを通じて、北郷陰吉の様子を確かめたあとのことだ、と思った。

二人は江尻湊から巴川《ともえがわ》沿いに折戸へと戻ろうとしていた。

孫六は十分に間合いを取り、蠟燭の灯かりを頼りに尾行を始めた。忍びにとって、尾行は初歩の初歩だ。

巴川を渡り、浜伝いの道から山へと上がっていった。

ゆらりゆらり

とぶら提灯の灯かりが浮かんで、孫六を不思議な境地へと誘っていこうとしていた。

二

「兄い、さっきからなんで黙ってんだよ」

根岸の公卿《くげ》屋敷と呼ばれる坊城邸を出たちゅう吉が黙々と富沢町大黒屋への家路を急ぐ天松に聞いた。

ちゅう吉の手には懐紙に包まれた京の干菓子があって、実に満足げな顔をしていた。

「使いによ、時がかかったからか。だって麻子様に引き止められたんだもの、仕方ねえじゃねえか。大番頭さんだってよ、事情を話せば分ってくれるって」

ちゅう吉がさらに言ったが天松の歩きが早くなっただけで一言も答えなかった。ちゅう吉は必死で天松の急ぎ足に追いつこうとちょこちょこと足を動かした。それでも一間の差が生じていた。

「兄い、天松さん、怒っているのか」

天松が不意に振り返った。

「坊城家の門前であれほど待てと言ったのに、なぜ断りもなしに入ってきた」

「だってよ、退屈だしさ、独りで表に待つのはつまんねえじゃねえか」

「ちゅう吉、大番頭さんが甘いからって図に乗っていませんか」

「そ、そんなことねえよ」

さすがのちゅう吉も天松の怒りが激しいことに気付かされ、戸惑った。

「だけどよ、麻子様はおれのことを喜んでさ、女衆に握り飯なんぞをこさえさせて、あれこれと気を遣ってくれたじゃねえか。子供のおこもの話が面白いってんで、腹を抱えて笑い転げていたろうが。それに桜子様がいたら大喜びしただろうとも言ったじゃねえか。おれのどこが悪いんだよ」

二人は下谷車坂に差し掛かっていた。

「奉公人は主《あるじ》や上に立つ人の命は絶対です。ましてうちは」

「おっと、そのことを往来で口にしていいのか」

「ちゅう吉、おまえは私を見い分と崇《あが》めているようで、体よく利用していますね。その上、勝手な振舞いばかりです。このような甘えはちゅう吉、おまえにとっても大黒屋の小僧の私にとってもよくない、先々大きなしくじりを招きます。おまえが富沢町の店に出入りするのは私の立場で断ることはできません。ですが、今後一切私には話し掛けないでください、いいですね」

「な、なんでだよ。おれの話が麻子様に喜ばれたって妬《や》いているのか」

「ちゅう吉、のぼせるのもいい加減にしなさい。おこもが坊城家に受け入れられたのは大黒屋に出入りを許されているからです。それをおまえはえらく勘違いをして」

「だってよ、おれが庭先に顔を突き出したら、麻子様が可愛《かわい》いおこもさんって、喜んで手招きしたんだぜ」

「だから、それがすべて勘違いです。世間には口と腹で使い分けるということがよくあるものです。それをちゅう吉は」

と言い放った天松はちゅう吉を睨《にら》んだ。

ちゅう吉はなにか抗弁しようとしたがあまりにも天松の怒りが激しいので言葉に詰まった。それでも、

「兄い、ゆ、許してくんな」

なんとか詫《わ》びの言葉を小声で吐き出した。

「ちゅう吉、下谷広小路に出たらその足でおまえは湯島天神に戻りなさい。私は富沢町に帰ります。最前言ったことを忘れないように。今後一切私はおまえとは言葉を交わしません。兄弟分なんてこちらからお断りです」

と言い残した天松が下谷車坂の角を曲がると下谷広小路の雑踏を搔《か》きわけるように小走りに紛れていった。一方、ちゅう吉は通りに放り出され、途方に暮れた。

「おれがなにをしたというんだよ、天松兄い」

突然哀《かな》しみが小さな体を襲った。

「兄い、ごめんよ」

と呟《つぶや》きながら涙がぼろぼろととめどなく零《こぼ》れてきた。

「おや、おこもさんが泣いてござる」

下谷車坂の裏店《うらだな》に住む女衆がちゅう吉の姿を見付けて声をかけた。

「腹を減らしたか。うちにこないか、残り飯で握りをこさえてやるよ」

「そ、そんなんじゃねえや」

ちゅう吉はそういうと、
わあわあ
と堪《こら》えきれずに泣き声を上げ、下谷広小路の人混みに走り込み、天松のひょろりとした姿を探した。だが、大勢の人々が往来する広小路には見知った兄いの姿はなかった。

ちゅう吉の五体を寂しさと哀しみが締め付けて、なんともやるせなかった。ぼろぼろと涙を流し、泣き声を押し殺して湯島天神の棲《す》み処《か》へとすごすご戻っていった。

孫六は行く手の灯かりが闇《やみ》に溶け込むように消えたことに驚かされた。

(うむ、蠟燭が燃え尽きたか)

そう思いつつも薄闇に気配を凝らして灯かりが消えた辺りまで歩を進めた。

だが、その辺りに人の気配はなかった。

（孫六様をまごつかせるなんて、大黒屋総兵衛は屋敷内で噂《うわさ》されているとおりの人物か）

孫六はかすかな光に心眼を加えて辺りを探った。すると緩やかな坂道に一つの影がひっそりと立ち、こちらの様子を窺《うかが》っていた。

「何者ですね」

年寄りの声だ。鳶沢村を支配する長《おさ》の安左衛門なる人物かと孫六は気付かされた。

「通りがかりの者にございます、つい夜道を急ごうとどうやら見知らぬところに紛れ込んだように思います。へえ、驚かせたら謝りますよ」

孫六は言いつつ、元来た道に戻ろうとくるりと身を返した。するとそこに長身の影がひっそりと立っていた。

「大黒屋総兵衛」

孫六は思わず胸中に秘すべき言葉を口にしていた。

「ほう、私のことを承知でしたか。どこのどなたにございますな」

こちらも丁寧な言葉遣いだった。

「旅の者にございます」

「もはやその言葉遣いは通じますまい。われらに江尻湊から尾行が張り付いたのは直《す》ぐに気付いておりました。となると茶店での話がそなたの関心を呼んだことになる」

「なんのことやら分かりかねます」

と言いつつ、孫六は懐《ふところ》に手を突っ込んだ。むろんそこには異国渡来の天竺《てんじく》製の短剣が隠されていた。この得物は小さな両刃《もろは》で飛び道具にも使えた。だが、その動きは陽動だった。

「薩摩と関わりがある者と見た」

と総兵衛が言った。それと呼応するように孫六の背後の年寄が提灯の灯かりを再び入れた。これで孫六の背後から灯かりが灯され、総兵衛の闇に溶け込んでいた顔の表情がおぼろだが確かめられた。

（若い）

と思った。

「当代の大黒屋の主は異国生まれ」

という噂を江戸の薩摩屋敷で耳にしたが、

（確かに異人の血を引いておるやもしれぬ）

と思った。

「薩摩がどうのこうのなどと一向に分かりませぬな」

孫六の声が含み声に変わっていた。それに気付いた総兵衛が前帯に差した白扇を抜くと、
ぱあっ
と広げた。

（白扇でなにをしようというのか）

「名を問おうか」

総兵衛の声はあくまで平静だった。その問いに疑いは感じられなかった。孫六は覚悟をするしかない。

「三十里かせぎの孫六」

「と薩摩で呼ばれておるか」

もはや正体は隠しようもなかった。ならばこの者から話を引き出して逃げ出すだけだ。逃げるだけなれば孫六には自信があった。

「北郷陰吉、そなたの手に落ちたか」

「いささか功を焦《あせ》ってな、府中の飛脚宿から京の薩摩屋敷へ連絡《つなぎ》をつけようとしてわれら一族に囲まれ、捉《つか》まった」

「陰吉、自決は企てなかったか」

「鳶沢一族の天秤輪《てんびんわ》に囲まれてそう易々《やすやす》と身動きはできはせぬ」

孫六の背後から灯かりの主が近づいてきて、答えていた。

「陰吉はどうしておる」

「転んだ」

と総兵衛が言い切った。

「なに、薩摩の忍びが主様を裏切ったというか」

「人間が痛みに耐えられるにも限界があるでな」

「魂消《たまげ》た」

と孫六が答えながら懐手を抜こうとした。だが、その前に口が動いて、細く閉じられた間から光が、

ひゅ、ひゅっ

と一条、二条流れて総兵衛の両眼を射抜こうとした。

総兵衛が手に掲げていた白扇が優雅に虚空《こくう》に舞い、光を塞《ふさ》いだ。

ぷすりぷすり

とかすかな音をさせて含み針が白扇に当たった。

「しくじったか」

孫六は懐から天竺で造られた短剣を抜き出すと、腰を沈めて、

ひょい

と虚空に跳躍し、闇に紛れようとした。

孫六の背後にいた安左衛門が提灯を虚空に投げ上げると孫六の体が闇に浮かんだ。

孫六は身を捻《ひね》りつつ手にした短剣を総兵衛に向って投げつけようとした。

その瞬間、弦《つる》の鋭い音が響いて、短矢が孫六の体を刺し貫いていた。

孫六は痛みを感じる暇もなく地べたに叩《たた》きつけられたときには絶命していた。燃え上がった提灯が孫六の傍らに落ちてきて、闇の中から田之助が弩《ど》を構えて姿を見せた。そして、鳶沢村の吉之助《きちのすけ》ら若者が弩の凄《すご》さを眼前にして言葉を失った表情で現れた。

「ご苦労じゃった」

と安左衛門が田之助の迎えを労《ねぎら》い、

「こやつの始末、願いましょうかな。懐に密書を隠しておるやもしれぬ、丁寧に探しなされ。当然のことじゃが、吉之助、このこと、薩摩の忍びには口外無用です」

と命ずると、

「総兵衛様、われらは先に村に戻りましょうぞ」

と主《あるじ》に言いかけた。

その夜、鳶沢一族総出で領地内外に薩摩の忍びが潜んでいないか、捜索が行われた。また同時に北郷陰吉に改めて尋問が行われた。問いは一つ、

「鳶沢村には一人で見張りについたか、はたまた二人三人で見張りについたか」

そのことだ。陰吉の答えははっきりとしていた。

「お頭はこう申された。相州の見張りで手がいっぱいゆえ、しばらく独りで辛抱せよ。鳶沢村に潜入することなく遠目から村の人間の出入り、動きを注視し、江戸屋敷か京屋敷に報告せよ。大黒屋の主自ら交易に出た以上、鳶沢村もそう人の出入りはあるまいと送り出された」

薩摩は相州深浦に忍びの大半を送り込んでいることになる。これはもう深浦でも承知のことだ。

「総兵衛様、念のために相州に連絡《つなぎ》を入れておきますかな」

「それがよかろう」

「さあて、こやつの言葉をどこまで信じてよいものか」

安左衛門が思案した。

「なにゆえ急に調べが再び始まった。もはや答えることはなにもない」

「すでにそれが嘘《うそ》であろう。忍びとして育てられたものが敵方の手に落ちたとはいえ、そうすべてを吐き出すものか」

「安左衛門様、わしも常々そう思うてきた。じゃが総兵衛様は不思議なご仁じゃぞ。ついこちらから話し掛けたくなる、親近感というのか、主様を思わせるなにかをお持ちなのだ。なんとも訝《いぶか》しい人物じゃぞ」

と陰吉が感心した。

その言葉をどことなく安左衛門は理解した。それは安左衛門らが富沢町を初めて訪ねてきた若者に感じたことであったからだ。

「一人で鳶沢村の見張りに就いたのは間違いないな」

「ない、それともわしの言葉を疑ることが起きたか」

「いや、なにもない」

訝しい、と陰吉が呟《つぶや》いたが、それ以上は問い質《ただ》そうとはしなかった。明け方、一族の者たちが捜索から戻ってきて、北郷陰吉以外、薩摩忍びの入り込んだ気配はないことを総兵衛と安左衛門に告げた。

翌朝、総兵衛は坊城桜子を誘い、久能山《くのうざん》の霊廟《れいびょう》に詣《もう》でた。神君家康の御霊《みたま》を拝した総兵衛が、

「桜子様、長いこと鳶沢村に逗留《とうりゅう》させましたな。明朝、われらはこの地を離れ、京に向かいましょうぞ」

「故郷での御用は済まされましたか」

「この地にあること自体が用といえば用、それも終わりました」

「ならば京に参りましょう」

「ご案内願います」

と総兵衛が桜子に微笑《ほほえ》みかけた。

光蔵はなんとのう小僧の天松の様子がおかしいと感じていた。だが、手を抜いて御用をなしているわけではない。いや、反対に常にも増して集中して仕事をなそうとしているのだ。どことい って文句をつけるところはない。それでいて、時に、
ふうっ
と御用の手を休めて考え込んでいるときがあった。そこで奥に行った折におりんにそのことを問うてみた。

「天松さんの様子がおかしゅうございますか。もしや総兵衛様の不在に寂しさを感じてついつい物思いに耽《ふけ》っているのではありませんか。大番頭さん、天松さんの様子が訝しいと感じたのはいつのころからです」

「この一両日ですよ」

「と申されますと天松さんはなんぞ格別な御用を命じられましたか」

　と言いながらおりんは茶を淹《い》れようとしていた動きを止めた。

「そうです、天松に根岸に使いにいくように命じました。麻子様のところへ、あなごの散らし鮓《ずし》を届けるように願いました。そうじゃ、あの御用から戻ってから天松の様子がおかしい」

「麻子様の家でなんぞ粗相をなしたのでしょうか。それなればそれで天松さんは大番頭さんに報告するでしょうに」

「いかにもさよう。おお、そうか、天松が根岸に使いに出された時、おこものちゅう吉さんがお店に姿を見せて、一緒に出ていきましたな。じゃが、戻って来たのは独りでした」

　と言いながら光蔵が一瞬考え込んだ。

「根岸に届けものをするにしては、なかなか長い時を要しましたな。小僧が麻子様と長々と話をするわけもなし、道々なにかあれば報告しよう。こりゃまたどうしたことか」

「一緒に出掛けたちゅう吉さんはどうしたのでしょう」

「天松の話では下谷広小路で別れたそうな。あそこからなら、ちゅう吉さんのねぐらは近い」

「そういえば毎日のように顔を出すちゅう吉さんが今日はまだ姿が見えません」

「確かにそうじゃ、おりん」

しばし沈思したおりんが、

「天松さんとちゅう吉さんの間でなにかがあった」

「おりん、それじゃ。二人は仲違《なかたが》いしたかなにかか。それなれば兄弟喧嘩《げんか》のようなものです、そのうち仲が戻りましょう」

光蔵が訝しい原因に思い当たり、安堵《あんど》したようにおりんが淹れてくれた茶に手を出した。

「総兵衛様や桜子様は未《ま》だ鳶沢村に逗留しておられましょうか」

とおりんが話柄《わへい》を変えた。

「イマサカ号と大黒丸なれば深浦を出て一日で悠々と駿河湾の鳶沢村近くに到着していましょう。あれからだいぶ日にちも過ぎました。そろそろ鳶沢村をお立ちになるころでしょうかな」

そう答えた光蔵の脳裏には総兵衛と桜子が祝言《しゅうげん》を挙げる光景が浮かんだ。するとつい顔に笑みが浮かんだ。

「おや、その笑みは」

とおりんが光蔵に言いかけ、分かりましたと続けたものだ。

「私の胸の中まで読み取りますか。おりんは林梅香卜師《はやしばいこうぼくし》に秘術を伝授されましたかな」

「いえ、大番頭さんの笑みを卜するに林老師の術など要りません」

「ほう、それはまた光蔵の老獪《ろうかい》もおりんにかかっては形無しですか」

「大番頭さんはふと総兵衛様と桜子様が夫婦《めおと》になる日を夢想なされた」

「あたった」

と光蔵が言い、

「おりん、鳶沢村の安左衛門さんには打診してあります。まだ面談してこのことを質しておらぬのは琉球の仲蔵《なかぞう》さんです」

光蔵が上げたのは鳶沢一族の三長老のうちの二人の名だった。

「安左衛門様のご返事はいかがでした」

「いいも悪いもない、一言で桜子様が総兵衛様の嫁女となるとなればそれにこしたことがあろうか、と答えられた」

「ならば、仲蔵様も同じ考えかと存じます」

「桜子様は鳶沢の者ではない」

と敢《あ》えて光蔵が鳶沢一族の秘められた決まり事を持ち出した。鳶沢一族の頭領にして大黒屋の主に就いた者の嫁は、

「一族の血」

をひく者という決まり事があった。だが、この決まり事も六代目総兵衛によって破られ、総兵衛は女剣客の深沢美雪を妻に娶《めと》っていた。

ましてや坊城家と大黒屋の付き合いは六代目以来百年におよぶ交際で互いが秘

密をおぼろに承知し、立場を心得ていた。

「今や鳶沢一族には池城《いけぐすく》、今坂の二族が加わり、一族の意味合いも変わりましてございます」

「いかにもさようです。じゃが、坊城家はこの三族にも非《あら》ず」

「池城や今坂一族よりも濃い付き合いの両家ではございませんか」

「で、あったな。仲蔵さんも反対はすまい」

「信一郎さんが仲蔵様にお会いになった折、必ずそのことを願われましょうな」

「おや、おりん、そなたが一番番頭に念を押されたか」

「いえ、そのような差し出がましいことは致しませぬ」

「阿吽《あうん》の呼吸でそう感じられるか」

「はい」

「おりんの二つ返事で外堀は埋められたと分った。あとはお二人の気持ち次第じゃが、京への道中がなんとか二人の間を近づけてくれればよいがな」

「大番頭さん、あれこれと心配事のタネは尽きませんね。この一件、天松さんとちゅう吉さんの仲違いが解ける以上に、さして案じられることもございますまい」

「卜師おりんの言葉を信じるしかないか」

「はい、必ずやおりんの言葉どおりになります」

おりんが自信たっぷりに言い切った。そのおりんの脳裏にはイマサカ号の操《そう》舵《だ》室《しつ》に立つ信一郎の勇姿があった。

三

翌未明、総兵衛は安左衛門とともに久能山北斜面にある鳶沢一族の菩《ぼ》提《だい》寺《じ》徳恩寺へ墓参りに出向くことにした。すると旅仕度の桜子が、

「ご先祖様の御霊にお別れどすか、うちも一緒に行ってはいけませんどすか」

と願った。総兵衛が答えるより前に安左衛門が、

「桜子様、私からもお願い申します。先祖様とて本家と分家の男連れより桜子様のようにお若い娘御がお参りなさるのは大喜びにございましょうでな」

と応じて三人で鳶沢一族代々の頭領の墓所、さらには一族の墓にお参りした。

その務めが終ったとき、すでに明け六つ（午前六時頃）の刻限であった。

「さあて参りましょうかな」

と安左衛門が二人を案内するように久能道へと誘った。

久能道は巴川河口の江尻湊《みなと》を起点に東海道の南側を府中へと向かう脇道《わきみち》だ。

三人が久能道石蔵院《せきぞういん》門前に出ると大勢の鳶沢一族が見送りに出ており、おくまが安左衛門に近付くと何事か耳打ちした。しばし二人で話し合っていたが、話は纏《まと》まったか、

「われらは府中まで見送って参ります」

と総兵衛に言った。

「なに、一族総出で府中まで見送りか」

「村を空けるわけにはいきません。私を含め、十人ほどですよ」

「それは恐縮じゃな」

と応じた総兵衛がその場で別れることになる一族の老若男女《ろうにゃくなんにょ》に、

「造作をかけた。また京の帰りに立ち寄ることになろう。京土産をなんぞ購《あがの》うてこよう」

と別れの挨拶《あいさつ》をし、一行は府中に向かって出立していった。

総兵衛は一行の中に一人だけ旅仕度の娘が混じっていることを見てとった。どこぞ東海道筋の途中まで旅をするのでおくまが同道を安左衛門に願ったのではないかと、総兵衛は考えた。

またもう一人異色の男が混じっていた。薩摩忍びとして鳶沢村に潜入し、一族の者に囲まれて摑《つか》まり、総兵衛のアイスランド漁師縛りの痛みに屈服して転んだ北郷陰吉だ。陰吉の顔には無精髭《ぶしょうひげ》が生えて、頭には菅笠《すげがさ》をかぶっていた。

当人は、

「なぜわしが総兵衛の旅立ちの見送りに行かねばならぬのか」

と訝しい表情をしていた。だが、縄目こそ受けていないが半ば捕囚の身だ。文句をつけることもできない。

長閑《のどか》な冬の駿河湾を見ながらの二里(約八キロ)足らず、府中の伝馬町《てんまちょう》で東海道と合流したが、刻限は未だ五つ(午前八時頃)の頃合いだ。

「総兵衛様、府中ではなにやら物足りませぬ」

と安左衛門が言い出した。

「どうするのじゃ、分家どの」

「次の宿場は丸子宿《まりこ》でございましてな、府中からはわずか一里半（約六キロ）にございます。府中と丸子の間には、安倍川《あべかわ》が流れておりまして徒歩《かち》渡りにございます。この安倍川名物は弥勒《みろく》茶屋の安倍川餅《もち》にございますで、われらも総兵衛様方を安倍川の渡し場まで見送り、名物の安倍川餅を食してお別れしとうございます」

と言うと安左衛門はさっさと歩き出した。

「ふっふっふ」

と苦笑いした総兵衛と桜子が分家に従い、一族郎党がぞろぞろとその後ろに従った。

「総兵衛様、駿府《すんぷ》の御城は慶長十二年（一六〇七）に大修築がなされ、家康様が隠居なされた城にございます。家康様が亡《な》くなられた後、わが久能山に埋葬されたことはもはや説明の要もございますまい」

札の辻《つじ》に差し掛かった一行は駿府城の外堀に向かい、水を湛《たた》えた御堀に散り残った紅葉が差しかけて水面に映り、漣《さざなみ》に揺れる光景を眺めて再び東海道に戻った。

「府中名物は竹籠《たけかご》細工、桑細工、紙衣《かみこ》、紙合羽《ガッパ》、藍鮫《あいざめ》の細工もの、茶、川海苔《かわのり》、盆栽石などいろいろございましてな、俗に商い上手は上方商人と申しますがな、駿府商人も銭金の扱いに長《た》けておりまして、なかなかの商売上手にございますよ」

「安左衛門、なんぞ異国に売る品はこの駿府にないのか」

「おお、いかにもさようでした。わが鳶沢村のご城下の物産を交易に出すことを考えませんでした。これは鳶沢村の長《おさ》としては迂闊《うかつ》千万にございますな、さあて、なにを異人さんは喜びましょうかな」

「桑細工とはなんじゃな」

「桑材で文机《ふづくえ》や文箱などを拵《こしら》えると桑の木目がなんとも美しゅうございます。次の交易のために二、三、駿府名物を揃《そろ》えておきます。総兵衛様方が京からお戻りになるのはいつのことでしょうかな」

「さあて、こればかりは京次第、じゅらく屋様が張り切っておいでゆえ、逗留《とうりゅう》は一月《ひとつき》か二月かのう」

総兵衛は桜子を見た。

「京は一月二月で見物できしませんえ」

と桜子が微笑《ほほえ》んだ。

「ということだ」

と総兵衛が応じたとき、府中弥勒町の安倍川土手が見えてきた。

安倍川の流れを見下ろす弥勒茶屋で名物の安倍川餅と茶を注文し、鳶沢一族の主従はしばしこの場で別れることになった。

「総兵衛様、桜子様、一人道中に加えて下され、この娘、しげにございます」

「どこぞまで独り旅をしようというのか」

「いえ、総兵衛様方の供にございます」

「供は田之助がおる。また」

「あやつは数に入りません」

総兵衛の言葉を奪い、安左衛門が答えた。

「総兵衛様の連れは男ばかりではございませんか。桜子様の御用を勤める小女が要りますぞ。しげは十五にございますが、なかなか気が利《き》く娘にございます。桜子様の従者としてお連れ下され」

「うちに従者なんぞ要りましょうか」

「桜子様、田之助に命じられないこともございましょう」

「うちは自分のことくらいできますえ」

「いえ、京に参られて女衆《おなごし》一人も従えんでは大黒屋の体面にも拘《かか》わります。ぜひ桜子様の供にしげをお連れ下さり、あれこれと命じて下され。しげはゆくゆく江戸の大黒屋に奉公に出る身です。京への道中は後々奉公の役に立ちましょうでな」

とそこまで言われた桜子が総兵衛を窺《うかが》うように見た。

「どないしましょ」

「分家の言うことにも一理ある、確かに桜子様のことを私は考えなんだ」

総兵衛の一言でしげの同行が決まった。

「これ、しげ、改めて総兵衛様、桜子様にご挨拶申せ」

と安左衛門に命じられたしげが、

「鳶沢村鍛冶屋《かじや》の弥五郎《やごろう》、いくの娘のしげにございます」

と利発な顔をしたしげが挨拶した。

「なにっ、そなたの父と母は弥五郎といくか。ということはそなた、私の妹になるのか」

「人別帖《にんべっちょう》ではそうなります」

としげが小声で答えた。

総兵衛の生まれは鳶沢村であり、実父は弥五郎、実母はいくということにな
っていた。ゆえにしげが二人の実の娘なれば、総兵衛の妹ということになる。

安左衛門はそのことも考え、桜子の小女にしげを選んだのであろう。桜子は
そのような経緯《いきさつ》は知らなかったが、これらの会話に秘められた謎《なぞ》を察して、

「しげはん、宜《よろ》しくお頼み申しますえ」

と潔《いさぎよ》く言った。

すでに安倍川の川縁には総兵衛らを担《かつ》いで渡る蓮台《れんだい》や人足が待機していた。

「北郷陰吉、これへ」

と総兵衛が見送りの中にいる陰吉に声をかけた。

「はい」

と陰吉が総兵衛の前にきた。

「そなたは私どもの旅に同道します」

「はあ」

「耳が遠いか」

「忍びは耳が遠うては務まりませぬ」

「京の旅に同道すると言うた」

北郷陰吉が総兵衛の顔を見た。

「理由がいるか」

総兵衛の問いに応《こた》えない。

「一つにはそなたが未《いま》だ信じられぬゆえ、私の近くにおいて魂胆を見極めること、二つには私どもの役に立つかどうか知りたいゆえ」

「はっ、はい」

「とはいえ、そなたにとって厳しい旅になるやも知れぬ。京には薩摩屋敷もあるでな」

北郷陰吉が総兵衛の言葉を嚙《か》みしめて頷《うなず》いた。

「ささっ、総兵衛様、桜子様を蓮台へ」

と安左衛門が言いかけて総兵衛が桜子の手を引き、蓮台に乗せた。

江戸の富沢町では時節を外した古着大市開催に向けて連日の話し合いが行われていた。春に富沢町で初めて行われた古着大市は、万余の客を集めて盛況裡《り》に終った。成功の理由は、富沢町だけで古着大市を催さず、柳原土手の古着商や担ぎ商いを富沢町に招いて、江戸の二つの古着組合と担ぎ商いらが合同で行ったことがまず上げられた。

古着商は八品商売人の一つとして幕府の管轄《かんかつ》下にあった。

富沢町に古着商が集まったのは、鳶沢成元《なるもと》が家康から古着商の権利を授けられたことに発していた。ゆえに富沢町は店構えの古着商が何百軒も雲集し、一大古着屋町を形成していた。

江戸期、古着は新品の着物より売り上げが多かったと推測される。庶民や下級武士の家ではよほどのことがないかぎり、呉服店で新しい袷《あわせ》や綿入れを誂《あつら》えるということはなかった。下帯や浴衣《ゆかた》は別にして古着を仕立て直して着ていた。

それが庶民や御家人の着物事情だ。

その片翼を担《にな》う柳原通りだが、西は筋違橋御門《すじかいばしごもん》から東は浅草橋御門までの長さ十二丁（約一・三キロ）余の神田川土手を、

「柳原土手」

と呼び、南側土手下を柳原通りと称した。

この呼び名は長禄《ちょうろく》二年（一四五八）に太田道灌《どうかん》が江戸城の鬼門よけに柳を植えさせたことから始まった。ところが享保《きょうほう》年間（一七一六〜三六）に柳が枯れて、柳原土手の地名だけが残ったという。その後、八代将軍吉宗《よしむね》が再び植えさせたので、

「柳の緑」

がこの地に戻ってきた。

柳原土手の南側には、町屋が並んでいたので土手上を通行させた。だが、幕府は寛政《かんせい》六年（一七九四）に土手沿いの人家を取り払って火除《ひよ》け地《ち》とした。そこで柳原通りの土手を背にして多くの床店《とこみせ》が設けられた。

床店とは露店の一種である。中には板屋根を持った常設店もあったが、大半はざっかけない露店で明和《めいわ》七年（一七七〇）には、

「床店六十七店、床番屋八か所、髪結床が一か所」

あったそうな。そして、床店の大半が古着を扱い、富沢町と比較されるほどの、

「古着の町」

であった。だが、富沢町に比べれば商いの規模も小さく、品も限られた露店商いで富沢町から仕入れる古着屋もいた。

この江戸の二大古着町が手を組んで春と秋の二度、衣替えを前に、

「古着大市」

を催すことになったのだ。

十代目総兵衛の発案は見事成功し、二回目の古着大市をこんどは柳原土手に場所を移して開催しようとしていた。

だが、南町奉行所の市中取締諸色掛与力土井《どい》権之丞《ごんのじょう》からあれこれと横やりが入り、企てそのものが先延ばしになっていた。

穏やかな冬の陽射《ひざ》しの昼下がり、大黒屋の大番頭の光蔵は小僧の天松を従えて柳原土手を訪ね、催しの仕度具合を確かめた。すると柳原土手の露天商の世

話方、床店のふるぎ屋伊助から、

「大黒屋さん、いささか困ったことが起きております」

との相談を受けた。

「どうしなされた」

「へえ、奉行所から刻限を制限せよとの通達が届きましてな、四つ（午前十時頃）から八つ半（午後三時頃）とせよと申されるので。昼間のわずか二刻半（五時間）では大勢詰めかける客をさばくことはできませんよ。だいいち八つ半店仕舞いではこれから盛り上がろうというときに水を差すようで商いの弾みが付きませんや。せめて富沢町でやったように五つ半（午前九時頃）から暮れ六つ（午後六時頃）前まで店開きができませんと、折角の古着大市が二回目でぽしゃってしまいますよ」

「いかにもさようです、伊助さん」

と応じた光蔵は、

「奉行所の通達は南、北のどちらから出ておりますな」

「南町にございますよ」

光蔵はしばし思案し、

「なぜまた南町はかようなことを通達なされるのでございましょうな。富沢町ではなんの差しさわりもなかったではありませんか」

「そこですよ。富沢町は瓦《かわら》を葺《ふ》いた大店《おおだな》の古着屋町ゆえ、通りに露店を出すことなく商いができる。こちらは床店商いゆえ通行の邪魔になると申されるので。それで日中の比較的空《す》いた刻限に古着大市をかぎると申されるのでございますよ」

「それは役人の理屈というものです。商いは人がどれほど集まるかが勝負です。それを日中往来の閑《ひま》な刻限に指定されたのでは商いは成り立ちません」

「いかにもさようです、なんぞ知恵はございませんか」

「通達を出されたのは南と申されましたな」

江戸町奉行所は南北両奉行所が月番交代で江戸の治安と経済活動を取り仕切っていた。だが、この古着大市の格別な催しに関しては月番非番に関わりなく監督し、春の富沢町では非番の同心らも駆り出されて警戒にあたった。

「南町の市中取締諸色掛与力の土井権之丞様にございます」

「またあのお方ですか」

光蔵は老練な与力を承知していた。江戸の経済活動の裏も表も承知の与力であり、相手にするにはいささか手強《てごわ》い役人だった。

「なんぞ手を打たぬと古着大市そのものが台無しになりますな」

「わっしら、富沢町の春の古着大市にあやかりたいと張り切って仕度をする最中にこの通達にございますよ。むろん土井様にも面会を願いました。ですが、土井様は『お上の決めたことに文句を言うか』とにべもない返答で追い返されました。戻って仲間に通達の撤回は無理そうだと事情を告げると、これまで掛けた元手も取り戻せないと仲間が世話方にやいのやいのと言いましてな、大黒屋さんに相談に行こうとしていたところですよ」

伊助が泣き言を訴えた。

「柳原土手の問題は富沢町の来春の古着大市にも大いに影響がございます。ようございます、この足で南町に相談に伺いましょう」

請け合った光蔵は柳原土手から早々に引き揚げて、南町奉行所のある数寄屋《すきや》橋《ばし》へと足を向けた。

「いささかおかしな話ですよ。春の古着大市には南町奉行の根岸鎮衛《やすもり》様も密《ひそ》かに見学に訪れ、大勢の人々が古着を買い求める姿に、また一つ江戸の名物ができたと喜んでおられると内与力の田之内泰蔵《たいぞう》様から聞かされたばかりですよ、それがなぜかような規制に走られたか。根岸様直々のお指図となると、総兵衛様不在の折、いささか厄介ですな」

小僧の天松を相手というより自問して考えを整理した。むろん歩きながらのことだ。

「大番頭さん、南町の土井権之丞様はあまり評判のよくない与力にございますよ。配下の同心池辺《いけのべ》三五郎様を使ってお店にあれこれと注文をつけて、裏金をせびるという噂《うわさ》が飛んでいますよ」

「天松、よう承知ですな」

「いえ、私が探り出したことではありません、ちゅう吉から聞いたことゆえ、余りあてにはなりません」

うむ、と光蔵は足を止めて天松を見た。

「大番頭さん、なにか気に障《さわ》ることを言いましたか」

「気に障ることはない。ですが、気にかかることならあります」

「なんですね」

「おまえさんの胸に聞いてみなされ」

「さてなにか、このところ忙しく奉公しておりますが」

と天松がなんとも微妙な表情を見せた。

「ちゅう吉さんが近ごろお店に姿を見せませんな」

「そうでしたか」

「そうでしたかではない。そなたといっしょに根岸の坊城麻子様に使いにやったのがちゅう吉さんを見かけた最後でしたな」

「そうでしたか」

「天松、ちゅう吉はそなたを兄いと慕って敬愛しているおこもです。そなたとなにがあったのです」

往来で大番頭の光蔵に問い詰められた天松は返答に窮した。

「大したことではございません」

「いえ、小僧とおこもの付き合いというだけなれば、私はなにも申しません。

よいか、天松、もはやちゅう吉は日光の一件を通してわが一族の秘密も共有している人物です。それを仲違《なかたが》いしただけゆえ大したことでないでは済まされませぬ。天松、なにがあったか、申しなされ」

光蔵に小声ながら険しい口調で詰問《きつもん》された天松が、しぶしぶ坊城麻子の屋敷であったことを告げた。

「そうでしたか、門前で待てと天松が命じたにも拘《かか》わらずちゅう吉は屋敷に入ってきて麻子様に取り入りましたか。ちゅう吉なれば麻子様に取り入るくらいお茶の子さいさいでしょうな。確かにそなたが見逃すわけにはいかない非礼です。じゃがな、天松、よう考えなされ。ちゅう吉は父《てて》ご母ごの顔も知らずに一人で生きてきた十一の子供おこもです。大人のような口利《くちき》きをするゆえ、ついちゅう吉を一人前に私どもはみとうなりますが、よく考えればまだお店奉公に上がる前の年端《としは》もいかぬ子供です。そのところを差し引かねばいささか酷というものです」

「はっ、はい」

天松の瞳《ひとみ》が潤《うる》んでいるのを見た。

光蔵は天松もちゅう吉のことを案じていたのだと悟った。

「そなたは麻子様に失礼があったとちゅう吉を叱《しか》ったのですな」

「はい」

「そこまでの判断はよい。だが、なぜそのことを私に申さなかった」

「あれ以上ちゅう吉が図に乗るようなれば大黒屋にとってよくないと思い、おまえが大黒屋の出入りをするのは止められぬ、だが、私とはもはや兄弟分でもなんでもない、以後声をかけるなと言って下谷広小路で別れたのです」

「そうでしたか。で、そなたは今もその判断は間違いないと思うておりなさるか」

「いえ、ちゅう吉の気持ちを思うとあいつがどんなに寂しがっておろうかといささか悔いております」

天松の両眼からぼろぼろと涙が流れてきた。

「天松、湯島天神にこの足で行き、ちゅう吉と話し合い、富沢町に連れてきなされ。私は予定を変えてまず坊城麻子様のお屋敷に参り、ちゅう吉のことをお詫《わ》びした後、南町に参ります」

と路上で光蔵が行き先変更を天松に告げた。

「よいですな、十一の頃のおまえの気持ちを考え、ちゅう吉をそう叱らんようにな。この一件、私にも罪があります」

「大番頭さん、罪と申されますと」

「年端もいかぬおこもさんを便利に使い、つい増長させたのはこの光蔵です。私もちゅう吉がまだ考えがしっかりと固まってはおらぬ子供ということを忘れておりました」

と光蔵が険しい顔で言い切った。

「大番頭さん、湯島天神に行ってきます」

と言い残した天松が元気よく柳原土手へと引き返して姿を消した。

光蔵は通りかかった空駕籠《からかご》を呼び止め、根岸に行くように命じて乗り込んだ。

四

総兵衛は坊城桜子の健脚に驚きを禁じ得ないでいた。いや、総兵衛ばかりか早走りの田之助も驚いた様子で、

「総兵衛様、桜子様は旅慣れておいででございますな。一日目の道中は分家一行と別れて、丸子《まりこ》で昼餉《ひるげ》を食し、その後、なんと三里と二十六丁（約一五キロ）ばかり歩いて藤枝宿泊、次の日には難所の大井川越えがあるにも拘わらず袋井《ふくろい》宿まで九里（約三六キロ）とちょいと、そして、今日は見附《みつけ》、浜松、舞坂で七里（約二八キロ）と少し、もはや男並みの歩きにございますぞ。しげの方が桜子様の後を必死で追いかけておる有様、鳶沢一族の面目丸つぶれにございます」

と舞坂宿の旅籠《はたご》の湯で総兵衛に感心してみせたものだ。

「いや、私も驚いています。和人の旅は一日十里を目安と日光道中で聞き知っておりましたがな、桜子様が一日目からさっさと歩かれるのを見て無理をしておるのではないかと案じておりました。ところがどうしてどうして二日目、そして本日の三日目と衰える様子はない。芯《しん》が強いだけではのうて、旅にも慣れておられるようだ。確かに足手まといになるとしたらしげの方か」

と総兵衛が苦笑いした。

「まあ、本日は今切《いまぎれ》の渡しを前に七里と少しの楽旅でしたゆえ、明日辺りからしげも旅のコツが分ってくるころでしょう。折角安左衛門様が桜子様のお役に立ってもらおうと、しげを私ども一行に加えたのに足手まといでは困ります」

「まあ、急ぐ旅でもない。女衆《おなごし》の様子を見ながら進もうか」

と総兵衛が言ったとき、

「ご免下され、相湯を願います」

と北郷陰吉が湯殿に入ってきた。

「どうですね、陰吉。私どもの旅では物足りないのではありませんか」

「いえいえ、お姫《ひい》様の足の確かなこと、陰吉、驚き入りました」

と陰吉がかかり湯を使い、総兵衛と田之助が浸《つ》かる湯船に入ってきた。

「桜子様の歩きのことですね、私どもも正直驚いておるところです」

総兵衛の言葉遣いは大店《おおだな》の主《あるじ》のそれになっていた。

「総兵衛様、いささか厄介が生じるかもしれません」

と陰吉が言い出した。

「なにがありました」

田之助が陰吉に質《ただ》した。

「浜松城下連尺町の辻《つじ》で飛脚とすれ違ったのを覚えておられますか」

「塗り笠《がさ》をかぶり、筒袴《つつばかま》を穿《は》いた飛脚ですか」

と総兵衛が訊《き》いた。

「さようです。どこにも屋号も家紋も入っておりません。あれは薩摩と京屋敷、さらには江戸藩邸を結ぶ急ぎ飛脚です。あやつ、薩摩の急ぎ飛脚の中でもなかなかの健脚、強脛《こわすね》の冠造《かんぞう》にございますが、あやつがわしの姿を認めたのは確かです。わしは急いで眼を逸《そ》らしましたが、無駄であったでしょうな。このことは江戸屋敷に到着して必ずや報告がいくと思います」

「となるとそなたが鳶沢村を離れたことが急ぎ調べられましょうな」

「当然そうなります」

「そなたがだれと旅しておるかも知られるというわけですね」

「ということです」

総兵衛と田之助は三十里かせぎの孫六の姿もまた鳶沢村近くで消えたとすれば、このことも関連して薩摩は考えると思っていた。だが、北郷陰吉にはそのことは告げなかった。

「総兵衛様、京への道中、明日より急ぎ旅に変えますか」

田之助の問いに総兵衛が首を横に振り、

「桜子様としげの足に合わせてこれまでどおりの旅を続けます」

と言い切った。

「どうせ京に入れば薩摩屋敷があるそうな。いつかは陰吉、そなたの裏切りは薩摩に知られるのです。どう薩摩がこのことを考え、反応するか楽しみにしましょうか」

と総兵衛が平然と言った。

翌朝明け六つ(午前六時頃)の渡し船に乗った総兵衛一行は新居《あらい》宿を目指した。浜名湖を渡る船の関所は新居側にあった。

この日、田之助の背には竹籠《たけかご》の荷はなかった。前夜、この舞坂の漁師に願って新居宿へと届けてもらったからである。

船は一番渡しとあって満席であった。

田之助は北郷陰吉が渡し船に座を占めたとき、落ち着きをなくしたことを感じとっていた。だれか知り合いがいるのか、田之助は辺りを見回すことなく、陰吉の挙動だけを窺《うかが》っていた。

総兵衛一行はほぼ真ん中に席を占めていたが、陰吉の注意は舳先《へさき》に向けられていた。そこには二人の武家がいた。田之助は船の行く手を見る気配で舳先の二人を一瞬だけ目に止めた。鳶沢一族として観察力を鍛えられた者には十分な間だった。

二人は道中袴に道中羽織に塗り笠、明らかに武家奉公だ、それも身分は中位と思えた。陽光に焼けた顔は旅慣れた様子が窺えた。

「薩摩者か」

田之助は思ったが、そのことを口にすることはなかった。

「総兵衛様、うちのせいで道中が遅れていまへんか」

案ずるような声音で桜子が総兵衛に聞いた。風が艫《とも》から渡し船を押すように吹いていた。桜子の声が二人の武家に伝わったか、
ぴくり
と身が動いたのを田之助は感じとった。

「なんのなんの、反対に桜子様の健脚ぶりに手代の田之助も感心しきりですよ。

どこでしっかりとした足に鍛えられましたか」

「京に逗留《とうりゅう》しておるとき、うちは毎日のように歩いて工房やら古道具屋やら寺社やら巡っておりましたさかい、足には自信がいささかおます」

と桜子がにっこりと微笑《ほほえ》んだ。

「足腰が強いのは男衆《おとこし》も女衆も大切なことです。足が弱うては旅の楽しみも半減しますでな」

「総兵衛様は、船旅がお好きでいはるやろに」

「いえ、船旅ばかりではございません。徒歩《かち》歩きの旅もまた多くの人々に巡り会うて楽しみです」

「京には大黒屋総兵衛様を驚かす品が仰山おますえ」

「今から楽しみです」

総兵衛が笑ったとき、舞坂より水上一里離れた新居の渡し場に船が接岸した。まず舳先の武家が二人下りた。

女連れの総兵衛らはゆっくりと下船した。

「新井―荒堰《あらい》、または新居とも書す。旧名猪鼻駅《いのはなのえき》、大略今の新井の北方坂路をさす。此地《このち》京師《けいし》より江戸までの間にて、南へ寄の究竟也《くっきょうなり》。是《これ》より江府《こうふ》は東北に当る」

と旅を記した書物にあるように東海道五十三次中いちばん南に位置する宿場だ。ここには箱根とともに関東を守る関所があった。別の旅行書には、

「御番所有、女、武具御改有也。吉田の城主より勤番也」

とある。

新居関所を守護するのは譜代中藩の吉田藩七万石で、ただ今は大河内松平伊《い》豆守《ずのかみ》信明《のぶあきら》が明和七年（一七七〇）より藩主を務めていた。

総兵衛ら一行に先行する武家二人はすでに御番所に入り、姓名を名乗り、京への道中と告げたことを田之助は関所の外より見ていた。また北郷陰吉もその様子を見守っていた。

箱根がそうであるように女は上り下りともに道中手形を提示して道中の目的を述べねば通過できなかった。

順番がきて総兵衛一行が関所に入った。

「江戸富沢町の古着商大黒屋総兵衛と手代の田之助、またこの男衆は大黒屋の

故郷鳶沢村の陰吉にございます。女衆は」

と田之助が説明を続けようとすると関所役人が、

「なに、江戸の大黒屋の主《あるじ》か、若いのう」

と感嘆した。

「はい。九代目が先年身罷《みまか》りましたゆえ十代目が若くして継ぎましてございます」

と田之助がさらに言葉を重ね、総兵衛も、

「大黒屋総兵衛にございます」

と頭を下げた。

「大黒屋、女子《おなご》は奉公人か」

吉田藩松平家の家臣でもある役人が坊城桜子に興味を示して質した。

「これなる女性《にょしょう》は京の中納言《ちゅうなごん》坊城家の血筋にて江戸にお住まいの桜子様にございます。もう一人の女子は駿府鳶沢村のしげにて桜子様の召使いとして京へ同道しております」

総兵衛が説明し、桜子としげはそれぞれ道中手形を差し出した。役人はしげ

の手形をちらりと見ただけで返し、

「京の中納言家の女子が大黒屋の旅に同道しおるか」

とこちらに関心を示した。

「桜子様は総兵衛の京訪問の案内役として同道して下さるのです」

「大黒屋の商いは手広いと聞いたが、京にも商い旅か」

「京の老舗《しにせ》のじゅらく屋様に商い半分、京見物半分にてお出《い》でなされと前々から誘われておりましてな、私としましては得意先への表敬のつもりでございます。この話を耳にされた桜子様が京の案内役を買って出られたのでございますよ」

「そうか」

桜子の手形に今一度視線を落とした役人が、

「通りなされ」

と手形を返して通行を許した。

新居の関所を抜けた一行は次なる白須賀《しらすか》宿一里二十四丁（約六・六キロ）先を目指した。

「新居関所はなかなか厳しいな」

「総兵衛様、鳶沢村の安左衛門様から前もって挨拶《あいさつ》が吉田藩にありましてな、そのために女二人連れにも拘《かか》わらずあの程度で済んだのでございますよ」

田之助が総兵衛に説明した。挨拶とは当然金品がそれなりに渡ったことを意味した。

「ちょいとお待ちを」

と願った田之助が新居宿外れの茶店の奥へと入り込み、出てきたときには鳶沢村から負ってきた竹籠の背負子《しょいこ》を背にしていた。竹籠には総兵衛の三池典太《みいけでんた》光世《みつよ》や弩《ど》など商人旅には似つかわしくない武器が隠されていた。

そんな様子を北郷陰吉が興味深そうに眺めていた。

「陰吉さんや、なにか言いたそうな顔だね」

「さすがに大黒屋じゃ。東海道も要所要所に目配りが利《き》いておると思うてな」

「陰吉さん、そんなことより渡し船でそなたにしきりに合図を送っていた武家二人の話をせぬか。あの二人、薩摩者じゃな」

「田之助さん、気付いておったか」

「気付かないでか、身分は何者か。強脛の冠造と出会《でお》うて一夜も過ぎたか過ぎぬうちに薩摩の見張りがついた理由を説明してもらおうか」

と田之助が迫った。

「そりゃ、簡単じゃ。大黒屋が東海道の往来にあれこれと工夫を凝らして要所要所に金銭を配っておるように、薩摩とてそれなりの知恵は働かせておるでな。わしを見かけた冠造は、浜松城下で足を止め、薩摩藩の御用達の旅籠《はたご》に投宿し、国者がおらぬか番頭にあたったのじゃろうな。京、大坂と江戸の間には藩士の往来が多い。ゆえに浜松城下の旅籠に藩士が泊まっていたとしてもなんの不思議もない。冠造は身分を明かして、薩摩忍びのわしがなぜ赤の他人と旅しておるか、調べてほしいと願ったのであろうよ」

と推測を述べた。だが、実は田之助が渡し船で見かけた二人の武家と冠造は元々京から同行してきたが、冠造だけが京屋敷の御用で伊勢に立ち寄っていた。ゆえに数日遅れての浜松での合流は旅の初めから予定されていたのだ。

「一人は大目付座組頭財前多聞《ざいぜんたもん》様、もう一人は江戸留守居役支配下道信八兵衛《どうしんはちべえ》様、財前様は大刀流、道信様は示現流のなかなかの遣い手にございますよ」

となぜか陰吉が嬉《うれ》しそうな声で答えたものだ。

「どう思われますか」

田之助が総兵衛に尋ねた。

「北郷陰吉の返答の真偽か」

「はい」

「陰吉の顔を見ておるとこちらとの対決を楽しみにしておるように思える。まあ、虚言を弄《ろう》したかどうか、その時、分かろう」

「そ、総兵衛様、それがし、虚言など弄しておりませぬぞ」

北郷陰吉がひらひらと顔の前で手を横に振って否定した。

「陰吉、あの者たちはただの尾行か、それともそなたが待ち望むようにわれらをどこぞで襲おうというか」

「渡し船でわしめに連絡《つなぎ》をつけよと何度も合図をしてきました。ゆえにわしの連絡を待ち、その話次第で行動を決めるものと思われます」

「ならば、陰吉、先行した二人に追い付き、事情を話してきなされ」

総兵衛の言葉に田之助の顔色が変わった。だが、胸中の考えを口にするようなことはしなかった。

「わしを解き放つと言われるので」

「すでに旅が始まったときからそなたの身を束縛などしておらぬ。どこぞに行きたければ行くがよい。じゃが、薩摩を裏切ったそなたが頼るのはわれら鳶沢一族のみ、そのことをとくと考え、行動せえ」

と鳶沢一族の総帥《そうすい》の語調に変えた総兵衛が言い切った。

「胆《きも》に銘じました」

と答えた陰吉が総兵衛に、

「財前様と道信様になんと申せばよい」

「事実をありのままに」

「わしが寝返ったこともですか」

「そのことはそなたに任せよう。命を取られ兼ねぬでな」

しばし北郷陰吉が思案し、

「畏《かしこ》まりました」

「ならば行け」

と総兵衛が先行を許した。

命を承った標《しるし》か、低頭した陰吉が白須賀の方向へと小走りに姿を消した。

「田之助、心配か」

「あやつ、今ひとつ信用がおけませぬ」

「それも直《す》ぐに分かることです」

と総兵衛の言葉遣いは何時《いつ》の間にか商人のそれに変わっていた。

「ふっふっふ」

と桜子が笑った。

「桜子様、なにか可笑《おか》しゅうございますかな」

「総兵衛様と旅をなすと退屈することがおまへんどす。桜子は益々《ますます》京の案内役が楽しみになって参りましたえ」

「それはなにより」

と応じた総兵衛が、

「桜子様、総兵衛の判断、甘うございますかな」

と問うた。すると即座に桜子が顔を横に振って、

「いえ、甘うなどおへん。なぜなら、総兵衛様は北郷陰吉はんを最初から信じておられます。ゆえに陰吉さんもその信頼に応《こた》えようとなされております。このことがなにより肝心かとうちは思ております」

と言い切った。

「さあて、総兵衛の判断を支持した桜子様があたっておるか、いささか疑いを持っておる田之助の考えが正しいか、今日じゅうに判断付きましょうな」

総兵衛一行が男女四人連れになって白須賀宿を通過したのは五つ半（午前九時頃）の頃合いだ。

白須賀の次なる宿場は一里十七丁（約五・八キロ）先の二川《ふたがわ》宿だ。

「総兵衛様、ほれ、柿《かき》の実があないに干されて美しゅうおす。うちは干し柿の色も好きどすが、散り残った柿紅葉《もみじ》の色合いが大好きどす」

と桜子は街道のあちらこちらに興味を示しながらも足の歩みが緩まることはなかった。

「桜子様、そろそろ昼餉《ひるげ》の刻限にございます。松平様の城下町吉田辺りで食い

もの屋を探しましょうかな。それとも一つ手前の二川宿で休みましょうかな」

田之助が桜子に話しかけ、

「田之助はん、うちはなんぼでも歩けますえ。気にせんといて下さい」

と桜子が答えた。

「まあ、北郷陰吉の動きが私どものこれからの旅を決めるような気がします。さしあたって吉田城下を目指し、陰吉が姿を見せぬときは城下にて一休みしましょうかな」

と総兵衛が今後の行動を決めた。

半刻《はんとき》（一時間）歩いて路傍で足をしばし休め、また徒歩行を繰り返す歩きで一行は二川宿を通過し、さらに一里半先の吉田城下を目指した。

九つ（正午）の頃合いを過ぎた時分、永正《えいしょう》二年（一五〇五）に牧野古白《こはく》が城を築いて今橋城と呼んだのが始まりとされる吉田城と城下が見えてきた。すると城下の入口に塗り笠《がさ》をかぶった髭面《ひげづら》の北郷陰吉が待ち受けていた。

「お待ちしておりました」

と立ち上がった陰吉が総兵衛に挨拶した。

「大黒屋総兵衛様本人とわしの口から確かめられた二人はえらく張り切っておいでございましてな、総兵衛は、いえ、道信様が申されたのでございますよ。女連れゆえ、この機会を見逃してはなるまい。陰吉、総兵衛一味をなんとか夜旅に誘い込めぬかと願われました」

「そなたが敵である大黒屋総兵衛様と旅している理由をどう話したか」

「いえ、わしも京への道中の体《てい》を装《よそお》い、安倍川の渡し場でなんとのう仲ようなりました。総兵衛も道中は賑《にぎ》やかなほうがよろしいとわしの同道を直ぐに許したのでございますと告げますと、その言葉をお二人は信じてくれたようでございます」

「いささか安直な理由ではないか」

と田之助が言った。

「かようなことは複雑ではかえって疑われます。単純なほうがいちばんよろしい」

と北郷陰吉が言い切った。

「桜子様、夜旅をなされたことがございますか」

「いえ、ございません。でも、総兵衛様といっしょならば桜子は怖いことなどおへん」

「陰吉、われらを夜旅に案内しなされ」

「はっ、はい。ならばこの吉田城下で名物の菜飯田楽を供する菊宗に立ち寄り、ゆっくりと昼餉を食して、夜旅に出かけましょうかな」

と北郷陰吉が言い、田之助だけが陰吉の口車に乗せられたようで不安を感じた。

「あら、吉田の名物は菜飯田楽にございますか、総兵衛様、急いで参りましょうな。陰吉はん、案内《あない》を願いますえ」

と桜子が総兵衛を急がせた。

第三章　待ち伏せ

一

大黒屋《だいこくや》の大番頭光蔵《みつぞう》は、根岸の里の坊城《ぼうじょう》屋敷を出ると、
（いきなり南町に乗り込まんでよかった）
と胸を撫《な》でおろした。
光蔵がおこものちゅう吉の一件で詫《わ》びに伺い、あれこれと事情を説明すると
麻子《あさこ》がさもおかしそうに笑い、
「あの二人、帰り道に仲違《なかたが》いをしはりましたか」
とどことなく得心したような表情を見せた。

「いえね、あのおこもさんが庭先から顔を出したとき、小僧の天松《てんまつ》さんの驚きと言うたら、私が呆《あき》れたほどに大混乱でございました。でも、私の手前、感情を押し殺しておられました。私もついおこもさんの口先に載せられてからに、ついつい調子に乗りました。それにしても大黒屋さんはあれこれと人材を配しておられますな。子供のおこもさんも使われますのんか」

「麻子様ゆえ申し上げます。大黒屋はあのおこもに大変な恩義がございますので」

と前置きして差し障《さわ》りのないところでおこものちゅう吉と大黒屋の関わりを告げた。

「さようどしたか」

「小僧の天松を兄いと慕っておるのですが、天松には大黒屋の奉公人としての務めがあれこれございますゆえ、ちゅう吉の天衣無縫な所業は許せないのでございましょう」

「あのお二人なればええ兄弟分になりましょうな。天松さんに坊城麻子はなんの迷惑も感じておりませんと伝えて下さいな」

とまた笑みを顔にまぶした麻子が、

「まだ総兵衛《そうべえ》様方は鳶沢村におられましょうかな」

「さあて、そろそろ京への道中を始めておられてもよいころにございましょう。やはり桜子《さくらこ》様がおられぬと寂しゅうございますか」

「さあてな、すっきりとしたような思いもせぬことはありませんどすけど」

ふっふっふ、と笑った光蔵が、

「乗完《のりさだ》様が亡《な》くなられて何年になられましょうかな」

と光蔵が数少ない人しか知らぬ秘密に触れた。

「寛政《かんせい》五年（一七九三）八月十九日のことにございましたから、再来年には十三回忌が巡って参ります、月日が経《た》つのは早いものどす」

「そうでしたか、早十三回忌が参りますか」

麻子は生涯夫を持つことを得なかった。それは三河西尾藩藩主の松平和泉守《いずみのかみ》乗完と密《ひそ》かに愛し合っていたゆえだ。だが、諸般の事情が二人の婚姻を許さず、麻子は終生陰の女《ひと》として乗完に寄り添った。

乗完は、奏者番、寺社奉行、京都所司代を務め、死が見舞った折、老中職であった。

乗完と麻子の相思相愛のきっかけは大黒屋の先々代が創《つく》り、光蔵は手代時代からこの二人の関わりを知る数少ない人間だった。

桜子が京に商い修業に出された背景にはそのようなこともあった。

「京都所司代を殿様が務められた折が、私どもがいちばん幸せで平穏な時期にございましたえ、光蔵はん」

松平乗完の京都所司代は天明《てんめい》七年（一七八七）の十二月から寛政元年（一七八九）の四月までの短い期間だ。麻子は根岸の家から京の実家に戻り、乗完の京都所司代職を助けた。それは中納言《ちゅうなごん》家が実家であり、公卿《くげ》が大勢親戚《しんせき》筋にいる坊城麻子ならではの算段だった。おかげで乗完は京都所司代を免ぜられると即刻老中に栄進していた。そして、四十二歳の若さで亡くなった。

むろん桜子は父がだれか承知していた。

光蔵は、こたびの総兵衛の京案内役を桜子自らが望んだのは、父と母の思い出の地を訪ね、少しでも総兵衛の役に立てればという想《おも》いがあることを承知していた。それは母の麻子が陰の女として松平乗完の出世に関与したことと無縁ではなかろう。

「光蔵はん、格別に念を押すことでもおへんが、大黒屋さんの嫁は一族の血筋のものという仕来《しきた》りがございましたな」

「ございました」

と答えた光蔵が、

「されどその決まりごとがきちんと守られたかと申せば、そうでもございませぬ。六代目総兵衛様の嫁女は深沢美雪様と申され、漂泊の剣術家の娘にございました。なにより十代目の総兵衛様には異人の血が流れておること、麻子様も察しておられましょう」

麻子は黙って頷《うなず》いた。

「かような話になりましたゆえ、麻子様にお尋ねしたきことがございます」

「なんなりと」

光蔵は言外に坊城家と鳶沢《とびさわ》一族は血を超えた結びつきという強い想いを込めようとして言った。

「桜子様の婿《むこ》どのにたれぞ心当たりがおありですかな」

「真っ正面からの問いゆえ忌憚《きたん》のう答えます」

「お願い申します」

「ございます」

「やはり」

と光蔵の肩ががっくりと落ちた。

「すべては相手様次第にございましょうな」

「どなた様か尋ねてようございますか」

「光蔵さんのよう承知のお方です」

「ではやっぱり総兵衛様……」

「独り娘にございます。私が陰の立場にあったゆえに桜子には真っ当な女の道を貫いてほしいと思います。光蔵さん、無理にございましょうかな」

「いえ、無理ではございません。お二人はただ今京への道を辿《たど》っておられます。きっとお二人の間にも新たなる想いが深まることにございましょう。麻子様、このことしばし麻子様と私の胸に納めておいてようございますか」

むろんです、と麻子が晴れ晴れとした表情を見せ、光蔵も安堵《あんど》の顔になり、

「思いがけなくよき話を頂戴《ちょうだい》致しました。これに力を得て南町奉行所に乗り込めます」

と思わず呟《つぶや》いていた。

「なんぞ南町奉行の根岸様との間に諍《いさか》いがございますか」

「いえ、市中取締諸色掛与力土井《どい》権之丞《ごんのじょう》様が秋の古着大市にあれこれと注文をつけておられましてな、刻限を日中の短い時に限るというのですがそれでは商いが成り立ちませぬ」

と前置きした光蔵が麻子に柳原土手で起っていることを話した。

「ほう、土井様な」

と麻子が小首を傾《かし》げた。

「ご承知ですか」

「むろん骨董品《こっとうひん》や調度工芸品を扱う私どもにも土井様はあれこれと厳しい方でございます」

根岸の公卿商人と呼ばれる坊城麻子も古着商といっしょで八品商売人として町奉行所の監督下にあった。

享保《きょうほう》八年（一七二三）、幕府は盗難品、紛失物の吟味など統制を強めるために、「質屋、古着屋、古着買、古道具屋、唐物屋《とうぶつや》、小道具屋、古鉄屋《ふるがねや》、古鉄買」の八商売に組合をつくらせ、町奉行所の直接管轄《かんかつ》下においた。

坊城麻子の扱う品は、出が京あるいは加賀、さらには異国の品々で、どれもが高価なものばかりだ。だが、統制する町奉行所にとっては、

「古物」

であることに違いはないと八品商売人の下においた。

だが、麻子のような高価な茶道具や美術工芸品を扱う人間の数は限られており、それらに品を求める人々は武家階級でも千石、万石以上の大身旗本、大名の殿様や分限者《ぶげんしゃ》、好事家《こうずか》が大半だった。つまり町奉行所に圧力をかける力を兼ね備えた人々だ。麻子とて出は京の中納言家、そして、隠れた愛人は老中職で亡くなった人物だ。南町がどこまでそのことを把握しているか知らなかったが、これまで麻子の商いに面と向かって口出しした町奉行所与力同心はいなかった。

「半年も前のことでしたか。この屋敷にふいに土井権之丞様が同心の池辺《いけのべ》様をつれて見え、調べじゃの一言で好き放題に女ばかりの屋敷を引っ掻《か》き回して一

品一品の出処《でどころ》を説明せよと命じられました。私は、これは賂《まいない》を渡せとの行いかと気がつかないわけではございませんでした。ですが、一文たりとも渡すまいとおっとりと構え、土井様の執拗《しつよう》な問いに答え続けました。まあ、ああなれば意地と意地のぶつかり合い、根が切れたほうが負けです。こちらとて骨董品を扱う以上、後ろ暗い点がないわけではなし、なにがしか包んだほうが楽なことは分っておりましたよ。ですが、一度味を占めるとあの手合い、二度三度と参ります。ともかくその日は半日、茶一杯出さんと言葉の応酬、腹の座り具合の駆け引きになりました」

「なんとそのようなことが」

光蔵は驚愕《きょうがく》した。

「大黒屋さんとうちのところが親しいと分って乗り込んできておりますやろ、うちらも必死ですわ」

「土井様は一文もとらんとよう引き上げましたな」

「いえね、夜通しの調べていうておりましたが、偶然外に御用で出ておった桜子が夕暮れどき、戻って参りましてな。母上、これなんなんやと私に聞きますとなる、土井様は桜子の存在は知らんかったとみえて、桜子の顔を見て、娘かと問いますので、そうやと返答しました。するとな、不意に手にしていた茶道具の棗《なつめ》を乱暴に投げ出すようにして、また来ると言い残して去《い》にました」

「麻子様、初めて耳にすることです。これから私どもも土井権之丞様と同心池辺様の身辺を調べます。それにしてもよう頑張り通されましたな、麻子様の腹の座り具合は私どももどころではございません」

ようやく安堵した光蔵が笑みを顔に戻した。

「うちらもその後、南の中におる親しい与力どのに土井様のことを問い合わせしたりしておりますが、そのお方は土井様の背後にだれぞ控えておるのではないかと申されておりました。いくら与力とはいえ、そこまで強引なのはいささか尋常ではないと」

「まさか南町奉行の根岸鎮衛《やすもり》様の差し金ではございますまいな」

光蔵は過日、総兵衛が八百善で会食した折のことを思い出しながら麻子に問うてみた。すると麻子が顔を優雅にも横に振り、

「土井様はころころと変わる奉行や内与力の命じられることは、はいはい、畏《かしこ》

まりましたと眼の前では返事をなさりますが、腹の底から得心してはおられないそうで、根岸様にもこれまでと同じ態度をとっておろうと、私どもとつながりのある与力どのは言うておりました」

と言い添えた。

「となると土井の背後に控えておるものはだれか」

と光蔵は自問した。

「噂《うわさ》です、ゆえにはっきりとしたことではございません。土井様の背後には西国の雄藩がついておるとかどうとか」

「西国の雄藩ですか、○に十の字ではありますまいな」

光蔵の問いに麻子がこっくりと顎《あご》を頷かせた。

光蔵が御行松《おぎょうのまつ》不動堂前に差し掛かると、小僧の天松が駕籠《かご》を用意して待ち受けていた。

「おお、ようも私がまだ麻子様のお屋敷におると気が付きましたな。話が弾み、長居しました。私も齢《とし》のせいか、いささかくたびれました」

光蔵はどこか固い表情の天松の顔を見ながら駕籠に乗り込んだ。すでに駕籠にはぶら提灯《ちょうちん》の灯かりが入っている。

「富沢町に戻ってようございますか」

「願いましょう」

駕籠が上げられ、大黒屋出入りの駕籠屋の先棒と後棒が呼吸を合わせて、

「えいほえいほ」

と進み始めた。その傍らを天松がひたひたと従ってくる。大黒屋の奉公人ならではの動きだ。

「天松、ちゅう吉さんはお店に残してきましたか」

「それがいささか奇妙なのでございます」

「どうされた」

「ちゅう吉を例のねぐらに訪ねましたが姿が見えませぬ。いえ、あの場を立ち退《の》いたという気配はございません。ですが、どこぞに出かけたか、いつもより片付いておるようにも見えます。それで私も一刻半《いっときはん》（三時間）ほど待ちましたでしょうか。いつまで経《た》っても戻ってくる様子がないものですから、湯島天神

下で出会うたおこもにちゅう吉のことを聞きますと、そういえば、この五、六日姿を見てないとの返事でございました。これはいったん大番頭さんのお指図をとお店に帰りますと、まだ大番頭さんのお戻りがないと聞かされました。そこでちょうどお店に出てこられたおりんさんに経緯を伝えますと二番番頭さんと相談の上、私に根岸にまだおられるような気がする、まずそちらに出迎えに行きなされと命じられ、かようにお待ちしておりました」

光蔵は天松の報告に一抹《いちまつ》の不安を感じた。

（ちゅう吉、兄い分の天松に突き放されて自暴自棄になったか）

と考えてみた。

だが、ちゅう吉がいくら幼いとはいえ、並みの大人以上の思慮を持ったおこもだった。よほどの理由がなければ長年のねぐらから立ち退き、どこぞに行ってしまうはずはない。また長く出かけるにしても富沢町に言い残していく知恵は働かせるはずだと思った。

（とはいえまだ十一の子供に変わりはない）

天松と仲違《なかたが》いしたことが誘因になり、なにかを企《たく》らんだか、と考えを進めた。

すると天松が、

「大番頭さんをお店まで送り届けましたら、また湯島天神に戻ってみます」

「天松、どうやらちゅう吉の一件も私どもと関わりがあってのことかと思います。ちゅう吉の様子を時折見に行かれるのは大事なことですが、まずはお店に戻り、番頭さん方やおりんと話し合います。そなたが動くのはそれからです」

と光蔵が言い、天松が息も乱すことなく、

「畏まりました」

と返答をした。

総兵衛一行は、吉田藩松平様城下の菜飯田楽の菊宗で酒を注文し、名物の菜飯と田楽をゆっくりと楽しみ、なんと八つ半（午後三時頃）を大きく過ぎて菊宗を出た。

「今晩は城下にお泊りですか」

と見送りに出たおかみさんに、

「あまりにも菜飯と田楽が美味《おい》しゅうて、思わず長居をして仕舞いました。旅の予定もないではありません。道中の徒然《つれづれ》に夜旅をしようかと思います」

と総兵衛が答えると、

「大黒屋の主様《あるじさま》、東海道とは申せ、夜になると野盗の一味が姿を見せます。格別におきれいな女衆《おなごしゅう》をつれての夜旅はとりわけ剣呑《けんのん》でございます、お止《や》めになったほうが宜《よろ》しゅうございます」

と重ねて忠言した。だが、酒の酔いのせいか若い総兵衛が、

「野盗などどうということもありますまい。よしんば出てきたとしても、金品を差し出せばよいことです」

菊宗のおかみの忠言も聞かばこそ、東海道へと戻っていった。その背を見送りながら、

「江戸の大黒屋さんといえば大層な分限者じゃそうな。主がお若いゆえ世間の怖さをご存じないようだ」

と呟いた言葉を、強脛《こわすね》の冠造《かんぞう》が近くの軒下から耳にしていた。

冠造は浜松城下の飛脚問屋に自らの江戸薩摩《さつま》屋敷への御用を託し、さらに浜松城下で見聞きしたすべての事実を文にして知らせることにした。その上で総

兵衛一行及び薩摩藩大目付座組頭財前多聞《ざいぜんたもん》、江戸留守居役支配下道信八兵衛《どうしんはちべえ》を追って吉田城下に戻ってきたところだった。

そこで幸運にも総兵衛らが菜飯田楽屋に立ち寄るところに出くわしたのだ。

その一行にはまるで従者のような顔付きの北郷陰吉《きたごうかげよし》が従っていた。

財前と道信の二人が北郷陰吉に連絡《つなぎ》をつけたはずなのに、

（どういうことか）

待てよ、夜旅をなすという一事は、陰吉が財前らの命に従って誘い込んだのではないか、と考えを進めた。

総兵衛一行に張り付けば、財前と道信の二人と再会することになると考えた強脛の冠造は、一行から十分に間をおいて尾行していった。

吉田から御油《ごゆ》へ二里二十二丁（約一〇・四キロ）、御油より赤坂へおよそ半里（約二キロ）、この赤坂宿を通過した時には日はとっぷりと暮れていた。

宿の入口の左手に関川神社があって鳥居脇《わき》に、

「夏の月御油より出《い》でて赤坂や」

という俳聖芭蕉《ばしょう》の句碑があった。だが、夜道を急ぐ総兵衛らの眼には止まらなかった。

次なる藤川宿までは二里九丁（約九キロ）あった。女連れの旅である、どうみても藤川には夜半を大きく過ぎて到着することになる。

だが、強脛の冠造が、

「赤坂に泊まるかどうするか」

と見ていると、総兵衛一行は遅い旅客を誘うように通用戸を開いた赤坂宿の旅籠《はたご》の前を素通りして次の宿場へと向かった。

東海道五十三次の宿の中でも御油も赤坂も、

「此《この》宿遊女多し」

と道中記に記された宿場だ。旅籠から遊女と酒でも賑《にぎ》やかに酌《く》み交わす大声が通りまで響いてきたが、総兵衛らの足は止まることはなかった。

赤坂外れに出ると闇《やみ》が一段と濃く深くなってきた。むろん総兵衛の一行は田之助と北郷陰吉がぶら提灯を灯《とも》しての夜旅だ。

冠造が見逃すことはなかった。ふいに闇の中から北郷陰吉の声が伝わってきた。

「総兵衛様よ、昼間菜飯田楽屋で飲んだ酒はまるで村雨じゃ、飲むそばから酔いが覚めていく。酒は西国にかぎりますな」

と親しげに総兵衛に話しかけていた。

「薩摩ではどのような酒が飲まれるのか」

「唐芋から造る焼酎《しょうちゅう》じゃぞ、薩摩では祝儀《しゅうぎ》不祝儀、必ず焼酎が振舞われる。灘《なだ》じゃ伏見の下《くだ》り酒じゃというても焼酎を水で薄めたようでいかん」

「アラキ酒のことか」

と総兵衛は得心した。

酒を何度も焼く、つまり蒸留する方法がアラビアで発明されたのは九世紀のことだ。それがインド、東南アジアを伝わり、中国に伝来した。

総兵衛の生国交趾《こうち》(現在のベトナム)でもアラビアから伝わってきた、

「アラキ酒」

は飲まれた。だが、総兵衛自身は、酒を嗜《たしな》む程度で大酒飲みではない。

「陰吉、焼酎が飲みたければ京までいくしかありませんよ」

冠造は若い声の言葉遣いに訝《いぶか》しさを感じていた。なんとも雅《みやび》な話しぶりなのだ。

「京の薩摩屋敷を訪ねようとて北郷陰吉はもはや行けぬ」

「いや、京は江戸よりも品々が豊かとじゅらく屋様にも桜子様にも聞いています。渡来物の焼酎くらい探せましょう」

「総兵衛様、焼酎がどのようなものか存じませぬが、京にあるものなればこの桜子が探してみせますえ」

と総兵衛の言葉に桜子と呼ばれる娘が応じた。

「桜子様、そう願いましょうか」

とさらに総兵衛が答え、陰吉が、

「しめた」

と喜んだせいで、ぶら提灯の灯かりの一つが揺れた。

（あやつ、大黒屋を騙《だま》して旅に加わっておるのではないのか）

と強腥の冠造は、薩摩忍びの北郷陰吉が大黒屋一味に寝返ったことを確認した。

「外道《げどう》が」

と吐き捨てた冠造は、

（そうじゃ、このことを財前多聞様と道信八兵衛様に知らせねば大黒屋の策に墜《お》ちる）

ことに気付かされた。

強脛の冠造が東海道を外して総兵衛ら一行の前に出て、財前と道信を探そうと路傍から山裾《やますそ》に入ろうとしたとき、人の気配を感じて動きを止めた。

二

「強脛の冠造じゃな」

闇の中から声が響いた。

「だれじゃ」

「そなたと同じく走卒として生きておる人間でな、大黒屋では早走りの田之助と呼ばれておる」

「尾行していたのが知られていたか」

「大黒屋をただの商人《あきんど》と思うたか」

ぶら提灯の灯かりが近づいてきた。

なんと総兵衛その人が灯かりを下げていた。下げられた提灯の灯かりが顔にあたり、浜松城下で一瞬すれ違った折の印象より、

「凜々《りり》しく若い」

ことに驚かされた。

冠造が見返してもただ微笑を浮かべた顔で黙ってこちらの様子を窺《うかが》っているだけだ。

総兵衛の持つ提灯の光りの輪に声の主が入ってきて浮かんだ。その手には冠造が初めて見る飛び道具の弩《ど》が構えられていた。冠造とてただ使い走りで生きてきた者ではない。その実態は薩摩藩の走卒にして密偵だ。その強脛の冠造を主従は出し抜いて平然としていた。

「薩摩忍び北郷陰吉は転びおったか」

冠造と陰吉に直接の接点はない、支配系列が違うからだ。陰吉は冠造以上に厳しい忍び修行に耐えて薩摩忍びの道を選び、江戸藩邸所属に取り立ててもらったほどの者だ。

「今のところはな」

と田之助が含みを持った答えをなした。

「わしをどうする気か」

と冠造は陰吉から話題を自らの運命に転じた。

「待ち人がいずこかに私どもを待ち受けていよう、そこまでそなたも同道してもらおうか」

「待ち人とな」

冠造は訝しい顔をしてみせた。まさか陰吉がそこまで話しているとは考えられなかったからだ。

「そなたが浜松城下の宿で話をつけた大目付座組頭財前多聞に江戸留守居役支配下道信八兵衛ですよ」

「しゃあっ、あやつ、そこまでも話しおったか」

冠造が逃げ場所を探すように両眼を四方に走らせた。だが、その動きを先んじて封じた田之助の弩が狙《ねら》いを定めたままに冠造の背に回った。

無言の総兵衛がぶら提灯《ちょうちん》を手にもう一つの灯かりに向かって歩き出した。冠

造は従うしか他に手立てはなかった。そして、胸中で、

「島津家では江戸の富沢町を牛耳《ぎゅうじ》る大黒屋一派との全面戦争を決意した」

との京の薩摩屋敷に流れる噂《うわさ》を今こそ信じた。

なぜ西国の雄藩薩摩が江戸の古着屋風情《ふぜい》と戦《いくさ》を構えるのか。

(分からなかった)

だが、大黒屋が並みの商人ではないことを今悟らされていた。若い統率者は明らかに、

「商人でありながら武将の面魂《つらだましい》」

を持っていた。

古着問屋の大黒屋は裏では武の貌《かお》を持つ集団なのだ。噂では異国との交易も可能な大型帆船すら所有するという。となれば抜け荷の利が貴重な藩財政の基盤となっている薩摩藩と、正面から敵対することになったのか。

闇の東海道で二つの灯かりが一つになった。冠造が遠目に見た女二人と陰吉が待ち受けていた。一人の娘は冠造が息を飲むほどに整った顔立ちで白い抜けるような肌の持ち主だった。

（江戸の女にこのような娘もいるのか）

冠造の視線は蔑《さげす》みを込めて陰吉に向けられた。

「北郷陰吉、薩摩を裏切ったか」

「人には痛みに耐えられる者と耐えられぬ者がおる。わしはだめじゃった」

と北郷陰吉があっけらかんと答えていた。すでにその声音はだれに忠誠を尽くそうとしているか明瞭《めいりょう》なものだった。

「痛みに耐えきれず主を裏切り、国を売ったか」

「強脛の、蔑むなれば蔑め」

と陰吉が居直った。

「そなたの出の下士や外城之者《とじょうのもの》は薩摩では人の扱いをうけまい。牛馬より価値なき扱いじゃった。それはそれで致し方ないと思うて仕えてきたがな、鳶沢村の平穏で長閑《のどか》な暮らしを遠目に見たときに、薩摩とは違うと思うたのだ。ここには人を人として敬い、互いを信じ合うて生きる暮らしがあると思うたのだ」

「根性なしが」

「いかにもわしは根性なしじゃ。もはや井戸の外を知った人間があれこれ言い訳したところで始まるまい」

「大黒屋とて薩摩をあっさりと裏切ったおまえを信じてはおらぬ」

「いかにもさよう。それが転びもんのこれからの暮らしじゃろうて。だが、今いちどわしはわしなりに大黒屋総兵衛様がわしを奉公人の端くれと思うてくれるように努めてみる」

と言い切った。

「北郷陰吉、その言葉、総兵衛とくと聞いた、今の言葉を忘れることなく努めよ。さすればそなたの行く道が開けよう」

総兵衛が初めて冠造の前で言葉を発した。

そのとき、冠造はこの若者に異人の血が流れているのではないかと漠然と疑った。琉球《りゅうきゅう》を通じて異人を知る冠造だから考え付いた発想だった。

「桜子様、お待たせ致しました」

「うちに気を遣わんといてください」

娘の言葉遣いを聞いてこの娘、京者かと冠造は得心した。

「田之助、参ろうぞ」

闇《やみ》の東海道を総兵衛ら男四人と女二人が黙々と藤川宿に向かって進んでいく。すでに八つ（午前二時頃）の刻限に近いか。

小さな流れに架かる唯心寺《ゆいしんじ》橋《ばし》を渡るといよいよ闇は深く、流れのせせらぎの他は物音一つしなくなった。だが、道を行くにつれてそのせせらぎの音も消えた。時折路傍から虫が鳴く声がして、また無音に戻った。

陰吉としげが掲げる灯かりが二つ、六人の男女を浮かび上がらせていた。田之助は竹籠《たけかご》を負い、両手に弩を構えていた。

素手なのは総兵衛と桜子だけだ。

刺客二人がこの先で待ち受けていることを強脛《こわすね》の冠造も早走りの田之助も北郷陰吉も感じとった。

総兵衛は感じているのかいないのか、桜子に気を配りつつ無言のままに歩みを緩めようとはしなかった。

不意に異変が生じて音なき闇が破られた。

きええっ！

と怪鳥の鳴き声がいきなり響き渡り、力強くも足音が総兵衛ら一行に迫り響いてきた。

総兵衛は足を止めると桜子を護《まも》るように走りくる相手の前に立ち塞《ふさ》がった。

提灯の灯かりで道中羽織を脱ぎ捨て、股立《ももだ》ちをとった武士が跳躍したのが見えた。そして、その片手に掲げた抜身が提灯の灯かりにきらきらと光った。もう一方の手は高々と跳躍するために大きく振られていた。

北郷陰吉が捧《ささ》げる提灯が夜空に向けられた。同時に田之助の弩が薩摩お家流儀の示現流《じげんりゅう》を使う道信八兵衛の虚空《こくう》に舞う姿に狙いを付けた。

弩の狙いが外れた瞬間、強脛の冠造は夜道から路傍下に身を躍らせて闇に姿を溶け込ませていた。

虚空にある道信は、空手を抜身の柄《つか》に添えて両手保持とし、

「ちぇーすと!」

と腹の底から示現流特有の気合を発すると、総兵衛目がけて雪崩《なだ》れ落ちていった。

道信八兵衛の眼は手に白扇を拡《ひろ》げただけの、総兵衛の姿を捉《とら》えていた。

(東郷示現流をばかにすっとか)

思いつつ最後の攻撃に移ろうとする道信の耳に奇妙な弦音が聞こえ、その直後に冷たくも圧倒的な衝撃が胸を貫いて虚空にある体を揺さぶった。

「な、なにか」

弩から放たれた短矢が道信八兵衛の厚い胸板を凄《すさ》まじい力で貫き、路傍に飛ばしていた。

弩を放った田之助が背の竹籠を下ろすと三池典太光世《みいけでんたみつよ》を摑《つか》んで、

「総兵衛様」

と言いつつ投げた。そして、自らは二の矢を弩に番《つが》えようとした。

総兵衛が飛んできた葵《あおい》典太の鞘元《さやもと》を摑むと、片手の白扇を虚空に放り上げ、一剣を腰に差し落とした。

その視線に数間先に迫った薩摩藩大目付座組頭にして大刀流の遣い手、財前多聞の姿を捉えていた。こちらもまた道中羽織を脱ぎ捨て、刀の提げ緒で襷《たすき》がけにしていた。そして、抜き放った大刀を八双に構えて半身の構えで間合いを一気に詰めてきた。

総兵衛が、

「桜子様、ご免なされ」

とその場を離れる詫《わ》びの言葉を洩《も》らすと、自らも財前に向って優雅な歩みで踏み込んでいった。

両者が踏み込んだことで一瞬にして生死の間合いを超えた。

財前多聞の八双からの斬《き》り下ろしが総兵衛の肩口を捉えようとした瞬間、総兵衛の歩みが緩やかな舞へと変わった。

桜子の眼には能楽師が能舞台をゆるやかな弧を描いて摺《す》り足で進むように映った。そして、それは悠久の時の歩みを感じさせて、

「動いているとも止まっているともしれぬ挙動」

で自ら財前の斬り下ろしの下に身をおこうとした。

「なんと、総兵衛様」

と桜子が呟《つぶや》いた。

そのとき、総兵衛の片手が三池典太の鞘元を摑み、もう一方の右手が優美にもゆるゆると躍って柄元に掛かると、
そろり

と抜き上げた。

凄まじい太刀風の財前多聞の斬り下ろしが肩口に届いたかどうか。

その寸毫《すんごう》前に総兵衛の腰間から一条の光が疾《はし》って、なんと財前多聞の腹部を捉え、深々と撫《な》で斬ると大きく横手に飛ばしていた。

しなやかにも優美な動きの一瞬の斬撃《ざんげき》に闇に潜んだ冠造も北郷陰吉も言葉を失い、その光景を脳裏に刻み込んだ。

東海道が無音に戻ったとき、死と血の臭《にお》いが漂ってきた。そして、夜空から、
ひらひら
と白扇が舞い落ちてきた。

強脛の冠造はその一部始終を十数間離れた藪蔭《やぶかげ》から見ていた。

薩摩の遣い手二人を大黒屋の主従はあっさりと弩《ど》の一射と、抜き打ちで仕留めていた。

冠造は恐怖に耐えきれずその場から逃げだそうと思った。だが、気配を少しでも相手が察すればあの弩が背中を貫くことが分っていた。冠造は股間《こかん》からじんわりと温もりが広がるのを感じながら、ただその場で耐えた。

（なんと強脛の冠造と呼ばれた男が小便を洩らしてしまった）

灯かりがようやく藤川宿へと向かって動き出した。

冠造はそれでもその場を動けなかった、ただ身を小刻みに震わせていた。ただひたすら闇の世界に光が戻ってくるのを待った。一刻半《いっときはん》（三時間）後、東海道が白んできた。

冠造は辺りに人の気配がないことを慎重に確かめ、財前多聞と道信八兵衛の骸《むくろ》を探しあて、街道から半丁（約五〇メートル）ほど離れた山の斜面の雑木林に引きずっていき、身分を示すようなものを懐《ふところ》から抜き出し、道信の体を貫いた短矢をへし折ると、矢先と矢羽根を手拭《てぬぐ》いに包んだ。さらに大きな杉の幹元にあるうろに二つの骸を入れると枯れ枝や落ち葉を掛けて隠した。そして、その杉の大木に、

「○に十の字」

を小刀で記すと目印にした。

ともかく、総兵衛一味から目を離さないことが己《おのれ》の務めと思った。同時にこのことを京の薩摩屋敷に知らせることも大事と考えた。

冠造は山の斜面下に流れる小川で血の臭いを消すように顔と手を洗い、街道に戻った。

朝靄《あさもや》の立つ街道にはすでに旅人の姿があった。

道信と財前は道中羽織と道中嚢《のう》を身につけていなかった。戦いを前にしてどこぞに置いたはずだ。だが、冠造が注意して路傍を見て歩いたがそれらしきものはなかった。

旅人が拾ったか。

まさか総兵衛一味が見つけたということはあるまいと思いながらも冠造はそのことを懸念《けねん》した。だが、二人が残したものを探す余裕はなかった。

まず総兵衛一味に追いつくことがなによりだと冠造は京への街道を引き返し始めた。

総兵衛一行は田之助が先行し、四人になって、藤川宿を通過し、さらに一里二十五丁（約六・七キロ）先の岡崎へと歩いていた。藤川宿に入ったとき、総兵衛が桜子の足を気にして、

「駕籠《かご》か馬を雇いましょうかな、桜子様」

と平静な声で尋ねた、その顔には穏やかな笑みさえあった。最前、凄まじいまでの剣技を見せた、同じ人物とは思えない静かさであった。

(うちが好きになった殿方はなんというお方やろ)

「岡崎までどれほどございますか」

と桜子が問い返すと、

「一里二十五丁にございますよ」

となんと北郷陰吉が後ろから答えていた。

陰吉に振り向いて会釈《えしやく》をした桜子が総兵衛に視線を移し、

「ならば総兵衛様方と同じように歩いていきとうございます」

と答えたものだ。桜子に会釈をされた陰吉は、

(二人の話に要らざる差し出口をしてしまった)

と恥じると、並んで歩くしげに少し間を空けるように命じた。しげは敵方から寝返った陰吉の言葉にいささか抵抗を感じたが、この命は正しいように思い、歩を緩めた。

「岡崎城下には大黒屋の馴染《なじ》みの旅籠《はたご》があるそうな。夜旅した分、本日は休み

にございます。田之助が先に走っておりますゆえ、朝湯が仕度されておりましょう。桜子様、湯に十分に浸《つ》かり、朝餉《あさげ》を食してゆっくりと休んで下さいまし」

「総兵衛様、桜子に気遣わんといて下さい。桜子はこれまでも母の下を離れ、十三の時から五年間、爺様《じじ》婆様《ばば》のもとで生きてきた女子《おなご》です」

と笑った。

北郷陰吉としげは、総兵衛と桜子の二人からかなり間を取っていた。

それでも薩摩忍びだった陰吉には耳を研ぎ澄ませば二人の話は聞き取れぬことはなかった。だが、陰吉は今や総兵衛と桜子に忠誠を尽くすべく、出来るだけ二人の話に耳を塞いでいた。しげがいつしか間合いを詰めようとすると、

「しげさん、主様《あるじさま》方の話を聞いてはならぬ。それもまた奉公人の務めの一つじゃよ」

と教えたものだ。

「桜子様、いささか不躾《ぶしつけ》なことをお聞きしてもよろしいですかな」

「なんなりと、わてには総兵衛様に隠し立てすることはおへん」

「京に修業に行かれたのは五年前と、以前麻子様に伺いましたが、それが初めての京行きでしたか」

「実はうちが三歳になるかならぬかの時、初めて京に上がりましたんや」

「むろん麻子様とごいっしょにでしたでしょうね。いいえ、差し障《さわ》りがございましたら、ご返答は要りませぬ」

「総兵衛様には秘密はおへんと答えましたえ。母と連れの者といっしょどしたそうな。その道中のことはほとんど記憶しておりません。ただ、街道に菜の花が咲き乱れていたことだけは微《かす》かに覚えてます」

「ご実家坊城家に戻られましたのですね」

「それもあります」

と桜子が応じた。

「他に理由がありますので」

「あります」

と笑みの顔で桜子が答え、

「うちの父が京都所司代職を務めておりましたんどす。それで母はうちと二人して会いに行ったんどす」

「父上様が京都所司代を」

京都所司代職は大名格の職掌である。ということは桜子の父親は大名家の主ということになる。

「もうお分かりやと思います、母は妾《めかけ》にございました」

総兵衛は返事に窮した。

「父と母が出合うたんは三河西尾藩六万石を父の松平乗完《のりさだ》が継ぐ以前どしたそうな。父はまだ二十前、源次郎様と呼ばれていた時代にございました。源次郎様は母に何度も正室になってくれと願われたのやそうな。せやけど、母は諸々《もろもろ》のことがございまして乗完様のおっしゃられることを聞き入れず、生涯想《おも》い女《びと》で過ごしたんどす」

「そのようなことが」

「うちにもそれなりの苦労はおましたんえ」

と桜子が答えると、

ころころ

と笑った。

「お父上の松平乗完様はご息災ですか」

総兵衛は松平姓が徳川一門と深いつながりを持つことは分っても数多《あまた》ある松平家を未《ま》だすべて承知していなかった。

「いえ、父は寛政五年八月十九日に四十二歳の若さで身罷《みまか》りましたんどす。その折、父は老中職を務めておりました。再来年には十三回忌が巡ってきます」

総兵衛が初めて知る坊城麻子と桜子の秘密だった。

「このことを大黒屋で知る人間はだれとだれですかな」

「亡《な》くなられた先代の総兵衛様に大番頭の光蔵はんだけどす。けどうちは一番番頭の信一郎はんもご承知のような気がします」

「おそらく大番頭の光蔵がまさかの場合に備えて信一郎には告げておりましょう。そして、今私が知った」

「なにやら総兵衛様にお話し申したら、うちの気持ちがふうっと軽うなりました。総兵衛様がうちの秘密を半分負って頂きましたゆえな」

「桜子様、総兵衛を信頼して頂きまして嬉《うれ》しく思います」

総兵衛は正直な胸の内を桜子に告げた。

「母がなぜ松平乗完様の願いを聞き入れなかったか、京と江戸、朝廷に近い坊城家と幕閣の要職に必ずや栄進すると思われておした英邁《えいまい》な父の松平家が婚姻で結ばれる不都合を考えてのことやと存じます」

「この国では朝廷に関わりのある血筋と幕府の要職にある者が縁戚《えんせき》を結ぶのはご法度《はっと》ですか」

「ご法度かどうかうちは知らへんどす。ないことはおへんやろけど、うちの知るかぎり少ないのんと違いますやろか。それは総兵衛様が京の地を知られたら、分ってもらえることやありませんやろか」

桜子はやんわりとした表現で応じた。

しばらく総兵衛と桜子は無言で歩いた。そして今は、お互いの胸の中をいっそうよく知りたいと思っていた。

「父上と母上、それにうちの一家三人がいっしょに暮らした天明七年から寛政と改元した寛政元年の春までの一年有余の京暮らし、なんとも幸せな気分の記憶が残っております。うちの父の思い出はすべて京にありますんや。江戸で遠慮しながら根岸に会いにこられる父は嫌どしたんや」

と桜子が懐《なつ》かしくも苦い日々を回顧したとき、岡崎城下が見えてきた。

総兵衛は桜子が京に五年間の修業に赴いたのは父の松平乗完との思い出があったからこそであったかと推量した。そして、そのとき、ふと、

「三河国西尾藩」

がいずこにあるのかを考えていた。

三

江戸では大黒屋の小僧の天松が一日に一度は必ず湯島天神の床下を訪ねる日々を繰り返していた。だが、ちゅう吉が戻ってきた気配は全くなかった。

天松の訪ねる刻限は、早朝であったり、日が落ちてからのことで人目につかないように注意していた。

ちゅう吉の姿が消えて十数日が過ぎた。

この日、天松は店が終わり、夕餉を済ませた後に大黒屋の裏口から、そおっと抜け出た。この天松の行動はむろん大番頭の光蔵が容認しており、すべて報

告を受けてのことだった。

光蔵はちゅう吉の失踪《しっそう》が天松との諍《いさか》いが主因と考えつつも、

「なにやら訝《いぶか》しい」

と考え、この数日は必ずだれかに天松に先回りさせてか、尾行させて天松を独りで行動させることはしていなかった。

だが、このことを天松には告げてなかった。

先行者あるいは尾行者は、天松の行き先を承知なのだから、鳶沢《とびさわ》一族の戦士として実戦を積んでいる天松が気づかないように常に十分に間合いをとって行っていた。

この冬の夜、天松に先回りして湯島天神に向かい、天松を待ち受けていたのは、担《かつ》ぎ商いの野州の御代吉《みよきち》で、大黒屋に月に一度か二度仕入れにくる一族の者だった。また、天松を富沢町から尾行したのは、手代の晃三郎《こうざぶろう》だ。

天松は先行者がいることや尾行者がついていることに全く考えがいかなかった。天松は、ちゅう吉の失踪が、

「ただ事」

ではないと悟り、そちらにばかり注意がいっていたからだ。

天松が湯島天神に到着したのは五つ（午後八時頃）過ぎの刻限で、湯島下から坂道を上がり、かげま茶屋花伊勢の裏口を闇《やみ》に紛れて覗《のぞ》きながら、湯島天神に向かおうとした。すると花伊勢の裏木戸が開いて、男衆《おとこし》が姿を見せ、裏木戸の中から女将《おかみ》の声で、

「急いで七軒町にお使者様のお出《い》でをお願いするのですよ、富三」

と急《せ》かせた。

「はい、畏《かしこ》まりましただ」

と答えた男衆が湯島の切通し道へと下って行きながら、天松の潜む闇の前を通過した。

天松は咄嗟《とっさ》に男衆をつけることを決断して、あとを追い始めた。

相手は素人《しろうと》だ。尾行はさほど難しくはないが、天松は前後に気配りをして尾行を開始した。

そのとき、天松は闇の中で微妙な動きを見せた一角があることを感じとった。

（おや、この天松に見張りがついておるぞ）

まさかとは思ったが、明らかにあのかすかな闇のざわめきは自然がもたらしたものでないことを天松は悟った。

（いよいよちゅう吉の行方《ゆくかた》しれずはおかしい）

と思った。

が、ともかく今は花伊勢の陸奥《みちのく》辺りから出てきて江戸奉公をしているらしい男衆富三がどこに行くのか、見失わないことに神経を集中した。

富三は体の動きから見て三十五、六と思え、花伊勢では庭掃除か風呂《ふろ》の釜焚《かまた》き方だろうと推察をつけた。全く警戒の気配など感じとれない。

天松は五感を富三に集中しながらも背後の尾行者の気配も感じとろうとした。

だが、一瞬闇を揺るがせた者はその後、気配を消していた。

（あれは私の錯覚か）

と天松は自らに問うたが、

（いや、違う）

と思い直し、気を引き締めた。

前を行く富三は、湯島の切通しを下り、不忍池《しのばずのいけ》の池之端《いけのはた》の西側へと曲がった。

天松はその時、花伊勢の女将が、

「七軒町」

と命じたのは池之端七軒町だったかと悟った。

前を行く富三の歩みが小さな寺の福成寺と教証寺の間の路地に向かい、不忍池の西側に流れる大下水の道に出ると、赤提灯《あかちょうちん》を灯《とも》した屋台店に吸い込まれるように立ち寄った。

「親父《おやじ》どの、茶碗《ちゃわん》酒といつものように味噌《みそ》田楽を一つくれねえべか」

「おや、富三さんか、この刻限に珍しいな」

「おお、女将さんに用事を仰《おお》せつかっただよ」

と言いながら富三は懐《ふところ》から縞《しま》の巾着《きんちゃく》を出して銭を掌《てのひら》の上で一枚一枚数えながら、屋台店の親父に差し出し、代わりに茶碗酒を受け取ると、舌なめずりをして、
きゅっ
と一息に飲み干した。

「好きだね」

「これがのうては世の中なんの楽しみもねえだよ」

と空になった茶碗を舐《な》めるようにして竹串《たけぐし》に刺さった味噌田楽を受けとり、

「薩摩様の御用はもたもたできねえだよ」

と呟《つぶや》きながら屋台店を離れた。そして、歩きながら味噌田楽に一口かぶりつき、

「江戸はいいだね、でえいち女子《おなご》がきれいだ、それに酒がうまいだ、ついでに食いもんが在所と違い、味付けがいいだ」

と独り言を言いながら、また残りの田楽を食い終え、手に残った竹串を丁寧に舐めると道端に捨てた。

大下水に沿って東叡山《とうえいざん》の方に向かった富三は、越中富山藩前田家の江戸屋敷と小さな寺が門を連ねる間の道に戻り、さらに西から北へと方向を変える道に沿って進むと、直参旗本京極家の門前を過ぎた辺りで路地に潜り込んだ。

この界隈《かいわい》は池之端七軒町が飛び飛びに散っていた。

天松は懐から紺地の手拭《てぬぐ》いを出すと頬被《ほおかぶ》りをして富三が曲がった路地に入った。先を行く富三はまるで警戒の様子はない。

だが、再び天松は背後の者の気配を感じた。

(天松様は、尾行しながら見張られているのか)

七三に神経を分け配りつつ、富三の動きから目を離さなかった。

無警戒の富三は黒板塀の小体《こてい》な家の引戸を慣れた様子で押し開くと、

「ご免くらっしょ」

と言いながら、引戸は開けっぱなしにして、水が打たれ、石灯籠《いしどうろう》の灯かりが照らすおかめ笹《ざさ》の間の飛び石を伝って玄関へと向かった。

(妾宅《しょうたく》か)

と天松は思いながら敷地およそ百七、八十坪の町家に忍び込んだ。

石灯籠の灯かりを避けて植え込みの蔭《かげ》に回り込み、潜んだ。そこからは富三の姿は見えなかったが声は聞こえた。

「おひでさんよ、わしは湯島天神の花伊勢の富三だ。ちょっくら用事でめえりやしたよ」

と大声を上げると、女の声が、

「富三たらなんど言ったら分かるんだね、奉公人が顔出すのは裏口ですよ。だいいちその胴間声はどうにかならないの。辺りにすべて聞こえますよ」

と女衆《おなごし》の叱《しか》る声が応じ、

「裏口はめんどうだで、おひでさん」

と幾分小さくなった声が答えた。

「この礼儀知らずが」

と罵《ののし》り声にかわり、若い女の声が、

「御用の趣をお聞きします」

「うちの女将さんが薩摩のなんとか様がお見えゆえ、使い様にちょっくら顔出ししてくれめえかと言うただよ」

「なんとか様とはだれですね」

「さあてな、道の途中までは覚えていただがよ、夜風に吹かれているうちに忘れただね。乗り物で見えられた初めてのお武家様だね」

「それでは御用の役に立ちますまいに、致し方ございませんね。しばらく玄関先で待ちゃれ」

と女が奥へと姿を消したようだった。

天松は若い声は武家奉公をしていた女だと思った。使いとは旦那《だんな》なのかどうか、また、

「町人か武家か」

天松は武家であったときのことを考え、忍び込んだ家の庭から一旦《いったん》外へと姿を消すことにした。しばらく表を見張っていると富三が飛び出してきて、

「駕籠《かご》はどこにいるべか、駕籠はどこか」

と言いながら天松の潜む前を通り過ぎ、越中富山藩の江戸屋敷のほうに走っていった。どうやら駕籠を探してこいと命じられたらしい。

天松はその場に待つことにした。しばらくすると妾宅のような家の門前に大女が出てきて、

「あのうすら馬鹿《ばか》では用が足りませんでしたかな、花伊勢ももう少しましな人間を使いに出されなかったものか」

と辺りを見回した。

天松が最前富三を叱りつけた女だと考えたとき、足音がして富三が空駕籠を従えて戻ってきた。

「なにっ、富三、おまえは辻《つじ》駕籠を雇ってきたのかえ」

「おや、いけねえだか」

「切通下の駕籠屋に行って、うちだといえば法仙寺駕籠を出してくれましたよ。せめてあんぱつを呼んでくればいいものを」

「なんだべ、ほうせんじとかあんぱつとか。駕籠ちゅう注文受けただよ、駕籠じゃいけなかったか」

「法仙寺駕籠は板張り床で外側も黒塗りか春慶塗りで仕上げてある駕籠ですよ、あんぱつは」

と言いかけた女が後ろの気配に気付き、慌《あわ》てて、

「お内儀様に聞いてくるよ」

と門の中へと走り込んだ。

押し問答の声のあとに衣冠束帯の人物が姿を見せて、この家の主《あるじ》か、武家とその配下の侍が三人従っていた。

天松は強引に忍び込まなくてよかったと思った。

衣冠束帯の人物は辻駕籠を見ると茫然《ぼうぜん》として言葉を失ったようだった。

「麿《まろ》の乗り物がこれにおじゃるか」

「お使者どの、何分急なことゆえ、仕度が間に合いませぬ。今宵《こよい》は辻駕籠にてお許し下され」

「伝奏《てんそう》屋敷とは言わず、せめて宿も武家屋敷かと思うたに、なにやら町屋の離れに押し込まれ、乗り物は有象無象の乗る辻駕籠におじゃるか」

「今宵はなにとぞお許しを。また行き先はそう遠くございませぬ」

と四十代半ばの武家が願い、それでも衣冠束帯の人物は抗《あらが》うように辻駕籠を拒んでいたが、

「お客さんよ、わっしら、こちらから願ったわけじゃねえんだ。有象無象の乗る駕籠は戻りますぜ」

と駕籠屋が居直り、富三が、

「そりゃ困るだよ、また駕籠さがしだか」

とぼやいた。その問答を聞いていた武家が再び衣冠束帯の人物に願い、人物はしぶしぶと辻駕籠に乗り込み、駕籠は湯島天神下へと向かっていった。一行の最後に富三が従い、

「わしも好きでこんなことしてるでねえだ、女将さんに命じられたでやったらば、文句たらたらだ。間尺に合わねえとはこのことだ」

と独り言をぼやいた。

天松が一行を追おうと動き出したとき、背後に人の気配を感じた。そこでだらりと四肢から力を抜いて虚脱し、ゆるりと後ろを振り向いた。天松の得意技の一つ、相手を油断させる、呆《ほう》け技だ。相手に、

「なんだ、こやつ」

と思わせた瞬間、天松の反撃が始まる。だらりと垂らした両手の指の間に隠した二寸五分（約七・五センチ）の針が飛んで相手の両眼に突き立つのだ。

「天松、味方ですよ」

と闇に半ば姿を溶け込ませた影が言った。

「晃三郎さんでしたか」

「三日前から大番頭さんの命でおまえさんの動きを見守っていたのですよ」

「えっ、それは気付かなかった」

「そなたの注意はちゅう吉にいっていますでな、それに近付かんでもよいので

す。気配を悟られるはずもありませんよ」

二人は富三とその前をいく乗り物一行を追いながら、通りすがりの人がいたとしても聞こえない潜み声で会話を続けた。

「ちゅう吉の一件と関わりがあると思うて富三の後をつけたのですが、どうも勘違いをしたようです」

「天松、これは別筋かも知れぬが、薩摩の江戸藩邸と京を結ぶ輪の一つやもしれないぞ」

「あの人物、京からのお使者ですか」

「まず間違いなかろう。天松、こいつは大手柄に結びつくかもしれませんよ」

「晃三郎さん、私はちゅう吉の身が案じられます」

「ちゅう吉のことは天松、この際、いったん忘れよう。それに湯島天神の床下を野州の御代吉父《とっ》つぁんが見張っておりますよ」

「えっ、担《かつ》ぎ商いの御代吉さんまで湯島天神を見張っていましたか」

「大番頭さんは古狸《ふるだぬき》ですからな、おまえさんがちゅう吉を案じるあまり、しくじりをしてはならないと私ども二人を配されたのですよ」

そうか、そうでしたか、と答えた天松は黙々と前を行く辻駕籠の灯かりを見ながら歩を進めた。

「花伊勢には薩摩のどなたかが待っておられるのですね」

「まず間違いなかろう。それにしても本郷康秀と関わりが深いかげま茶屋をなぜ薩摩は使い続けるか」

「そこです」

と天松が危惧《きぐ》の声で応じた。

「どうした、天松」

「ちゅう吉が花伊勢を見張っていたことを、そして、ちゅう吉が大黒屋と繋《つな》がりを持っていたことを薩摩側はいつのころからか承知していたのではありませんか。だが、知らぬ振りをしていたのではないでしょうか。ちゅう吉は私に叱られて、なんぞ手柄を立てねばと無理をした。そこを薩摩側につかまえられ、囚《とら》われの身になったか。あるいは始末されたか」

天松の話を晃三郎が何度も考え直すように沈思した。

「ちゅう吉のねぐらをそなたが見張っておらぬときに確かめました。ちゅう吉は自らの意思でしばらく留守にしている風には見えないか」

「晃三郎さん、いかにもさように見えないこともない。しかし、ちゅう吉ではない第三の人物が装《よそお》ったとしたらどうなりますか」

「ある時期からやはりちゅう吉は大黒屋とのつながりを見張られていたことになるというか」

「そういうことです」

すでに辻駕籠は湯島の切通しから湯島天神下のかげま茶屋花伊勢に向かう裏道に入っていた。

「となるとあの人物が何者か今晩にも察しを付けようと考えていましたが、止《や》めたほうがようございますかね」

「薩摩の手に落ちることになります。薩摩がなぜ花伊勢にこだわるかといえば、逆に私どもが未《いま》だ注視をしているからではありませんか」

「するとあの京からのお使者もわれらをおびき出すために呼び寄せられた」

「と言い切れませんが、強引に花伊勢に近付くことは危ない。大番頭さん方に相談してからのほうがいい」

と手代の晃三郎が言い切り、天松は頷《うなず》く他になかった。

この夜、大黒屋に手代の晃三郎、小僧の天松、そして、担ぎ商いの御代吉の父つぁんがばらばらに戻ってきた。最後は富沢町で柏《かしわ》やという小店の古着屋を商う広一郎《こういちろう》方の戸を叩《たた》いて地下路《じげみち》で大黒屋に帰ってきた御代吉だった。

光蔵は、おりんと二番番頭の参次郎を同席させて三人に面会した。

まず天松が今晩の経緯を説明した。

「ほう、京からのお使者ですか」

「花伊勢での会談は一刻半《いっときはん》（三時間）におよび、再び薩摩藩士と思える警護の侍を従えて薩摩側が仕度した乗り物に乗って池之端七軒町の妾宅《しょうたく》めかした家に戻りました。私らは花伊勢の見張りが厳しいゆえ敢《あ》えて近づくことをしませんでした。ゆえ、京からの使者の正体は知ることはできませんでした。また薩摩側で応対した人物がだれかも摑《つか》んでおりません」

と天松に代わり晃三郎が説明した。

「大番頭さん、ちゅう吉のことですが、いつのことからか薩摩側はちゅう吉がこの富沢町に出入りすることも察知していたのではないでしょうか」

と再び天松がこの数日湯島天神下を見張りながら、考えていたことを告げた。

「私も近ごろ、ちゅう吉が頻繁にうちに出入りするので、そのことを案じておりました」

と光蔵が応じた。

「大番頭さん、もし天松さんの観察が当たっているとしたら、日光代参騒ぎのあとのことですね」

「おりん、いかにもさようです。私どもが薩摩の動きを必死で探るように、薩摩とて大黒屋の周辺に見張りを配している筈《はず》です。そこでちゅう吉の存在が浮かび上がってきたとしたら、薩摩側がどう動いたか」

と光蔵が自問するように言った。

「大番頭さん、おりんさん、こたびの京からの使者の江戸入りと、ちゅう吉が拉致《らち》されたこととは関わりがございましょうな」

と二番番頭の参次郎が尋ねた。

「あると思うたほうが筋が通る」

と光蔵が言い、黙って話を聞いていた担ぎ商いの野州の御代吉を見た。

「京からのお使者は今出川《いまでがわ》季継《すえつぎ》と言われるそうな、また薩摩側のお相手は江戸留守居役東郷清唯《きよただ》様じゃそうな、大番頭さん」

「野州から入れた飯炊《めした》きが役に立ちましたかな」

「はい、やすが花伊勢の台所で耳にできたのは二人の名前だけにございました」

「いえ、名だけでも分かると十分に役に立ちます。やすには無理をせぬように気長に構えよと伝えておきなされ」

光蔵の言葉に御代吉が頷いた。

「大番頭さん、花伊勢にそのような者をすでに配しておられましたか」

天松が驚きの声を上げた。

「天松、こたびのちゅう吉の失踪《しっそう》はいささか私が油断しての結果です。なんとしてもちゅう吉を無事に取り戻さぬと鳶沢一族の面目にもかかわります。御代吉の娘のやすが野州生まれの百姓女に扮《ふん》して、花伊勢に入ったのは日光代参の騒ぎが落ち着いたころのことでした。ともかく薩摩とうちの対立の犠牲になったのがちゅう吉です。明日から湯島天神下のかげま茶屋の見張りを強化します。

参次郎、そなたが指揮してあらゆることを見落とさぬようになされ」

「畏《かしこ》まりました」

「さあて、池之端七軒町の家じゃが、薩摩が持つ隠れ家の一つであろう。今出川季継が何者か、明日にも坊城麻子様をお訪ねしてお知恵を借ります。その上で池之端七軒町を見張るか、人を忍び込ませるか決めます。ともあれ、薩摩はなんのために京から使者を江戸に迎えたか、真相が分からぬ以上、なんとも動きがとれませぬでな」

光蔵が明日からの手配りを決め、言い足した。

「大番頭さん、ちゅう吉のことで一つ動いてようございますか」

「なにをしようというのです、天松」

「ちゅう吉が心を許した友はかげまの中村歌児《うたじ》だけです」

「いえ、一人ではありませんぞ。ちゅう吉はそなたを兄のように慕っておりましたでな」

光蔵の言葉に首肯した天松が、

「中村座で働く里次《さとじ》に会《お》うてはなりませんか」

と許しを乞《こ》うた。

里次とはかつてのかげま中村歌児の本名だ。中村歌児がちゅう吉を通して大黒屋に残した『日光代参本郷康秀閨房記《ほんごうやすひでけいぼうき》』は鳶沢一族が行った影殺しへの追及から身を護《まも》る貴重な記録であった。

「里次の身許《みもと》が表に出ることだけは避けとうございます。ですが、ちゅう吉の生死にも関わること、おりん、なんぞ手だてを考えてくれませぬか」

光蔵がおりんに願い、その夜の手配りはすべて終った。

四

岡崎城下の旅籠《はたご》斉藤元左衛門《げんざえもん》方は、田之助のお膳立《ぜんだ》てにより、総兵衛一行を待ち受けていた。すでに旅人が出立したあとのがらんとした旅籠を総兵衛一行が独り占めして、朝湯に交替で浸《つ》かり、朝餉《あさげ》を食したあと、徹夜旅の疲れを仮眠して癒《いや》すことになった。

まず桜子としげが離れ屋に下がって休むと、総兵衛は部屋に番頭を呼び、

「岡崎城下から西尾は遠いか」

と尋ねた。番頭の答えは、

「急ぎの用なれば日帰りができないことはございません。土呂《とろ》、中島と辿《たど》れば矢作川《やはぎがわ》のほとりに西尾城下が見えてきます」

というものだった。

しばし思案した総兵衛は番頭を下がらせると田之助を呼んだ。

「田之助、私と桜子様は明日から二日ばかり別行をしたい」

「えっ、総兵衛様と桜子様のお二人で私どもと離れて京に向われますか。なんぞ私めに不手際《ふてぎわ》がございましたか」

田之助が真っ青な顔で問い返した。

「勘違いするではない。だが、田之助、事情は話せぬのだ。桜子様を西尾城下にお連れしたあと、直《す》ぐにもこの岡崎に引き返してくる」

「はて、西尾になにかあったかな」

と自問する田之助に、

「田之助、それは聞いてもならず調べることも許さぬ。鳶沢一族の頭領の命である」

総兵衛の言葉は険しくもはっきりとしていた。田之助は主《あるじ》自身の用事ではなく、桜子に仔細《しさい》があって西尾に連れていこうとしていることを悟らされた。

「しげなりとも桜子様の供につけてはなりませぬか」

「ならぬ。本来なれば私とて従ってよいかどうか。田之助、ここは私の勝手を聞いてくれ」

と主に願われた田之助はやはり桜子の御用だと得心した。ならばと道中記の絵地図を広げて西尾城下の場所を調べていたが、

「相分かりました」

と返答をすると、

「総兵衛様、西尾で御用を済まされた後、この岡崎に戻ってこられる要はございません。われらも総兵衛様方を見送り、次なる宿場、この城下よりおよそ四里弱（約一五キロ）先の池鯉鮒《ちりふ》に出立致します。総兵衛様と桜子様は矢作川を船で渡り、池鯉鮒宿に出られたほうが東海道に出るには短うございます。明後日の夕暮れ、池鯉鮒の旅籠にて再会致しませぬか」

「ほう、そのようなことができるか」

田之助の指示した道中記を見た総兵衛は得心し、池鯉鮒での再会を約して明日から二日間、主従は別行動をとることになった。

翌朝七つ半（午前五時頃）前に旅籠を出た総兵衛一行は、岡崎城下名物の二十七曲りの道を抜けると、城下外れで二手に分かれることになった。

東海道を進むのは田之助、しげ、それに北郷陰吉の三人、東海道から分かれて西尾城下に向かうのは総兵衛と桜子の二人だ。

このことを事前に承知なのは総兵衛と田之助の二人だけだ。

「総兵衛様、桜子様、二日後にお会いしましょう」

田之助に言われた桜子は総兵衛の顔を見たが、総兵衛は微笑《ほほえ》みの顔でなにも答えなかった。

脇道《わきみち》を進むことになった桜子は、総兵衛が一行と離れた意味を説明するまで待つ覚悟をなした。

数丁ほど進んだところに道しるべがあった。

「是《これ》より西尾道」

その道しるべを読んだ桜子が、

「総兵衛様、私どもは西尾に参るのでございますか」
と問うた。
「桜子様、総兵衛のお節介をお許し下さいませぬか。一昨日、桜子様から亡《な》き
お父上の話を聞かされたのもなにかの縁、宿で尋ねますと西尾は岡崎からそう
遠くないとのことでした。桜子様のお父上乗完様の菩提寺《ぼだいじ》にお参りして、しば
し乗完様との思い出に浸られるのも旅の趣かと思いましてかような勝手な行動
をとった次第です。もし差し出がましいことなれば総兵衛、お詫《わ》びした上、田
之助を追う旅に行き先を変えます」
桜子が足を止めて総兵衛を見た。
朝の光りに桜子の瞳《ひとみ》が潤《うる》んで見えた。
「総兵衛様、あなた様はなんと心の優しいお方にございましょうな。父のこと
は、私の胸の中に生きておればよいと思うておりました。ただ今総兵衛様のお
話を聞いて、父の墓前に額《ぬか》ずき、父と話ができるかと思うと桜子の胸がきゅん
と締め付けられまして、温かくなりました」
「桜子様が亡き乗完様にご挨拶《あいさつ》なされるとき、総兵衛は離れた場所より邪魔が

入らぬように見守っておりましょうぞ」

総兵衛が布に包んで背に追うた三池典太を指差した。

「総兵衛様、そのようなことは要りません」

不意に桜子が総兵衛の手を取ると西尾城下への道を歩き出した。

「西尾は父上のご城下、桜子がいくら想《おも》い女《びと》の娘だとしても悪さをするようなお方はおへん」

言い切った桜子の顔が紅潮していた。

「それにしても総兵衛様には驚かされましたえ」

桜子の口調にいつもの京訛《なま》りが戻り、総兵衛も安堵《あんど》した。

その二人の背後を薩摩の強脛《こわすね》の冠造《かんぞう》が付かず離れず尾行していた。岡崎城下外れで一行が二手に分かれたとき、冠造は一瞬迷ったが、総兵衛を尾行することに即刻決断した。

むろん総兵衛も見張りがついていることは承知していた。だが、もはやそれに気を煩《わずら》わせるよりも桜子が亡き父の菩提を弔い、思い出に浸るしばしの間を確保することに精力を注ごうと考えていた。

東海道を外れたせいで一段と長閑《のどか》な光景が脇道の左右に広がっていた。

季節はとっくに冬に移っていたが、秋の陽射《ひざ》しを思わせる橙色《だいだいいろ》の穏やかな光で、農家の軒下に吊《つ》るされた干し柿《がき》が総兵衛に遠い交趾《こうち》の農村を思い出させた。

「総兵衛様、いつの日か、うちを総兵衛様の生まれたお国に連れていってくれませんやろか」

「いつなりとも」

「とはいえ、総兵衛様のお国は海上何千里も離れたところにございましょうに、そう簡単にはいかれへんのと違いますか」

「仰《おっしゃ》られるとおりです。桜子様、総兵衛がこたびの交易に同道しなかったわけをご存じですか」

と総兵衛が話柄《わへい》を変えた。

「うちは総兵衛様の言葉の端々で推量しております。異郷生まれの大黒屋十代目の総兵衛様は大黒屋の向後百年の大計を図るためにこの地に残られ、こうして桜子と旅をしておられるのんと違いますやろか」

「いかにもさようです」

桜子が握った総兵衛の手を前後に振り、

「ほれ、当たりましたえ」

と笑った。

「桜子様、しばし時を貸して下され。この総兵衛勝臣がイマサカ号を駆って異郷の地に交易に出る折は、桜子様を護り女神と崇《あが》め、必ずやごいっしょさせてもらいます」

「約束ですえ。でも、護り女神なんてご免どす。うちは総兵衛様の嫁様になると決めました。嫁がだめなれば母と同じように想い女でもかましまへんどす」

ふっふっふ
と笑った総兵衛が、

「私は桜子様におお目にかかったその日から私の嫁様は桜子様と心に決めました。どのような艱難辛苦《かんなんしんく》が待ち受けていようと諦《あきら》めませぬ」

と言い切ると、道端で足を止めた桜子が総兵衛の小指に自分の小指をからめ、

「やくそくげんまん、嘘《うそ》ついたら針千本のます」

と歌った。

総兵衛と桜子が松平家の所領地西尾城下に到着したのは昼前のことだった。

西尾は天正《てんしょう》十八年(一五九〇)、徳川家康の関東入部にともない、三河国岡崎城主田中吉政《よしまさ》の領地に編入された。

だが、慶長五年(一六〇〇)、吉政が筑後《ちくご》国柳川へ転封《てんぽう》されると、下総《しもうさ》国小篠で五千石の知行を頂戴《ちょうだい》していた本多康俊が二万石に加増されて西尾を居城に立藩した。

以来、目まぐるしいほど西尾藩の主が交代した。

明和元年(一七六四)に、大坂城代に就任していた山形藩城主の大給《おぎゅう》松平乗佑《のりすけ》が入り、六万石の領地を安堵された。だが、西尾領内では石高が足りない。そこで越前《えちぜん》国南条、坂井、丹生《にゅう》三郡、河内国石川、渋川、若江三郡を足して六万石の転封であった。

こうして西尾藩は大給松平家にようやく落ち着いたのだ。

桜子の父の乗完は乗佑の嫡子《ちゃくし》である。

伝馬《てんま》問屋を見付けた総兵衛がそこにいた番頭に、

「私、江戸富沢町の古着問屋大黒屋の主にございます。京に御用で向かう途中、昔、お世話になった老中松平の殿様の墓詣《もう》でを思い付きましてございます。藩主ご一族の菩提寺を教えてくれませぬか」

と丁重に願うと、

「おお、江戸の古着問屋の大黒屋さんが殿様のお墓参りにございますか。それはまたご奇特に存じます。それなればまず盛巌寺《せいがんじ》の和尚《おしょう》を訪ねられるとようございますよ」

と盛巌寺の場所を教えてくれた。

大給松平家は、室町時代三河周辺の豪族であったと伝えられる。

大給松平家の菩提寺といわれる曹洞宗《そうとうしゅう》盛巌寺は、大給松平家が上野《こうずけ》国那波《なわ》にあったころ、一族の菩提を弔うために開祖した寺である。その後も大給松平家の転封とともに山形、西尾と従い、西尾城下の寺町の一角に落ち着いていた。

総兵衛が江戸の古着商大黒屋総兵衛を名乗って、住職に面会を求めると、白《はく》眉《び》白髯《はくぜん》の老師清源《せいげん》が本堂で会ってくれた。

「江戸の大黒屋さんと申せば古着問屋を牛耳《ぎゅうじ》る商人と聞いておりますが、なんともお若いお方にございますな」

「先代が働き盛りに亡くなり、若くしてこの私めが大黒屋を継ぐことになりまして ございます」

挨拶した総兵衛は昨夜の内に用意していた奉書に包んだ供養料《くよう》を差し出した。

これはこれはご丁寧にと応じた老師が、

「松平の殿様と大黒屋さんに関わりがございましたかな」

と言いつつ、その視線が桜子にいった。

「はて、娘御をどこぞで見たような」

と首を傾《かし》げたものだ。そして、しばらく思案する様子があった。それでも思い付かぬのか表情が固まったままだった。

「うちは坊城桜子と申します」

「ということは坊城麻子様の娘御、ではございませぬか」

「いかにもさようでございます。和尚様は母をご承知でございますか」

「乗完様とごいっしょにお目にかかったことがございます」

ということは桜子が松平乗完の娘であると薄々気付いたのではないか。さら

に桜子の顔をなにか遠い記憶と重ねているように見詰めていた老師が、

「失礼をば致しました。桜子様は殿様にも麻子様にもよう似ておられます」

とそのことを裏付ける言葉を吐いた。

「和尚様、父の墓参りをしとうございます」

「桜子様、麻子様からそのことをお聞きではございませんので」

清源老師が訝《いぶか》しそうに尋ねた。

「うちは父上のことを出来るだけ聞かんようにしてこの年まで過ごしてきましたんや。幼い折、京都所司代として赴任しておられた父上の記憶をだれにも汚《けが》されとうなかったからにございます。けど、本日、総兵衛様が西尾に父上の墓参りに行かれませぬかと、お誘いになられたとき、わてはなんと父上のことをないがしろにして生きてきたかと、悔いが胸の中に湧《わ》き起こりましたんどす」

「殿様はきっと喜ばれておられます。大黒屋さん、桜子様、いかにも盛巌寺は江戸の天徳寺とならんで大給松平家の菩提寺にございます。ですがな、乗完様や歴代の殿様の墓所は昔から岡崎城下外れ、雑谷下《ぞうやげ》の奥殿陣屋《おくとのじんや》にございますのや」

「岡崎城下ですと」

総兵衛もいささか驚かされた。

「おそらく大給松平家宗家が三河の豪族であったころの所縁《ゆかり》の地かと存じます。奥殿陣屋を今も大給松平家ではお持ちでございましてな、歴代の殿様の墓所はそちらにございますので」

「桜子様、無駄足を踏ませて仕舞いましたな」

桜子に総兵衛が詫びた。

「いえ、それは違いますえ。こうして父上とご縁があった清源老師とお目にかかり、父上の国許《くにもと》をちらりとでも見られたのは、うちの大切な思い出にございます。老師、父上とご先祖のために読経《どきょう》を願えまへんやろか」

と桜子が願って、老師が座につき、総兵衛と桜子が頭《こうべ》を垂れて読経の声にしばし時が流れるのも忘れた。

総兵衛と桜子はその日の内に岡崎城下に引き返し、城下から矢作川の支流の巴川《ともえがわ》沿いに足助《あすけ》に向かう足助街道を上流へと遡《さかのぼ》って、門立《もだち》なる集落に辿《たど》りつき、旅人宿に泊めてもらうことになった。

宿では奥殿陣屋にお参りに行くという若い二人連れを、街道に面した小さな母屋《おもや》の裏手に設けられた離れ屋に泊めることにした。

六畳に床の間がついただけの座敷だった。

「女衆、座敷はここだけですか」

「お客人、うちでいちばん上等な座敷ですよ、表は相部屋でございます。それもういっぱいです」

と言われ、総兵衛は困った顔をした。

「まず旦那《だんな》から湯に入ってくれませんかね」

と急《せ》かされた総兵衛は、

「先に桜子様を入れてはなりませぬか」

「今な、男客が入っているだよ、それでもいいか」

と言われて、総兵衛はさらに困惑の表情をした。

「ささっ、総兵衛様、湯殿にどうぞ行かはりませ」

桜子にまで言われて、仕方なく総兵衛は湯殿に向かった。

田舎の脇《わき》街道の旅籠《はたご》にしては大きな湯船で、わいわいがやがやと訛《なま》りの強い言葉で話す男たちの傍らで早々に湯をつかった総兵衛は、離れに引き上げた。

するとは女衆が膳《ぜん》をすでに運んできて、

「嫁様は内湯に入っておられるだよ。旦那様も愛らしい嫁様をもろうて幸せ者じゃ」

と言った。

総兵衛は、

（未《いま》だ嫁様ではない）

と胸の中で呟《つぶや》きつつ、世間は、

「夫婦者の旅」

と見るのであろうかと苦笑いした。

足助街道の旅籠の周りで強脛《こわすね》の冠造が、

「大黒屋総兵衛とあの娘、なにを探しておるのであろうか」

と頭を悩ましていた。

西尾城下で訪ねたのは曹洞宗盛巌寺という寺だった。寺の和尚と本堂で会った二人は、だれのために読経を願ったか、寺詣でを済ませた。

その後、西尾城下に泊まるかと思いきや、なんとまた元きた街道を岡崎へと引き返し始め、城下を抜けると岡崎から足助に向かう街道を北上してきたのだ。

動きが速いので総兵衛と桜子の二人がなにを考えての行動か、和尚らに聞く暇もなく二人に従って門立まで連れてこられた。

冠造は冬の陽射《ひざ》しが一気に薄れていく中で、

「どうしたものか」

と迷った。外で過ごすのはもはや厳しい季節が到来していた。かといって旅籠は総兵衛と娘が泊まったこの一軒しか見当たらない。

「ままよ」

と入り、男衆《おとこし》に、

「明日は早立ちだ、玄関脇でいい、泊めてくれないか」

と願うと、三畳間にすでに二人、百姓然とした旅人が使っている部屋に入れられた。

「大黒屋総兵衛め、こっちをいい風に引き回してくれますよ」

と胸の中で思いつつ、一夜の我慢と自分に言い聞かせた。

内湯に浸《つ》かった桜子が離れ座敷に戻ってきて、総兵衛がこちらも、

「一夜の我慢にございます、お許し下され。今晩は総兵衛が寝ずの番を致します で、ご安心下さいまし」

と願うと、湯上がりに火照《ほて》った顔の桜子がにっこりと笑い、

「うちは総兵衛様とご一緒の座敷でもかましまへん」

と大胆にも答えたものだ。

夕餉《ゆうげ》が終ったあと、離れ屋に夜具が敷かれ、総兵衛は桜子を寝かせると、

「桜子様、おみ足を触らせて頂きます」

と断り、交趾で行われる按摩《あんま》を丁寧に施そうとした。

「総兵衛様、それは」

「強すぎますか」

「いいえ、大黒屋の主《あるじ》様にこのようなことをしてもろうたら、うち罰があたりま

す」

「なんのことがございましょう。このところ桜子様はよう歩かれました。ゆえに足の手入れをしておかねば明日からの道中に差し障《さわ》りが生じます。総兵衛を旅の徒然《つれづれ》に呼んだ按摩かお医師の治療と思いなさいまし」

「いえ、総兵衛様は鳶沢一族を率いる武将にして、異国への交易船団の長《おさ》、鳶沢総兵衛勝臣様にございます」

「桜子様とて中納言《ちゅうなごん》坊城家の血筋にして、父上は西尾藩主、老中職で亡《な》くなられた大給松平家の宗家、松平乗完様にございます」

その言葉を聞いた桜子が夜具の上に起き上がり、

「総兵衛様、うちはただの坊城桜子にございます。総兵衛様の前では一人の女《おな》子《ご》になりとうございます」

「ならば私も一介の商人大黒屋総兵衛にございます」

桜子の震える手が総兵衛に差し伸べられ、総兵衛が両手で挟み込むように触れた。

「総兵衛様」

「桜子様」

と二人の声が重なり、桜子の体が総兵衛の胸に抱き寄せられた。

秋を生き抜いた虫の声が儚《はかな》げに鳴いていた。

だが、互いの体の温もりを感じ合う若い二人には、虫の声も聞こえなかった。

いつまでもいつまでも二つの体が一つに重なって互いの鼓動を感じ合っていた。

第四章　フグと妾《めかけ》

一

暦の上ではとっくに冬を迎えていた。だが、江戸では珍しく緩やかな「秋の気配」が冬を迎えても続き、人々は、

「今年は冬を迎えても袷《あわせ》一枚でいいよ」

「これなれば楽で師走《しわす》を迎えられるね」

と言い合っていた。

ところがある日いきなり木枯らしが吹いて暦に季節が追いつき、秋から冬へとすとんと変わった。

秋に行われるはずの柳原土手の、

「古着大市」

は、南町奉行所の市中取締諸色掛与力土井《どい》権之丞《ごんのじょう》の横やりのために未《ま》だ目途《めど》が立たないでいた。

なにしろ四つ（午前十時頃）から八つ半（午後三時頃）には完全撤収して往来の邪魔にならないようにせよと厳しい口頭の通達で、嫌がらせとしか思えない指導だった。

むろん大黒屋の大番頭光蔵《みつぞう》は、この一件が南町奉行の根岸鎮衛《やすもり》の命かどうかを密《ひそ》かに探っていたが、土井も機先を制するように大黒屋に姿を見せて、あれこれと主催者側の思惑に注文をつけ続けた。ために根岸か、あるいは内与力の田之内泰蔵《たいぞう》に直《じか》に問い合わせるかどうか光蔵も迷っていた。その結果、

「秋の古着大市」

開催は、師走に大幅にずれ込むか、中止を余儀なくされそうな気配だった。

柳原土手の露天商は春に成功した富沢町の古着大市に勝る秋の古着大市の開催を目論《もくろ》んでいただけに、南町奉行所からの強い指導に不満を募らせ、

「日中の短い間だけの商いでは労多くして利は上がりませんよ。止《や》めたほうがいい」

という意見に傾きかけていた。

この日も柳原土手の世話方が大黒屋に来て、

「なんとか開催刻限の延長を、せめて終わりの刻限を暮れ六つ（午後六時頃）まで」

とする許しがなければ中止するとの意見に大勢は傾いている、と告げていったところだ。

店座敷から出てきた光蔵が帳場格子《ごうし》の定位置に座り、黙然と思案した。その様子を二番番頭の参次郎が見詰めて、

「柳原土手での古着大市開催は無理でしょうか」

と遠慮がちに聞いたものだ。そこへおりんが新しく淹《い》れた茶を光蔵に運んできた。盆には光蔵の好物の甘味、酒饅頭《さかまんじゅう》が添えられていた。

「ご苦労に存じました」

おりんが難しい交渉の矢面に立たされた光蔵を労《ねぎら》った。

刻限はちょうど昼の八つ（午後二時頃）過ぎ、さしもの大黒屋にも客がまばらであった。

「やはりこのことを知った時点で即刻根岸様に直訴したほうがよかったかね」

光蔵がこたびの一件を南町奉行根岸鎮衛に問い合わせなかったことの是非をだれとはなしに問うた。

「いえ、それは根岸様に直訴したあとの土井与力の反応がやはり怖《こ》おうございます。となればここは慎重に土井与力がだれの意思で諸色指導と称する嫌がらせをしているのか、判明させるのが先だという大番頭さんの判断は間違うてはいないと思います」

と参次郎が応じていた。

「私も二番番頭さんに賛成にございます。こたびのこと、いささか時節が遅れても、柳原土手の方々が満足できる商いの条件を得た後に開催すべきです。すでに秋の開催は逃したのです。ならばここはでーんと構えて、正月前の古着が大きく動く、師走の古着大市に変えてもようございましょう」

おりんの新しい提案に参次郎が、

「私もそう思います」

と同意した。

「秋の古着大市が師走の古着大市になりますか。となれば少し土井与力を洗い出す余裕が生じますな」

光蔵がなんとか焦眉《しょうび》の急を脱したように呟《つぶや》き、お茶に手を出した。すると女衆《おなご》が店の奉公人と客にお茶と酒饅頭を振舞っているのが見えた。

おりんは大黒屋の雰囲気が淀《よど》んでいることを一掃するために奉公人と客に茶菓《し》を振舞うように台所の女衆に命じたのだ。

「このような時、総兵衛様がおられるとおられぬではえらい違いですな。私も富沢町に長年巣食うてきた古狸《ふるだぬき》ですが、十代目の機転と知恵には敵《かな》いませんよ。いえ、あの若さで時の流れに連動する大局をつねに考えて動かれます」

と光蔵がぼやいたものだ。

「大番頭さん、かようなときはじたばたしては却《かえ》って相手の策に嵌《はま》ります」

おりんが応じたとき、光蔵はふと視線を感じて店じゅうを見回した。すると小僧の天松《てんまつ》のなにかを訴えるような不安な眼差《まなざ》しにぶつかった。

「それにちゅう吉の一件もございます」

光蔵の呟きは続いた。

「いかにもちゅう吉さんの行方も知れません」

とおりんが応じ、中村座の里次《さとじ》、かつてかげまの中村歌児《うたじ》におりんと天松が会ったときの情景を思い出した。

ちゅう吉の無二の親友は天松のほかではかげまの歌児だった。その歌児は里次と本名に名を戻して、中村座の男衆《おとこし》見習いとして必死で働いていた。その里次と二人が会ったのは二丁町近くの竈河岸《へっついがし》に止めた屋根船の中だった。むろん副頭取の中村芝宣《しせん》に許しを乞《こ》い、四半刻《しはんとき》（三十分）の暇をもらったのだ。

里次の姿から、かげまのなよっとした挙動は消えて、男衆下働きとして雑役にきびきびと取り組んでいる目の色をしていた。神経を使って生きる分、里次の頬はそげて必死さと精悍《せいかん》さを感じさせた。

「里次さん、単刀直入に聞きます。ちゅう吉と最近会われたことはございませんか」

おりんが聞いた。すると里次が顔を横に振り、

「ちゅう吉になにがございました」

と反問した。

当然の問いだった。おりんが手際《てぎわ》よくちゅう吉が行方を絶ったことを告げた。

「ちゅう吉が姿を消して何日になります」

「かれこれ二十日近くに」

「ちゅう吉め、どうしたことで」

と小声で呟いた里次が、

「芝居小屋に世話になって以来、一度もちゅう吉と顔を合わせたことはございません。だけど、男衆の一人が子供のおこもが芝居小屋の裏口をうろつき、照《てり》降町《ふりちょう》近くの堀留の橋の欄干にもたれかかって何事か考え込んでいたと噂《うわさ》をしているのを聞きました。それがおよそ二十日以上も前のことでしょうか」

「そうか、ちゅう吉は里次さんに相談したくて二丁町に来たが、結局里次さんと会うのはよいことではないと断念したのですね」

天松が呟いた。すると里次が、

「天松さん、あいつは天松さんを慕ってましたから、天松さんから注意を受けたことに驚いて、どうしていいか分からなくなったのでしょう。年上の私など にえらそうな口を利《き》いておりましたが、考えてみれば未だ十一なんです。いえ、天松さん、誤解しないで下さい。天松さんがちゅう吉の不躾《ぶしつけ》を咎《とが》めたのは、当然のことでした。あいつはそれが分かったから、どうしようもないほど動揺したんです。こたびのことは許して下さい」

里次が頭を天松に下げたものだ。

里次の証言を受けて大黒屋では中村座の周辺を密かに洗った。するとたしかにちゅう吉らしい子供のおこもが数度見かけられていたが、この十数日は全くその様子はないという。

ちゅう吉が芝居町界隈《かいわい》で見かけられた最後は、照降町の堀留にかかる橋の上、夕暮れ前だったという。

大黒屋では改めて光蔵がおりん、参次郎、四番番頭の重吉《じゅうきち》ら大黒屋の留守を預かる主立った者を集めて話し合うことにした。

しかしその結果、ちゅう吉が未だ生きているとしたら薩摩《さつま》屋敷に捉《とら》われている場合しかないのではないかとの考えが持ち上がり、大黒屋の密偵などを総動員して薩摩屋敷の周りに聞き込みに走ることになった。だが、どこからもちゅう吉の動静は伝わってこなかった。

「古着大市、ちゅう吉の一件、八方ふさがりですな。なんぞ手がかりがないことにはなんとも動きようがない」

光蔵が呟いたとき、小僧の天松が酒饅頭を食べ終えたか、箒《ほうき》を手に表に出ていった。

(天松はこたびのことでは徹《こた》えてますな、なんとかしてやらねば)

と考えつつ、光蔵は、自らの無力に思いを馳《は》せていた。

(このような時、総兵衛様ならどうなさるか)

弛《し》緩《かん》した時が流れていった。

光蔵が重い口を開いた。

「今いちどうちの力を総動員してちゅう吉探索に努めましょうぞ」

と自らを鼓舞するように光蔵が参次郎、おりんに言った。二人が頷《うなず》いたとき、天松が店に戻ってきて、

「大番頭さん、お話が」

と言い出した。

天松の顔の表情が最前と明らかに変わっていた。

「参次郎、おりん、店座敷に場を移します」

と光蔵は天松を含めて三人を店座敷に誘った。

「なにを思い付きました」

「いえ、私が思い付いたのではございません。中村座に働く里次さんがうちをちらりと見ながら通り過ぎられたのでございます」

「なに、そのようなことが。迂闊《うかつ》にも見落としてしまいました」

光蔵が言ったが、その思いはおりんにも参次郎にも生じていた。

「いえ、店前《みせさき》と申しましても堀向こうの河岸道を通り過ぎられたのです」

「天松、よう気付きました」

と褒めた光蔵に、

「大番頭さん、私が里次さんに追いついて話を聞いたところ、およそ十六、七日前、竈河岸に舫《もや》われた荷船に菰《こも》に包まれた荷が積み込まれたそうです。竈河岸の髪結海老床《えびどこ》の親父《おやじ》が店仕舞をしながら見ていたそうです。それによると南町の市中取締諸色掛同心の池辺《いけのべ》様が菰包みを抱えた小者を従えていたというのでございます」

「あの辺に南町の市中取締に目を付けられるお店《たな》がございましたかな」

「いえ、赤鼻の角蔵親分が一家を構えているくらいです」

そうでしたな、と光蔵が応じてさらに天松が言い出した。

「大番頭さん、海老床の親父がいうには菰がくねくねとまるで生き物が包まれているように動いていたというのです」

「なんですと。里次さんはどうしてそのことを知ったのです」

「芝居者は髷《まげ》が乱れているようではいけませんと副頭取さんに注意をされて、里次さんは中村歌児時代のことを知らない海老床に行ったそうです。そしたら、親父が市中取締諸色掛の横暴はここに極まれりという話から、そのようなことを洩《も》らしたそうです」

「竈河岸ね、赤鼻の角蔵親分を密《ひそ》かに引っ張って体に問いますか」

「いえ、大番頭さん、それより角蔵の子分ののろまの参助は酒に滅法弱うございます。いえ、飲ませれば底なしで、次の日が御用の役に立たないことがしばしばなんです。そこで角蔵親分に酒はほどほどにと釘《くぎ》を刺されているんですよ。でも、小網町《こあみちょう》河岸の飲み屋の前を夕暮れになるとうろうろして、だれか集《たか》る人間はいないかと探しております。それがあの界隈で評判になってます」

　天松が言い出した。光蔵は、

「ほう、天松、よう承知ですね」

「うちと竈河岸は天敵同士でございます、敵方の動静を知るのは戦《いくさ》の初歩にございます」

「小僧さん、よう言われるわ。たしかにそのとおりです。今晩、のろまの参助に浴びるように酒を飲ませる人間をたれぞ立てようか」

　と参次郎に話しかけた。

「大番頭さん、海老床の親父さんが見た菰の中身がちゅう吉さんではないかと、つまりちゅう吉さんを攫《さら》って竈河岸の赤鼻の親分の家に一時《いっとき》隠していたと、里次さんは考えられたのですね」

「むろんそうに決まってましょう、おりん」

「竈河岸の親分の旦那《だんな》は沢伝こと沢村伝兵衛でございましたね。沢伝は市中取締諸色掛の土井与力に色目を使い、下働きを竈河岸の親分に命じたのでしょうか」

「それはおかしい、おりんさん」

と参次郎が言い出した。

「土井権之丞様は牢屋《ろうや》同心から南町奉行所の同心に鞍替《くらが》えしてきた沢伝をひどく毛嫌いしているそうです。沢伝が色目を使ったとしてもそうそう簡単に許すとも思えません」

「となると土井与力配下の池辺三五郎同心が竈河岸の角蔵親分にじかに手伝いを願ったということになりますかな」

と光蔵が参次郎に聞いた。

「そのほうが筋の通る話とは思えませぬか」

「ならば沢伝が知らぬところで角蔵は働かされただけの話です。のろまの参助がなにかを承知なら酒を飲ませればべらべら喋《しゃべ》りましょうな」

光蔵の言葉に三人が頷いた。

「なんとか光明が見えました。さあて、だれに参助の酒の相手を務めさせますかな」

「百蔵《ひゃくぞう》さんならうって付けかと」

と参次郎が担《かつ》ぎ商いの百蔵の名を上げた。むろん鳶沢《とびさわ》一族の者で、甥《おい》の千造は影であった本郷康秀《やすひで》邸に女房のいねといっしょに潜入して捕まり、残虐《ざんぎゃく》な拷《ごう》問《もん》を受け、自裁していた。

「百蔵なれば赤鼻の親分の手先などすぐに口を割らせましょうよ」

「大番頭さん、私が百蔵さんのところへ使いに行ってよいですか」

「天松、なにを考えている」

「ちゅう吉がこたびドジを踏んだと思われるのは、私が思い至らなかったからです。なんとしても一刻も早くちゅう吉を助け出したいのです。私にお役を付けて下さい」

「天松、差し出がましい」

と参次郎が小僧の天松をぴしゃりと叱《しか》り付けた。

「はっ、はい」

二番番頭の叱声《しっせい》に天松が慌《あわ》てて頭を下げて顔を伏せた。

「二番番頭さんや、ちゅう吉の行方不明になった原因は天松にないとはいえますまい。その気持ちも分からぬではありませんよ。この使い、天松にさせようかと私は思いますがおりん、どうですかな」

「なにが起こるかわかりません。百蔵さんの後詰めを天松さんに命じるのも一つの手かと存じます」

　おりんの言葉に頷いた光蔵が、

「参次郎、こたびのことは格別です。天松に汗を掻《か》かせてやりなされ」

と二番番頭を光蔵が説得して天松が店座敷から飛び出していった。

　東海道宮宿《みやのしゅく》から桑名へ総兵衛一行は渡海七里（約二八キロ）の船渡しに身を委《ゆだ》ねていた。

「桜子様、海風は冷とうございます、しげ、綿入れを持っておりましたな。桜子様の膝《ひざ》におかけしなされ」

　総兵衛が案じて、しげが田之助の竹籠《たけかご》から綿入れを出して桜子にかけた。

「うちだけどすか」

「海に慣れた総兵衛にございます。ご懸念《けねん》無用です」

と総兵衛が微笑《ほほえ》んだ。

足助《あすけ》街道の門立《もだち》の旅籠《はたご》に一夜を過ごした総兵衛と桜子は、門立からほど遠からぬ雑谷下《ぞうやげ》の奥殿陣屋《おくとのじんや》に詣《もう》でた。

この地は室町時代から三河の豪族大給《おぎゅう》松平家の一万六千石の発祥の地として連綿と江戸期になっても伝わり、今も山深い集落にひっそりと眠るようにあった。

この鄙《ひな》びた奥殿を天下に知らしめたのは、裏千家の玄々斎《げんげんさい》やその兄の渡辺又日庵《ゆうじつあん》の生地であったことだ。

だが、冬を迎えた奥殿陣屋はなんとも寂しい佇《たたず》まいで、荒れた陣屋の裏手にある大給松平家の歴代当主の墓も手入れが行き届いていないように思えた。

そんな墓所の中に父松平乗完《のりさだ》の墓石を見付けた桜子はしばし呆然《ぼうぜん》とたたずんでいた。だが、意を決したように帯締めを解くと襷《たすき》にかけて草を抜き始めた。

それを見た総兵衛は、奥殿陣屋に戻り、住いしていた男衆《おとこし》に言って近くの寺に住職を迎えにやり、下男数人に草刈鎌《くさかりがま》や清水を汲《く》んだ桶《おけ》を墓所に運んでくるように命じた。むろんなにがしかの金銭を紙に包んで渡してのことだ。

総兵衛が桜子の下に戻ると桜子は一心不乱に草取りを続けていた。総兵衛も黙って加わり、その光景を遠くから薩摩の急ぎ飛脚にして密偵の強脛《こわすね》の冠造《かんぞう》が訝《いぶか》しげな顔で見ていた。

下男たちが墓所を清める作業に加わり、歴代の墓石を清掃し終えた頃合い、近くの山寺の住職が大給松平家の家臣が墓参りに来たかと、慌てて駆け付けてきた。だが、そこに見たのは若い男女だった。

「愚僧は正観寺の住職了悦にございます。そなた様方は大給松平家に所縁《ゆかり》の方々にございますかな」

「私は江戸の富沢町で古着屋を営む大黒屋総兵衛と申します。亡《な》き父が先代の乗完様に大層お世話になりましたゆえ、京への道中、墓参りに立ち寄らせて頂きました」

と総兵衛が願い、桜子はただ頷いたのみだった。

荒れ果てた墓所にしたままの大給松平家の心遣いのなさに桜子は名乗る気もなかったのだ。

きれいに掃き清められた墓所で乗完の墓だけではなく歴代の松平家の墓に経を上げてもらった。

総兵衛は奉書に十両を包み、

「読経料《どきょう》にございます。時折、この場所で供養《くよう》を行なってはくれませんか」

と願った。

その後、桜子と二人して昼前に奥殿陣屋を出立すると足助街道を岡崎へと戻り、この日の内に池鯉鮒《ちりふ》宿で田之助らと落ち合ったのだ。

総兵衛と桜子の二人の顔を見た田之助は、この二日の間に総兵衛と桜子の交情が深まっていることを悟った。それは二人が共同で行なったなにかに起因していると思ったが、奉公人が尋ねるわけにもいかなかった。

旅籠の座敷で落ち着いたとき、桜子が総兵衛に、

「総兵衛様、思いがけなくもうちに父の供養をなす機会を作ってもらいました。桜子はどのような言葉で礼を述べても足りまへん。うちは一生総兵衛様と二人だけの、この旅を忘れはしまへん」

と訴えるようにいう言葉を耳にした。

（桜子様の父上とはだれなのか）

田之助は生涯秘密にすべきことだと胸に封印した。

再会した翌朝、池鯉鮒を立ち、鳴海《なるみ》に二里三十丁（約一一・三キロ）、鳴海より宮へ一里二十四丁（約六・六キロ）、そして宮の渡し場で桑名まで七里の渡し船に乗り、いささか冷たくなった冬の海風に吹かれていた。

「総兵衛様、京の冬の寒さはこのようなものではありまへんえ。覚悟しておくれやす」

「おや、京は寒うございますか」

「五山を始め、京の都大路は山に囲まれておりますさかい、冬はじいんと底冷えがするんどす」

「それは考えもしませんでした」

「桜子が京の暮らしを一から教えたげますえ」

「宜《よろ》しくお願い申します」

と総兵衛が素直に頭を下げた。

「あれ、そう素直やとうちがいじわるしたようやおへんか」

「いえ、総兵衛は京の案内人を敬うておるだけです」

「うちが異郷に行くときは総兵衛様がこんどは反対に案内人どすな」

と小声で尋ねた。

「いかにも私が案内人を務めます」

北郷陰吉《きたごうかげよし》は、聞こえてきた会話からいずれこの若い男女が大黒屋の商いと鳶沢一族を率いて異郷に乗り出すことを確信していた。その折、

「北郷陰吉は鳶沢一族の人間として働くのであろうか」

と漠然と自らの来《こ》し方行く末を考えていた。

二

夕暮れになると、小網町河岸《がし》に食いもの屋の屋台が十数軒並んで、魚河岸で仕入れた魚を煮焼きしたものや豆腐田楽などを菜に酒を飲ませた。

この日、いちばん端っこの屋台に竈《へっつい》河岸の角蔵親分の手先ののろまの参助が古着の担ぎ商いの百蔵といい機嫌で酒を飲んでいた。今宵《こよい》もだれか、酒を奢《おご》

ってくれる人はいないかとうろうろしていると、百蔵が、

「おや、竈河岸の参助さんじゃありませんか」

と声をかけてきた。

「なんだ、てめえは古着商いの百蔵だな」

「へっへっへへ、いかにも古着商いの百蔵ですよ。参助さんは御用ですか」

「御用はもう終わったよ。長屋に戻ろうと河岸を通りかかったところよ」

「そうでしたか」

「おめえ、景気がいいな」

と参助が沖漬けの烏賊《いか》で酒を飲む百蔵を睨《にら》み、

「担ぎ商いが随分と懐《ふところ》に余裕がありそうじゃねえか」

と嫌味を言った。

「おや、お調べでございますか。わたしゃ、安房《あわ》近辺を回る担ぎ商いですがね」

「そんなことは百も承知だ。在所の貧乏たれを相手に年季の入った古着を二十文三十文で騙《だま》して売ろうという商売だろうが」

「仰《おっしゃ》いましたな、いかにもさようです。昨日ね、房州の得意先を訪ねたら博奕《ばくち》をしてましてね、誘われたんでございますよ。いえ、参助さんがいくら張り切ったって房州の漁師仲間の小博奕、ほんの手なぐさみですよ。そしたら、なんとついたのなんのって、私が総どりだ。へっへっへ、参助さん、付き合ってくれませんか。それとも博奕で儲《もう》けた金では御用聞きの手先は酒も飲めませんか」

「安房で博奕やったんだな」

「へえ、漁師と」

「そりゃ、江戸の御用聞きがなにかしようたって、在所までは出向けねえよ。いいのか」

参助がにんまりと笑い、空樽《あきだる》に腰を下ろすと心得た百蔵が茶碗《ちゃわん》を持たせてごぼごぼと酒を注いだ。すると、満面に笑みを浮かべた参助が口からお迎えにいき、半分ほどを一気に飲んで、

「うめえ」

と洩《も》らし、馳走《ちそう》になる手前機嫌をとるように言い足した。

「いいな、担《かつ》ぎ商いはよ、主《あるじ》なし奉公人なしでなにをするのも気儘《きまま》だ」

「気儘たって稼ぎが知れておりますよ、参助さんが承知のように安房辺りの漁師が手を出す古着は利が薄いもの。そこへいくと竈河岸の親分は実入りがようございましょう」

「親分の実入りはよ、みんなおかみさんに吸い上げられて子分の給金も約束どおりに払われたことがねえよ。うちの親分は外では強面《こわもて》だけどよ、家じゃあからっきしおかみさんに頭が上がらねえのよ」

「それは考えられねえ話だな。ささっ、酒を干して干して」

勧め上手の百蔵が茶碗酒で三杯も飲ませたものだから、参助はすっかりといい気分になって、

「おれ、百蔵の子分に鞍替《くらが》えして安房辺りを古着売って歩こうかな」

などと言い出した。

「参助さん、最前も言いましたが、わっしらのような安物《ひょろびり》の古着は利が薄いや。それに担ぎ商いに雨風雪は付き物だ、働ける日にちが限られておりましょう。稼ぎたって大したことはございませんよ」

と言いながら参助の茶碗に酒を注ぎ足した。

「そうだ、いつだったかな、竈河岸の親分の家から奉行所の小者がさ、菰包《こもづつ》み
を運び出しているのを見ましたがね、赤鼻の親分は御用聞きの他になにか隠れ
商いをしているんじゃねえですか」

「うちの親分が隠れ商いだと、そんな才覚があるわけはねえよ。菰包みだって、
おお、あれか、ありゃ、市中取締の池辺の旦那《だんな》の荷だ。生もんだ、商いじゃね
えよ」

「ほお、竈河岸では生もんを扱っておられるんで」

「生もんたって河岸の魚なんかじゃねえよ。ちょいと曰《いわ》くがあるおこもをひっ
摑《つか》まえただけの話だ」

「どうりでぷーんと臭《にお》いが漂っていましたっけ」

「なに、百蔵の父《とっ》つぁん、あいつの臭いを嗅《か》いだか」

「それにしてもおこもを奉行所ではどうしようてんです」

「それは言えねえよ」

「へえ、水臭いね。こうして担ぎ商いの百蔵がたまに懐が温かいからって、馳

走してるんですよ。酒の肴《さかな》に話しくらいいいじゃねえですか。それとも百蔵の酌では酒は飲めねえと仰る。ならばこれでおつもりだ」

百蔵が燗徳利《かんどっくり》を手もとに引き寄せた。

「それはねえぜ、百蔵さんよ。あれはさ、子供のおこもをさ、池辺の旦那が荷船に放り込んで大川に出てよ」

「流れに放り込んだ」

「ばかいえ、いくら奉行所の同心だって、おこもを乱暴に大川に放り込めるものか。仙台堀の妾宅《しょうたく》かどこかに連れていったんだよ」

「へえ、あの近辺じゃ子供のおこもが売れるのかね」

「おこもが売れるわけもねえや。それでなんだか知らねえがひと騒ぎあってよ、仙台堀を追い出され、小梅瓦町《こうめかわらちょう》の廃《すた》れた瓦焼き屋に連れ込んでよ、押し込めたって話だがなんのためにしたか、おりゃ、それ以上知らねえや。ああ、もう酒がねえぞ、百蔵」

「だいぶ最前から飲んでますよ。明日の御用は大丈夫ですか」

「この程度飲んだってどうってことねえよ」

「参助さんは竈河岸の下っ端《したぱ》だもんな。親分の旦那は牢屋《ろうや》同心から鞍替えした沢伝だ、相変わらず無役でございましょう。稼ぎは少ねえやな」

「ちえっ、担ぎ商いに小ばかにされたぜ。いいか、百蔵、うちの親分の旦那は沢伝だけじゃねえんだよ」

「そうか、市中取締の池辺様に鞍替えか、世渡りが上手だね」

「そんなこと言ってるから、安房辺りの担ぎ商いなんだよ。うちの親分の旦那は、池辺の旦那の上役、なんとかいう与力の殿様なんだよ」

「へえ、与力とは豪儀だな」

「おうさ、なんでも仙台堀の今川町に女を囲っているのがその旦那って話だ。その筋からよ、うちの親分のところに黄金色の銭が流れてくるといいんだがな」

「世の中、そううまくはいきませんって」

「でもさ、奉行所の与力同心ってそれほど実入りがいいのかね。そりゃ、市中取締諸色掛とくりゃあ、江戸の大店《おおだな》が相手だ。ちょいと与力の殿様が顔を覗《のぞ》かせれば、どの店もそおっと小判を差し出すって話だぜ」

「話でございましょ、参助さんはそれ以上のことは知らねえんだ」

「古着屋、おれをばかにしくさったな。土井の殿様の後ろ盾はお店なんかじゃねえ、大物なんだよ」

「へえ、大物ね、だれですよ」

「だから、大物。担ぎ商いのおめえが知るようなこっちゃねえよ」

「やっぱりなにも知らされてねえからさ、言えないんだ」

「うるせえ、さあ、酒を注げ、百蔵」

とすでに酒に酔った参助が百蔵にからみ始めた。

すると二人の背後で飲んでいた職人体の二人連れが頬被《ほおかぶ》りしたまま、飲み代《しろ》を親父《おやじ》に払うと出ていった。一丁（一〇〇メートル余）ばかり離れた小網町河岸に大黒屋の荷運び頭権造《ごんぞう》の船が待っていて、職人風の頬被りの男がひょいと飛び乗った。船には助《すけ》船頭の兵七が乗り込み、胴ノ間に客然とした人物が煙管《きせる》を吹かしていた。

「どうでしたな」

と声を掛けてきたのは煙管を口から離した大番頭の光蔵だ。

頬被りをとったのは手代の猫の九輔《きゅうすけ》と小僧の天松だ。

「参助の知っていることは百蔵さんが洗いざらい喋《しゃべ》らせたと思います」

と前置きした九輔が参助の言葉を手際《てぎわ》よく報告した。

「いったん深川今川町の妾宅に運ばれた菰包みの荷は、源森川《げんもりがわ》小梅瓦町の廃れた瓦焼き屋に連れ込まれましたか」

「ちゅう吉が捕らえられて十数日が過ぎています。まさかとは思うのですが」

「まさかとはなんですか」

と天松が九輔に食ってかかった。

「天松、ちゅう吉の身が案じられるといって私に食ってかかることはないよ。まさかといえば、決まってますよ」

「九輔、ちゅう吉のしたたかな機転と頓智《とんち》を知りませんな。おまえさんは、始末されてはいないかと、案じておられましょうが、ちゅう吉さんは必ずや助けがくるまで頑張りきります」

光蔵が願いを込めて言い切った。そして、

「頭、源森川に船を回しておくれ」

と願った。

「参助相手に百蔵はしっかりと仕事をしましたよ」

「それにしても市中取締の旦那が深川仙台堀の今川町あたりに女を囲っているなんて、南町でもご存じありますまいな」

「町方の与力同心は一代かぎりの不浄役人と蔑《さげす》まれておりますが、実入りは確かにいい。ですが、与力がどんな女を囲っているか知りませんが、妾宅を構えるとなるといささか厄介が生じる。土井様もこればかりは極秘でしょうな」

と光蔵が言い、しばし沈思した。そして、

「兵七、おまえさんは入堀の川口橋で下りてな、店に帰りなされ。二番番頭さんに九輔が伝えたことを話して今晩の内に仙台堀の今川町にあるという土井権之丞の妾宅にあたりをつけよと伝えなされ」

と命じた。

「へい」

と応じた兵七の握る櫓《ろ》に頭の権造も加わり、長い櫓は二人船頭になって船足を増した。

半刻《はんとき》（一時間）後、権造が船頭になった船は、大川の吾妻橋《あずまばし》の上流で合流する源森川に入っていこうとしていた。

「大番頭さん、小梅瓦町に着けてようございますか」

と権造が聞いた。

「小梅瓦町の町役人猪左衛門《いざえもん》さんに会うてみます。小梅瓦町は昔武家地でありましたがな、寛文年間（一六六一～七三）に町屋にしたい旨《むね》、代官に申し出て、許された経緯があります。その折、田畑を失った百姓が瓦焼きを生業としたので、小梅瓦町という町名が決まりました。瓦焼きの家を含めて二十軒ほどの町です。町役人の猪左衛門さんに尋ねればおよそのことは分ろうと思います」

と光蔵が言い終えたところで権造が小梅瓦町の船着場に船を寄せた。

光蔵は天松を従えて、灯かりもない小梅瓦町に上がった。

天松の持つ提灯《ちょうちん》の灯かりがただ一つのたよりだった。

町屋とはいえ、この界隈《かいわい》は小梅村と常泉寺さらには水戸藩の蔵屋敷に囲まれ、今も鄙《ひな》びた一帯だ。

そんな小梅瓦町を束ねる猪左衛門の長屋門のある屋敷を訪ねた。すでに刻限は五つ（午後八時頃）を過ぎていた。もはや眠りに就いたかと思うほど屋敷は静まり返っていたが、天松が訪《おとな》いを告げると、

「こんな刻限にだれじゃな」

と当の猪左衛門の声がした。

「富沢町の古着屋大黒屋の光蔵にございますよ、夜分に申し訳ないが猪左衛門さんの知恵を借りたくて伺いました」

と光蔵が応《こた》えると、

「なに、富沢町の大黒屋さんの大番頭さんのご入来《じゅらい》じゃと」

と言いながら腰高障子の心張り棒が外され、猪左衛門が姿を見せた。

今から三十年ほど前、江戸を野分けが襲い、甚大な被害をもたらしたことがあった。

富沢町では大黒屋を始め、多くの店の瓦が吹き飛んだ。その次の日、光蔵は先々代の総兵衛と一緒に小判を袱紗《ふくさ》に包み、小梅瓦町を訪ねて、まだ若かった猪左衛門に願ってありったけの瓦を買い占めた。

光蔵と猪左衛門の付き合いはその折からだ。

「やっぱり大黒屋の大番頭さんじゃ」

「そう名乗りましたぞ」

「近ごろ物騒でな、用心が肝心です」

「それはたしかじゃ」

「光蔵さん、夜分に訪ねてこられた理由はなんじゃな」

「小梅瓦町でな、不逞《ふてい》な輩《やから》が出入りする家はございませんかな」

と光蔵が単刀直入に尋ねた。すると猪左衛門の顔が引きつった。

「心当たりがありそうな」

うーむ、と答えた猪左衛門が、

「光蔵さんも承知じゃろう、安永から天明（一七七二～八九）にかけてはこの界隈、瓦焼きの窯《かま》ばかりか、万古焼《ばんこやき》も焼く窯元があって賑《にぎ》やかじゃったな。それが今じゃ、瓦焼き数軒になって寂しゅうなった。それで、窯を止《や》めた住人がそのままにしたり、土地の者でもない人間に貸したりと近頃では、この辺りで見知らぬ人間に出くわすこともある」

「そのような一軒に胡乱《うろん》な人間が出入りしますかな」

「光蔵さん、横川一帯を縄張りにする平地《ひらじ》の甲兵衛《こうべえ》ってやくざ者を知りませんかな」

「いや、承知しておりません」

「この甲兵衛の叔父が小梅瓦町で万古焼の窯を持っていましたが、今から六、七年前に火を落としました。この家は小梅瓦町のいちばん東側、堀を挟んで須《す》崎村《ざきむら》や横川の業平橋《なりひらばし》が見えるところにございましてな、近頃、甲兵衛一家が出入りするのでございますよ。風紀も悪くなるでな、最初、甲兵衛親分に、なにをしようというのだと、聞きに参りました。ところが甲兵衛が鼻でせせら笑って、『なあに一時のことだ、長居はしねえから黙っていろ。この一件はお奉行所の命があってのことだ』と洟《はな》も引っかけない応対でございましてな、私は甲兵衛め、いい加減なことをと思うておりますと、次の日に市中取締諸色掛の池辺と申される同心がうちに見えられて、『しばらく目を瞑《つぶ》っておれ』と、半ば脅かすような口調で言われましたので」

と答えた猪左衛門が、

「大黒屋の大番頭さん、甲兵衛一家のことかね」

「まず間違いございませんな。昔万古焼の窯元の家で甲兵衛らは一体なにをしているのでしょうな」

「他の住人には近づくなというてございます。源森川を往来する船頭が夜になると博奕《ばくち》が行われている様子があるというのですがな。それ以上のことは分かりません」

「賭場《とば》ご開帳ですか」

「いえ、暇つぶしに仲間同士で遊んでおる様子だというのですがな。そのうち、本式の賭場が開かれてこの土地の人間が巻き込まれるのではないかと案じておりますのじゃ」

「奴《やつ》らが出入りを始めたのは、十五、六日前からではございませんか」

「大番頭さん、仰《おっしゃ》るとおりにございますよ」

「猪左衛門さん、その廃《すた》れ家を覗ける屋敷はございますか」

「そりゃ、瓦の窯を持つ籐八《とうはち》さんの敷地じゃな。住まいは別でしてな、隅田村《すだむら》にございますので、夜はだれもおりませんよ」

隅田村は寺島村の北にあり、西を大川、北を綾瀬川《あやせがわ》、東を古綾瀬川に囲まれた三角洲《さんかくす》上の低地だ。小梅瓦町の瓦焼きはこの隅田村か木下村の土を使った。

「猪左衛門さん、大いに助かりました」

「甲兵衛親分は引き上げてくれますかな」

「二、三日辛抱して下され。必ずやこの小梅瓦町から追い出してみせますでな」

「助かりました」

と猪左衛門がほっとした声で応じた。

町役人の猪左衛門方を辞去した光蔵は源森川の河岸道《かしみち》を東に歩き出した。その前をぶら提灯を下げた天松が先導するように歩いた。

「天松、ちゅう吉さんは生きておる」

「真《まこと》ですか」

「話を聞いておったでしょうが。甲兵衛一家が未《いま》だ廃れ家に居座っているというのはちゅう吉さんを捕えたままだからです。もし始末したりしたのなら、やくざ者が夜を徹して小便博奕をして時を潰《つぶ》したりするものですか」

「それならいいのですが」

と天松が言ったとき、背後にふわりと人の気配がして猫の九輔が加わった。

「なんぞ分りましたか」

「ちゅう吉さんの監禁されておる家の見当が付きましたぞ」

と光蔵が言ったとき、天松のぶら提灯が動いて、屋根付きの門が現われ、

「小梅瓦町瓦師籐八」

と木札が門柱に見えた。

「ここですよ、大番頭さん」

「どこぞ敷地に入り込めるところはございませんかな」

と光蔵が言い、天松が両開きの板門を押すとぎいっと音を立てて開いた。瓦を焼く敷地に盗まれるものもないのか、閂《かんぬき》も下りていない。

敷地に入ったところで光蔵が九輔に猪左衛門からもたらされた情報を告げた。

「横川の平地の甲兵衛が関わってましたか」

「九輔、そなた、承知か」

「はい。以前、本所入江町の古着屋縞屋《しまや》さんが平地の甲兵衛一家に脅されていると相談をうけて、一番番頭の信一郎さんと一緒に甲兵衛を締め上げたことがございます。その頃は大した構えではございませんでしたが、近頃噂《うわさ》に聞くに羽振りがいいとか、なにか金蔓《かねづる》を見付けたのでしょうか」

と九輔が答えた。

「この瓦焼きの敷地の瓦干場からあやつらが籠《こも》った隣が覗《のぞ》けるそうな。ちょいと覗きに参りましょうかな」

光蔵自ら先に立って歩き出した。

ふだん大黒屋の大番頭はつねにでーんと帳場格子《ごうし》の中に控えて富沢町から一族の者の動きを見張っていた。それがこたびばかり自ら探索に加わったのは、己《おのれ》にちゅう吉を危うい目に遭わせた責任の一端があると感じていたからだ。その点からいけば天松と同じ立場にあり、ちゅう吉の身を強く案じていた。

「天松、灯かりを消しなされ」

光蔵が命じて、ぶら提灯の蠟燭《ろうそく》が吹き消された。しばらく目を慣らすために三人はその場に留《とど》まり、弦月の月明かりを感じるまで待って動き出した。

四半刻（三十分）後、瓦を乾かす物干場の屋根から光蔵、九輔、そして天松の三人は隣の廃れ家を覗いていた。

手入れもされないためにぼうぼうに伸びた庭木に囲まれた廃れ家に灯かりが灯《とも》り、確かに博奕でも行われている様子だった。

「ちゅう吉め、どこに捕われているのでしょうか」

天松がなかなか大きな廃れ家を見ながら言い、

「踏み込んではいけませんか、大番頭さん」

とさらに願った。

「この家くらいになると内蔵が設けられてあるやも知れません。監禁されているとしたら、そのようなところではありませんかな。いきなり踏み込むのは不味《ま》い《ず》、様子を確かめてからのことです」

光蔵が焦《あせ》る天松を諫《いさ》め、

「さあてどうしたものか」

と腕組みして思案したとき、障子がいきなり開いて剣術家風の浪人が姿を見せ、廊下を少し歩くと、なんと縁側から庭に向って放尿を始めた。すると続いて、二人ばかり仲間が現れて、連れ小便を始めた。
「やはり甲兵衛一家だけではございませんでしたな。となると入念に仕度をしてそれなりの人数を揃《そろ》えて踏み込んだほうがいい」
「では明晩ですか」
「九輔、かなりの人数がちゅう吉一人の見張りにあてられています。うちもそれなりの数を揃えることが肝要です」
三人がひそひそと話していると浪人剣客らは障子の向こうに姿を隠した。その時、手慰みの博奕の決着がついたか、
わあっ
という歓声が起こり、天松はその歓声の中にちゅう吉の甲高い声を聴いたような気がした。しかし、囚《とら》われ人の声が聞こえるわけもないと思い直した。

三

天松は自ら志願して独り小梅瓦町に残り、瓦焼きの籐八方の敷地からちゅう

吉が監禁されている筈《はず》の廃れ家を見張りながら、明け方を待った。だが、朝になれば籐八の瓦焼き屋に人がやってくる。

明け六つ（午前六時頃）前には廃れ家も静かになっていた。博奕で夜を過ごしていた平地の甲兵衛一家の面々も用心棒の剣客も仮眠をとっているのだろう。

天松は瓦焼き屋の瓦干場を引き上げると源森川の土手に出た。

すでに江戸は冬の気配が一段と深まり、明け方がいちばん寒い時期を迎えていた。

天松は寒さと空腹を忘れるために源森川の河岸道を往復しながら廃れ家を見張りつつ時を待った。

光蔵と猫の九輔に荷運び頭の権造は、夜半前にいったん富沢町に引き上げ、今宵《こよい》ちゅう吉を取り戻すための仕度に取り掛かっていた。

廃れ家の前の半ば壊れかけた船着場に猪牙舟《ちょきぶね》が着き、朝餉《あさげ》か、甲兵衛一家の若い衆たちが風呂敷《ふろしき》包みや鉄鍋《てつなべ》を運びこんでいった。鉄鍋は味噌汁《みそしる》か、重そうに運んでいた。

その匂《にお》いが天松の鼻を突いた。

（腹も減ったな、それに寒いや）

と思ったが独り耐えているちゅう吉のことを思うと、

（なんのこれしき）

と己の意思の弱さを叱咤《しった》した。

六つ半（午前七時頃）過ぎか、瓦焼き屋に最初の奉公人が入り、その後に荷船で乗り付けた籐八一家と思《おぼ》しき家族も姿を見せて、窯に火が入り、煙が上がって瓦造りが始まった。

天松がどれほど源森川の河岸道を往復したか。

横川の北端に架かる業平橋に立って、ちゅう吉が監禁されている廃れ家を見ていると奉行所の役人を乗せた船が源森川に姿を見せて、船着場に寄せられた。

天松はその界隈《かいわい》の船頭が持ち船に行く体《てい》を装《よそお》い、船が着けられた対岸に歩み寄ると、岸辺に何艘《そう》か舫《もや》われていた荷船の一艘に自らの持ち船ででもあるかのようにさりげなく飛び乗った。

船から小者が廃れ家に走っていき、しばらくすると甲兵衛一家の代貸と思える男を連れてきた。

「変わりないか」

と船の町方同心が尋ね、

「池辺様、あやつ、鈍いのかどうか、平然としていまさあ。それより土井様の食あたりはいかがにございますか」

「もはや峠は越えられた。自らあやつを問い質《ただ》すと願うておられるで、そなたらもあと一日二日の辛抱じゃ」

「それにしてもあやつ、それほどのタマですかね。世渡り慣れしたただの餓鬼のおこもですぜ。大したことを知っているとも思えませんがね」

「専造、土井様のお考えじゃ、われらがあれこれ問うても始まらぬ。それにしても仙台堀のおさよの家で食したフグに土井様だけがあたったとはどういうことだ。一緒に食した甲兵衛はどうもないのだな」

「それは池辺様とておんなじだと親分が言ってましたぜ。土井様の妾《めかけ》だって元気なんでございましょ。なぜ土井様だけがフグにあたったのか、分かりませんや。親分はおこもの毒に土井様はあたったんじゃねえかって言ってましたぜ。そのお蔭《かげ》でおこもはこちらに鞍替《くらが》えさせられ、おれたちが寒さに震える貧乏くじを引くことになった」

「あやつを一日二日生かしておくのじゃ、それまでの辛抱じゃ。楽しみにしておれよ、土井様の詮議《せんぎ》は並みじゃないからな」

「餓鬼がどこまで持つか楽しみだ」

南町奉行所の市中取締諸色掛同心池辺三五郎を乗せた船が廃《すた》れ家前の船着場から消えた。

（ちゅう吉は元気でいる）

と分かった天松はちょっぴり安心した。そして、冬の日が姿を見せて温かくなった分、こんどはひどく腹が空《す》いてきた。だが、源森川界隈に食いもの屋などあるわけもない。

天松は隠れていた荷船を出ると業平橋に戻り、大身旗本森川家の下屋敷前を河岸道に沿って中之郷《なかのごう》瓦町へと歩いていった。

源森川をはさんでこちら岸にも瓦焼きの作業場があり、対岸が小梅瓦町と呼ばれるのに対して、

「中之郷瓦町」

と呼ばれていた。そんな作業場の窯《かま》に火が入ったと見え、煙が幾筋も立ち昇っていた。

天松がいささか虚《うつ》ろな眼差《まなざ》しで大川と源森川が落ち合う源森橋に近付いていくと、

「おい、ひょろ松、生きているか」

と水上から声がかかった。見ると四番番頭の重吉が荷船の舳先《へさき》に乗って天松を見ていた。船頭は昨夕、小網町河岸でいっしょだった兵七だ。

「四番番頭さんだ」

天松が嬉《うれ》しくなって土手を駆け下った。

荷船には苫屋根《とまやね》が掛けてあり、寒さを避ける工夫がなされていた。その苫屋根の下に小僧仲間の弁三が乗ってにこにこと笑っていた。

「弁三、御用を命じられたか」

大黒屋の奉公人の大半は鳶沢一族の者だ。十四、五で奉公に上がり、店の仕事と江戸の地理が分かる頃になってようやく大黒屋のもう一つの貌《かお》たる「影仕事」を命ぜられるのだ。

「天松さん、心配しないで下さいな、ちゃんと務めますから」

と弁三が答え、重吉が、

「大番頭さんが天松が小梅で日干しになってもいかぬ、食べ物を運んでやりなされと命じられたのだ。どうだ、友達のおこもが連れ込まれているふうか」

「四番番頭さん、二代目綾縄《あやなわ》小僧と異名をとる天松にございますよ、抜かりはございません」

「まさか独りで踏み込んだのではないだろうな」

天松はいささか得意げに顔を横に振り、

「やはりちゅう吉は源森川の東端の廃れ家に捕われているようです。ちゅう吉を問い質す南町の土井与力がフグの毒にあたって、休んでいるのですよ。それでちゅう吉は生きながらえているらしゅうございます。土井与力直々の問い質しが終ったら、ちゅう吉め、おだぶつらしいです」

天松は市中取締の池辺某が訪ねてきた様子を詳しく語り聞かせた。

「よくやった、天松。そうか、最初、ちゅう吉は仙台堀の土井与力の囲い者の家に連れ込まれたか。そこでフグを食ったな、贅沢《ぜいたく》をするからかようなことになる」

「ちゅう吉は悪運が強いったらありゃしない」

「ふっふっふ、そう言うな。そなたの義弟ではないか。ともあれ、おこもさんの命、今晩にも救い出すぞ」

四番番頭の重吉は天松が報告した詳細を矢立の筆を抜いて懐紙に手際《てぎわ》よく書き記し、

「弁三、この文《ふみ》を失《な》くさぬように大番頭さんに届けるのです。いいですか、大川沿いの河岸《かし》道《みち》を辿《たど》れば、吾妻橋、両国橋、そして次がそなたの渡る新大橋です。新大橋を渡って岸辺を少し下流に下れば入堀にあたります」

「四番番頭さん、大丈夫、ちゃんと御用を務めます」

「よし、道草を食わずに急いで富沢町に戻りなされ」

と文を渡した。

「四番番頭さん、天松さん、あとでね」

と弁三が初めての御用を命じられて張り切り、苫船から姿を消した。

「あいつ、番頭さんへの言葉遣いも知りはしない」

と天松が弁三の遠ざかる背を見た。重吉が、

「天松、腹もすいただろう。おりんさんがそなたに弁当を拵《こしら》えてくれた。朝餉を食べたら少し体を休めなされ」

と労《いた》わり、天松はおりんの心づくしの重箱を開いた。

昼前の刻限、大黒屋の店先にせかせかとした足の運びの武家が訪ねてきて、帳場格子《ごうし》を見た。

南町奉行根岸鎮衛の懐刀、内与力の田之内泰蔵だ。光蔵が眼鏡越しに田之内を確かめ、

「ようおいで下さいました」

と店座敷に自ら案内していった。

昨夜半、富沢町に戻った光蔵はおりんと二番番頭の参次郎を呼んで、相談した。根岸の支配下にある市中取締諸色掛与力の土井権之丞の一件をだ。

「柳原土手の古着大市開催が大幅に遅れております、この辺で決着を付けねばなりません」

「大番頭さんは根岸様に問い質されるお覚悟ですか」

「まずちゅう吉を拉致《らち》したのは土井と池辺の与力同心に間違いありません。いつまでもこの二人を放置しておくのは大黒屋にとって目障《めざわ》りです」

首肯した参次郎が、

「ちゅう吉を無事に取り戻した暁に始末しますか」

「最優先はちゅう吉の奪還です。そのあと市中取締の二人をどうするか、まず土井という名の棘《とげ》を抜くか、始末するか」

「大番頭さん、ここは根岸様に借りを作っておくのも一つの手ではございませんか。お奉行根岸様のことを土井与力がいずれは数寄屋橋からいなくなる腰掛奉行とみておるのはあれこれの言動から判断がつきます」

「奉行根岸様に相談の上、始末を決めよと言いますか。奉行と与力、意外と意を通じていたりすると、えらい羽目に陥ります」

「大番頭さん、それはございますまい。根岸様が扱いに困っておられるのは眼に見えております」

「それは憶測に過ぎませぬ」

「ならば田之内様にこたびの柳原土手の一件をぶつけてみられると分かりましょう。柳原土手での古着大市の横やりを根岸様が命じてないとしたら、土井様の独走がはっきりいたしましょうゆえ」

おりんの考えに光蔵は賛成し、朝にも田之内との面談のお膳立《ぜんだ》てをしようと腹を決めて眠りに就いた。


翌朝、天松が見聞した情報が小僧の弁三が持参した文で明らかになった。この時点で光蔵は、早急に根岸の内与力田之内泰蔵との面談を設《しつら》えることにして、

「南町お奉行所ではいささか不都合ゆえ、富沢町にお越しを」

との書状を大黒屋からのものと分らぬようにして届けさせた。

その書状を読んだ田之内がせかせかとしたいつもの足取りで大黒屋を訪ねてきたというわけだ。

おりんが茶菓を供して去ったあと、田之内は温《ぬる》めの茶をゆっくりと喫し、

「さすがに大黒屋、変わった茶を喫しておるな」

「烏龍《ウーロン》茶なる唐《もろこし》の茶葉を使うております。和茶と異なり、茶葉を半ば発酵させ

たところで止めます茶ゆえ、体には殊《こと》の外よいとか」

「ほう、これはよいことを聞いた。奉行にお勧めしよう」

「お奉行職は激務にございますゆえな、体にはひと一倍気を使われるべきでございます。お帰りの節、烏龍茶の茶葉を小僧に持たせて同道させます」

「それは有り難い」

と応じた田之内が本論に入れと無言で告げた。

「お伺いいたしたきことがございます」

「なんじゃな、大番頭」

「春に富沢町で古着大市を催して大勢の人を集めたことを覚えておられましょうな」

「むろんじゃ、そういえば秋にも柳原土手で古着大市を開催するのではなかったか」

「ということは秋の古着大市が催されなかった理由を田之内様はご存じないのでございますか」

「どういうことか。それがしはなにも知らぬが」

「市中取締諸色掛土井権之丞様が柳原土手の世話方に、秋の古着大市開催の刻限を四つ（午前十時頃）から八つ半（午後三時頃）と限るように指導なされましてな、それでは商いは成り立ちませぬ。せめて春先同様に五つ半（午前九時頃）から暮れ六つ（午後六時頃）までに願わねば、集まってくる客は春の二、三割に終わりましょう。ために柳原土手と富沢町では幾たびも土井様に嘆願申し上げましたがお許しがございません」

しばし沈黙していた田之内が、

「初めて耳にした」

と呟《つぶや》いた。

「南町お奉行根岸様もご存じないことにございますか」

「過日も、そういえば秋の古着大市は開かれなかったなと洩《も》らされたばかりじゃぞ。そなたに言うも愚かじゃが、江戸町奉行の二大職務は、治安の維持であり、商いが活発に行われることじゃ。春の古着大市には万余の客が集まり、それなりの上納金も勘定方に入った。そのような催しが一年に春秋と定着することは、幕府にとって慶賀なことであると奉行は常々申されていたことじゃ、それを一与力めが独断でかような命を発しおるか」

田之内の顔が真っ赤に紅潮した。

しばし間を置いた光蔵が、

「田之内様、そのご返事を頂き、もう一つ、確かめたき儀がございます」

「なにか光蔵」

と田之内が名を呼んだ。よほど立腹しているのか、ふだんより言葉も性急になっていた。

「土井権之丞様は、仙台堀今川町におさよと申す女を囲っておられるそうな」

「なにっ、与力の分際で妾宅《しょうたく》を設けておるとな、与力の俸給でさようなことができるものか」

「土井様はこのところ体調不良にて御用を控えておいでではございませんか」

「よう承知じゃな。ふだんの心労がたたり、体の具合が悪く休んでおると八丁堀の役宅に届けがあった」

「それはフグの毒にあたってのことでございますよ」

仙台堀の妾宅でフグの刺身を食してあたり、八丁堀ではなくおさよの下で体調の回復を待っていることを告げた。

「フグを食して毒にあたったじゃと。それがしなど、フグなる珍味を食したこともない」

「ゆえに毒にもあたりませぬ」

「それはそうじゃが。それにしても一与力が妾宅を構えるとはどういうことか」

「田之内様、市中取締は大店《おおだな》との結びつき、付き合いが深くなるものにございます。魚心あれば水心あり、お店では盆暮れにそれなりの金子を渡すところもございますでな。町奉行所の与力同心の懐は意外と豊かなものにございますよ」

「それにしても妾《めかけ》にフグか」

「田之内様、今一つ」

「なにっ、土井についてまだあるのか」

「最後のことが私どもにとっていちばん厄介なことでございます」

「申せ」

「これは未《いま》だ確たる証《あかし》があるわけではございません。こういう話になったゆえ申し上げることでございます」

「一々断らんでもよい、懸念《けねん》があるなれば手短に申せ」

「土井権之丞様の背後に薩摩藩島津家がついておりますそうな」

田之内泰蔵の顔色は全く変わらなかった。

「おや、こちらの早とちり、勘違いにございましたか」

ふうっ
と大きなため息を、南町奉行根岸鎮衛の内与力が吐いた。

「いや、その噂《うわさ》は奉行所内にも流れておる。ある密偵がな、酒席で土井が、『こたびの奉行は融通が利《き》くかと思うたが意外に堅物、かようなことでは江戸町奉行は長くは務まるまい』と抜かしたそうでな、同席した朋輩《ほうばい》が、『土井どの、そのような言葉は酒席では慎まれるがよかろう』と諌《いさ》めたところ、ふーんと鼻でせせら笑い、『土井家の俸禄《ほうろく》はたかだか百七十俵である、いつなりとも捨てる覚悟はある。それがしには、西国の大大名がついておる。いつなりとも召し抱えあるとの約定がある』と威張ったそうな。その西国の大大名が薩摩の島津家であろうな」

「幕府江戸町奉行所の与力としては職掌を大きく逸脱しておられますな」

「いかにもさよう」

と田之内泰蔵が呟き、

「大番頭、そなたらはすでに土井権之丞の始末を考えて、それがしに話しておるな」

「いえ、田之内様が、それはならぬと申されるとなれば、別の手を考えるにやぶさかではございませぬ」

と応じた光蔵が、

「田之内様、大箱の中に蜜柑《みかん》が詰められ、一つだけが腐ったといたしましょうか」

「腐った蜜柑は次々に腐った仲間を生み出すと申すか」

「はい」

しばし二人は沈思して睨《にら》み合った。長い沈黙の後、田之内が口を開いた。

「腐った蜜柑を摘《つま》みだすか」

「それも早い内に」

「それがしの一存ではどうにもならぬ、奉行の判断を仰ぐ。それまで待て」

と根岸の懐刀《ふところがたな》が即答した。それは南町奉行所の中で土井権之丞の扱いが困った存在になっている証であろう。

「もはや季節は冬に入りました。秋に催すはずでありました柳原土手の古着大市、師走《しわす》の古着大市としてお許しを願えますか。むろん開催の刻限は五つ半より暮れ六つまで四刻半《しときはん》に限らせて頂きます」

「光蔵、即刻根岸奉行に宛《あ》てて嘆願書を出せ」

「承知　仕《つかまつ》りました」

「今一つ、腐った蜜柑は一つでよかろう。同心の池辺某は生かす途《みち》を考えたい。われらの責務でもある」

「相分かりましてございます」

「大番頭、総兵衛どのはどうしておられる」

と話柄《わへい》を変えた。

「京に商い修業に参りましてございます」

「異郷ではないのか」
「いえ、十代目は大黒屋の百年の計を考え、地道に商いのいろはから学び直す覚悟にて、京の老舗《しにせ》じゅらく屋様のお誘いもあり、京にしばらく滞在されまする」
「独り旅か」
「いえ、手代を一人、それに京の案内人として坊城桜子様が同道されておられます」
「ほう、そこまで言うということはどうやら真《まこと》の話らしいな」
「光蔵、田之内様に虚言を弄《ろう》する無駄はいたしませぬ」
「坊城桜子か」
「なんぞご存じでございますか」
「母親をな」
「麻子様を」
「そのほう、桜子の父親を存じておろうな」
「はい」

光蔵の返事は明白だった。

「大黒屋総兵衛に坊城家が結びつくと空恐ろしき関係ができような」

「田之内様、敢《あ》えて申します。大黒屋と坊城家は百年前から親戚《しんせき》同様の付き合いにございます」

「だが、二家の者が夫婦になった例はない」

「ございません」

「過日、殿と総兵衛が腹を割って話し合うてよかった」

としみじみと言った田之内泰蔵が、

「長居したな」

と店座敷に立ち上がると、

「大番頭さん、小僧では田之内様のお供は心もとのうございます。手代の晃三《こうざぶ》郎《ろう》さんに荷を担《かつ》がせて数寄屋橋まで従わせます」

と廊下に控えていたおりんが言ったものだ。

四

小梅瓦町にこの冬いちばんの寒さが襲った。夕暮れ前から木枯らしが吹き荒れて、夜になっても収まる気配がなかった。

四つ半（午後十一時頃）、源森川に二艘《そう》の早船が入ってきた。艫《とも》には長い櫓《ろ》が設けられ、櫓は二人から三人が力を合わせて漕《こ》げるようになっていた。さらに船に忍び衣を着込んだ六、七人が乗船し、船頭が命ずればそれぞれが櫂《かい》を持って長櫓といっしょに船足を上げる工夫もされていた。だが、源森川に入ってきた船は長櫓だけで進んできた。

むろん富沢町の船隠しを密《ひそ》かに出た早船二艘で、一艘目の船の頭分は二番番頭の参次郎で、二艘目の頭分は、なんと忍び衣をまとったおりんだった。

最初、大番頭自ら出陣する気でいたが、おりんが、

「大番頭さんは本丸を護《まも》って控えていなければなりますまい。総兵衛様の留守に本丸がぐらつくようなことがあっては決してなりません」

と諫めたものだ。

「それはそうだが、こたびのちゅう吉の一件は私にも咎《とが》があるでな」

「そのことは大番頭さんの意を汲《く》んで小僧の天松さんが体を張って働かれましょう。本丸の防備を大番頭さんに願わねば、参次郎さん方も安心して働きが叶《かな》いません」

と懇々と説かれて光蔵はしぶしぶ富沢町に残ることになった。

「おりん、だれが参次郎を助ける役目を負う」

「そのことにございます。私にいささか考えがございます」

と言い残したおりんがその場から消えた。

光蔵が船隠しに下りるとすでに二艘の戦船《いくさぶね》は仕度を終えていた。そして、忍び衣を身に着けた面々の顔の上部半分を覆《おお》う仮面が付けられていた。

「それはまたどうしたわけか」

と思わず呟《つぶや》く光蔵に二艘目から女の声が戻って来た。

「今宵《こよい》の出陣はちゅう吉さんの救出にございましょう。出来ることなれば相手を叩《たた》き伏せる程度に留《とど》めたい。ですが、後々私どもの顔を記憶されていても厄介です。ゆえにかような仮面を用意しました」

「おりん、そなたも戦に加わるというか」

言葉を失っていた光蔵が出陣の一行に忍び衣で加わったおりんに驚きの声を発して問うた。

「鳶沢一族では老若男女《ろうにゃくなんにょ》、だれもが戦士にございます。女が一族の戦に加わってなんの不思議がございましょう」

と言い返され、

「なにやらおりんに嵌《は》められたような気がする」

と呟く光蔵に参次郎が、

「出船！」

と凛《りん》とした声で叫び、それに応じて二艘の船は富沢町の大黒屋の船隠しを密やかに出てきたのだ。

鳶沢一族の船が源森川に入ってきたのを確かめた天松は、手代の晃三郎に許しを乞《こ》い、本隊の侵入を助けるために小梅瓦町の廃《すた》れ家に先行して忍び込むことにした。

廃れ家のおよその配置図もこの一日の見張りですでに頭に入っていた。そこで迷うことなく生い茂った庭木の松にするすると登ると枝伝いに屋根の上方に移り、縄を使って屋根へと下りた。

廃れ家の軒下の一部が壊れているのに目を止めていた天松は、そこから天井裏に忍び込み、梁伝《はりづた》いに連中が連夜博奕《ばくち》をして時を過ごす座敷へと接近していった。

木枯らしの音が天松の侵入も鳶沢一族の接近をも容易にしてくれていた。

天松は光が洩《も》れてくる天井板に近付くために梁に綾縄《あやなわ》をからめて、その縄を助けに体を支え、屈《かが》み込んで顔を寄せた。

仲間内の博奕だが、一応盆茣蓙《ぼんござ》が設けられ、白い布が敷き詰められていた。だが、どれほどの人数がいるのか分からなかった。

天松は、そおっと天井板をずらして座敷の様子をとくと眺めた。すると木枯らしの吹き荒《すさ》ぶ音の間から、

「どちらさんもようござんすね、丁半駒札《こまふだ》が揃《そろ》いましてございます」

と聞きなれた声がして、なんとちゅう吉が上半身裸になり、腹部に晒《さら》し布をきりりと巻いて一座を見回していた。

「あ、あのばか」

と思わず声を洩らしたとき、天松は人の気配を感じて振り返りつつ、防御の姿勢をとった。

天井板の間から洩れてくる光が鳶沢一族の忍び衣を認めさせた。その顔は奇妙な仮面で隠されていたが、まぎれもなくふだんは総兵衛の世話を務め、奥を仕切るおりんだった。

「どうしたの、天松さん」

おりんが潜み声で無言の天松に問い返した。

「今晩は驚かされることばかりですよ」

と言った天松が天井板の隙間《すきま》を覗《のぞ》くようにおりんに指示した。

「なにがあるの」

と覗いたおりんが、

「ええっ」

と訝《いぶか》しげな声を洩らし、さらに天井板に顔を近づけ、念入りに確かめると、

「ちゅう吉さんが壺振《つぼふ》りなの」

と驚きの顔で天松を見た。

「おりんさん、あいつ、平地の甲兵衛の子分どもをどう言いくるめたか、壺振りを務めてます」

「呆《あき》れた。大番頭さんにも天松さんにもあれほど心配かけたというのに、当人は一端《いっぱし》の顔で賭場《とば》を仕切っているわ」

「おりんさん、助ける要がありますので」

「そうね、放っておきたいところだけど、そうもいかないわね」

とおりんが答えたとき、木枯らしの音に混じって竹笛の音が響いて二人の耳に伝わってきた。

「まあ、ここまで出張ったのよ。ちゅう吉さんを取り戻すしかないわね」

おりんの声が天松の怒りを鎮《しず》めた。頷《うなず》いた綾縄小僧は梁にかけた縄を伝って座敷に下り、ちゅう吉の身柄を確保する先陣の役目を果たすことにした。

「天松さん、あなたの背後は私に任せて」

「お願い申します」

と願った天松は縄を両手に摑《つか》むといきなり天井裏に身を投げた。

どさん！

という大きな音といっしょに天井板が破れ落ち、長年積もっていた埃《ほこり》が巣食っていた鼠《ねずみ》なんぞといっしょに白い盆茣蓙の上に舞い落ちていった。

「な、なんだ」

「天井裏から鼠が落ちたぞ」

「鼠がいくらなんでも天井板を壊すものか」

と右往左往する間に頰被《ほおかぶ》りした天松が縄にぶら下がりながら、ちゅう吉がいた壺振りの場所目がけて縄から手を放して飛んだ。

ちゅう吉は、混乱の中で盆茣蓙におかれた小粒や銭をかき集めていた。

「ちゅう吉」

細い首根っこを摑まえて声を掛けると、

「ああ、天松兄いだ」

とちゅう吉が埃の舞う中で両手に賭《か》け金を摑んだまま天松の姿を認めた。

「あっ、おこもを助けに来た野郎がいるぜ。一人で忍び込んでくるとは大した度胸だ。叩き殺せ」

胴元を務める代貸が叫び、ようやく異変に気付いた平地の甲兵衛一家の面々が長脇差《ながどす》や匕首《あいくち》を構えて争いの態勢をとった。そこへ縄を使ってするするとおりんが下りてきて、忍び刀を構えて、制した。

天松とおりんは、ちゅう吉を間に挟んで逃げ口を眼で探した。

「用心棒の先生方よ、出番だぜ！」

代貸が叫んだが応答はない。すでに用心棒の剣客らが控える隣座敷に鳶沢一族の面々が踏み込んだと見えて、刃と刃が絡《から》み合う戦いの気配が聞こえてきた。

「先生方、ど、どうした」

代貸が狼狽《ろうばい》の声で叫び、隣座敷との襖《ふすま》が押し開かれた。するといきなり三頭の甲斐犬《かいけん》が賭場に飛び込んできて甲兵衛一家の面々に吠《ほ》え付き、さらには参次郎を頭にした鳶沢一族の面々が弩《ど》や六尺棒や早船の櫂を手にして博奕場に姿を見せた。忍び衣に仮面姿の侵入者に甲兵衛一家の子分らは声を失った。

「だ、だれだ」

「甲兵衛に伝えよ。町方役人の手先など務めておると、そなたらの仲間が知ることになる。仲間を摑まえる役人と手を結んだやくざ者がどうなるか、承知かな。なんなら小伝馬町《こでんまちょう》の牢《ろう》屋敷に甲兵衛をぶちこんでやろうか」

参次郎が脅かすと甲兵衛一家の面々が震え出した。

「今晩は見逃す。以後、役人なんぞの下働きをするでない」

ちゅう吉は腹に巻いた晒しの中に盆茣蓙の上の掛け金を詰め込もうとして、天松に手を叩かれ、小粒などが埃の散った盆茣蓙に落ちた。

「だめか、兄い」

天松はその問いに答えることなくちゅう吉の体を横抱きにすると廃れ家を出ていった。

鳶沢一族を乗せた早船二艘は木枯らしと闇《やみ》に紛れて源森川から大川に出た。

一艘目の早船には猫の九輔が育てる三頭の甲斐犬がひと働きを終えて悠然と乗っていた。富沢町を出ての初陣《ういじん》を見事にこなした甲斐、信玄、さくらの勇姿だった。

二艘目の船に乗せられた上半身裸のちゅう吉が、

「天松兄い、さぶいよ」

と泣き言を言った。天松の張り手がいきなりちゅう吉の頬っぺたを殴り付け、胴ノ間に転がした。

「なにするんだよ」

「ちゅう吉、どれだけおまえのことを大番頭さん方が案じられたか、考えたことがあるか。それをおまえは甲兵衛一家の面々といっしょになって博奕に興じるとは、一体なんなのだ」

「兄い、壺振りは遊びじゃないんだよ。客を飽きないように遊ばせる玄人《くろうと》の芸なんだよ」

「相手は半端《はんぱ》なやくざ者だ。おまえは子供のおこもだ、なにが玄人か」

「兄い、あいつらが丁半博奕をやっているのを見たらよ、あんまり下手なんでさ、おれが縛られた柱のところから、次の眼は五二《ぐに》の半とか四六《しろく》の丁とかさ、教えてやったんだ。そしたら、このおこも、博奕を知っているぜ、やらせてみるかって代貸が言い出してさ、おれが丁半博奕の手ほどきをしてみせたんだよ。そしたら、壺振りに祭り上げられてさ、まあ、上げ膳《ぜん》据え膳とはいかないまでも待遇が変わったんだ。たしかに天松兄いが言うようにあいつら、半端やくざだね」

「ちゅう吉、博奕などどこで覚えた」

「おこもってのはなんでもできないと世渡りができないんだよ。湯島天神近くの茶屋で時折開かれる賭場の手伝いをしているうちに賽子《さいころ》の目を自在に出せる手を覚えたってわけだ。おれもこれで人並み以上の苦労をしてんだぜ」

「ばか、おまえはうちにどれだけ心配をかけたと思っているんだ」

「兄い、そう怒らないでよ。それよりさ、さぶいからなにか体にかけるものないの。兄いの店は古着屋だろ、おこもが寒くないようにさ、綿入れの一枚くらい船に積んでないの」

天松の怒りとちゅう吉のいなしの掛け合いに船に控えるおりんらが堪《たま》らず笑い出した。

「ちゅう吉さん、いかにも気が付きませんでした」

おりんが船に積んであった綿入れをちゅう吉に差し出した。

「おりんさん、そのようにちゅう吉を甘やかすからこいつが図に乗るんです。ちゅう吉はそうやって、おりんさんたちの優しさやら弱点を見抜いて都合よく生きてきたんです。だってそうでしょう、うちがこうして二番番頭の参次郎さんを始め、忍び衣に身を包んで出陣までしたんですよ、そしたら、こいつは半端やくざ相手に博奕の壺振りで遊んでいたんですよ。うちの一族が忍び衣に身を包むことがいかに大事《だいじ》なことか、ちゅう吉は分かっておりません」

天松が一気に捲《まく》し立てた。

「天松さんの気持ちはよく分かるわ。でも、ちゅう吉さんにも言い分があるかもしれないでしょ、その話を聞いて、ちゅう吉さんに落ち度があれば大番頭さんからけじめをつけて貰《もら》います。それで今は許してあげて下さいな」

おりんに天松は窘《たしな》められて口を噤《つぐ》んだ。

おりんが貸してくれた綿入れをごそごそと体に巻き付けたちゅう吉が、

「ああ、生き返った」

と嘆息し、

「兄い、ご免ね」

と謝った。

「なにがご免だ」

「ほれ、未《ま》だ怒っている。だってよ、兄いを怒らせたのは根岸の公卿《くげ》屋敷の一件だろ。いろいろ考えたが、おれがたしかに悪かった。兄いに門前で待てと命じられていたにも拘《かか》わらずさ、麻子様のところに面《つら》出してさ、場を引っ掻《か》き回してさ、天松兄いの面目を潰《つぶ》したもんな。おれ、どうしてどこへでも出しゃばるかね」

と一応神妙な顔をした。

天松が答えに窮していると、

「ちゅう吉さん、あなたがなぜ南町の市中取締諸色掛の土井様の手に落ちたのか、話してご覧なさい」

おりんがいったん話題を変えてちゅう吉を質《ただ》した。

「おりんさんさ、それなんだよ。兄いを怒らせてさ、下谷広小路で独り残されたんだ。それでおれ、急にさびしくなってさ、わあわあ泣きながら湯島の切通しから湯島下に戻ってきたと思いねえな。そしたらさ、花伊勢に乗り物が二つ着いてさ、おれが知っている薩摩のご用人さんともう一人、用人よりえらそうな侍が下りてきたんだよ。おれ、そうだ、手柄を立てれば天松兄いが許してくれると思ってさ、花伊勢の床の下にとっさに潜りこんだのさ。まあ、ここんところ花伊勢の空気はだらけていたからさ、おれもその気になったんだ」

影であった本郷康秀の死によって花伊勢通いがなくなり、ために警戒が弱まったと考えられた。

「用人さんの名を覚えているの」

「おこもはね、一度覚えた名は忘れちゃ貰いが少なくなるんだ。だから忘れるものか、重富文五郎《しげとみぶんごろう》ってんだよ」

「もう一人のお武家様の名は分ったの」

「留守居役東郷ってんだよ」

「その二人はだれかと会ったの」

「最初の半刻《はんとき》ほどは二人だけで話していたんだ」

「話はちゃんと聞き取ったんだろうな」

と天松が傍らから怖い顔で睨《にら》んだ。

「兄い、無理言っちゃいけないよ。薩摩弁って唐人の寝言より分かりづらいんだよ。それも知らないのか」

「それを聞き取るのがおまえの務めだ」

ふうーん、とちゅう吉が鼻を鳴らし、

「この次さ、薩摩の人間の話を聞かせてやるよ。ありゃ、半分だって分かるものか」

「ちゅう吉さん、半分は分かったのね」

「半分か、自信ないな。だけど、おりんさん、およそのことは分かったよ。薩摩はね、大黒屋が力をつけることは嫌なんだよ、だからさ、春に古着大市をやったろ、秋にも柳原土手でやるのをなんとしてもやらせたくなかったんだよ。そのことを長々と二人で話し合っていたらさ、突然、南町の与力が座敷に呼ばれてさ、あの話、どうなっているとかいないとか問い質し始めたんだよ。そこで土井って与力が、もはや、秋には開催できませぬ。ですが、柳原土手では師走《しわす》にも催したいと、あれこれそれがしのところに嘆願しておりますが、すべて撥《は》ね付けておりますなんて答えていたんだ。薩摩のえらい奴《やつ》が、そなたの懐《ふところ》を薩摩はだいぶ肥しておる、きちんと中止に追い込めと奇妙な節回しで命じておったのさ。そんとき、おれはふうっ、と嫌な感じがしたんでさ、床下から出て、湯島天神のねぐらに戻ろうと考えてさ、床下を出たところを首根っこをぎゅっと摑《つか》まれたんだ」

「だれだ、相手は」

と天松が訊《き》いた。

「兄い、同心の池辺三五郎ってやつだ。だが、直《す》ぐに分かるものか。だってよ、猿ぐつわというのか、口に手拭《てぬぐい》を突っ込まれて手足を縛られ、駕籠《かご》に載せられてどこかに連れていかれたんだよ」

「小梅瓦町の廃《すた》れ家か」

「兄い、事は簡単じゃないんだ。それに同心の池辺なんたらはえらい乱暴な奴でさ、おれがなにか声を出すたびに十手の先でおれの横腹を突くんだよ。湯島天神から長いことかかって橋を渡り、連れ込まれた。そこはさ、どこか小洒落《こじゃれ》た家でさ、あれ、お妾《めかけ》さんだね、その家に連れ込まれたんだよ」

「仙台堀今川町の家だな」

「あれ、兄い、もう知っているのか。南町の与力土井権之丞が囲っている女はさ、あれ、薩摩藩の江戸屋敷に奉公していた女なんだよ。名前は」

「おさよ」

「さすがに天松兄いだ。おれが話すこともないか」

「いいから話せ、ちゅう吉」

「そうか、知っていることを話すなんて力が湧《わ》いてこないぜ」

天松がちゅう吉を睨み、話すよと再び口を開いた。

「つまりさ、南町の市中取締諸色掛土井って与力は、薩摩から女と家と月々のお手当をもらってさ、留守居役と用人の命ずるままに動いているのさ。おりゃ、あの家に二日縛られて納戸《なんど》に転がされていたんだ。二日目の夜、その家に主《あるじ》が姿を見せてさ、池辺三五郎と相談した後に、横川の半端《はんぱ》やくざの平地の甲兵衛が呼ばれて、酒を飲みながら、また相談が始まったんだ。その声が納戸まで聞こえてくるんだよ。それでね、土井はおれのことをさ、喋《しゃべ》らせた後、始末しろと池辺に命じたんだよ」

「ほう、それでちゅう吉、おまえはどうしたんだ」

「町方の与力同心め、子供のおこもを舐《な》めるとどうなるか教えてやったんだよ」

「だって縛《いまし》められているんだろ」

「兄い、二代目綾縄小僧だって威張っていたな」

「威張ってなんかいないよ」

天松はちゅう吉に押されてたじたじになった。

「ならば知っていても不思議じゃなかろうじゃないか。人が縛った縄は解けないものはないさ」

「えっ、解いたのか」

「一時だけな、それでさ、台所に仕度してあった一番立派な膳にさ、おこものちゅう吉秘伝の腹下しの薬をたっぷりと塗《まぶ》してさ、また納戸部屋に戻って大人しくしていたと思いねえ」

「どうなった」

「膳が出て、酒を飲み始めてすぐに、土井が苦しみ出してさ、吐くわ腹下しはするわ、そのうち七転八倒の苦しみよ。あいつら、フグにあたったと医者を慌《あわ》てて呼んできたりしたが、フグなんかじゃない。ちゅう吉様秘伝の腹下しさ」

「それは大番頭さんが関心を持たれましょうな」

「おりんさん、いくら、大黒屋とちゅう吉の関わりとはいえ、そうそう簡単に秘伝の薬の調合を話せるものか」

ちゅう吉の後頭部が、
ばちん
と天松によって叩《たた》かれた。

「なにするんだよ」

「おまえを私は許したわけではない、図に乗るんではない」

ちえっ、と舌打ちしたちゅう吉が、

「その翌日に甲兵衛の連中に引っ立てられてさ、小梅瓦町のあの家に移されたんだ。土井なんとかって与力が元の体に戻るにはもう二、三日かかるな。それほどおこもの腹下しは効き目があるんだよ」

と威張ったちゅう吉が天松の形相に気付き、慌てて頭を手で覆《おお》った。

鳶沢一族が分乗する二艘《そう》の早船はいつしか大川から入堀に入り込み、栄橋下の闇《やみ》の中で船隠しへと姿を消した。

第五章　伊勢詣《もう》で

一

「昔、此処《ここ》鈴鹿《すずか》の関也《なり》。故《ゆえ》に関といふ」

とある道中記は記し、また別の旅本では、

「関屋の事、関の駅西の入口より二、三町東を中木戸町といふ。此所《このところ》人家の間に細き小路を南へ通る所、昔の関屋の跡なるよしいひ伝ふ」

と書く。さらに別の道中記には、

「駅の出口に古城あり、関氏築しとぞ。いにしへ此所に鈴鹿関あり」

とあるなどまちまちに記述される。その理由は鈴鹿の関は昔から何度もその場所を変えており、一か所に限定するには無理があるそうな。

総兵衛一行は鈴鹿の関のあった関宿に差し掛かろうとしていた。

宿に近づくと苦竹《にがたけ》を細くけずって、束ねて打ちつけて柔らかくした火縄を売る者の姿が目についた。東海道を往来する旅人や伊勢参りの参拝人を相手に、

「火縄を買わんか」

「鈴鹿名物の火縄は山賊よけやぞ」

などとうるさく呼びかけ、総兵衛らにも火縄をつき付けて買わせようとした。

それを北郷陰吉《きたごうかげよし》が、

「わしらの主様《あるじさま》は売るほどお持ちじゃ」

と応じながら売子を避け、総兵衛と桜子の先導を務めた。それはまるで昔から陰吉が大黒屋の奉公人であったような言動だった。

早走りの田之助はこのような態度が、

「いつまで続くか」

と注意しながら見守っていた。

火縄売りを避けて進むと大きな鳥居が見えてきた。その下には数基の道しる

べがあって、伊勢神宮への参宮道の入口であることを示していた。

陰吉は鳥居の前を通り過ぎ、関宿へ入って行こうとした。

総兵衛と桜子は宿に向かうことなくこの伊勢参宮道へと曲がった。すると東海道を先に進んでいた陰吉が慌《あわ》てて戻ってきて、

「おや、なんぞ見物にございますか」

と尋ねたものだ。

「折角京師《けいし》への旅にございます。伊勢神宮へお参りしていきます」

と総兵衛が答えていた。

「えっ、伊勢参りでございますか」

「なにか不都合ですか。先を急ぐなれば北郷陰吉さん、私どもと別れて京に向かいなされ。引き止めはしません」

「そ、総兵衛様、今さら殺生《せっしょう》にございますよ。もはやこの陰吉は総兵衛様の忠実なる僕《しもべ》にございますよ」

と訴えた。

「古来薩摩《さつま》者は剛直頑固無口が身上と聞いておりますがこの仁、よう喋《しゃべ》ります

し、どうも信が置けません」

田之助が独りごとのように皮肉を放った。だが、陰吉は平然としたものだ。

ふっふっふ
と総兵衛が笑い、

「田之助、そなたの皮肉はこの陰吉には通じておらぬようじゃ」

「そろそろ化けの皮が剝《は》がれてもよいころです」

「と、田之助が言うておりますよ、陰吉さん」

「田之助さんはまだ若い。世間のことが今一つ分っておられぬようだ」

と陰吉が呟《つぶや》き返した。

昨夜、庄野宿に泊まった折、田之助が総兵衛に進言した。

「総兵衛様、関宿の手前よりわずか十四里（約五六キロ）ほどで伊勢山田の外《げ》宮《くう》まで通じます。この伊勢は大黒屋の六代目と縁が深き地にございます」

「伊勢参りをせよと申すか。六代目と伊勢の関わりを教えなされ」

「はい。今からおよそ百年前、宝永《ほうえい》二年（一七〇五）の閏《うるう》の春先から諸国に奇妙なことが起りましてございます。伊勢への抜け参りが流行し、それはそれまで見られなかったほどの大規模なものに発展致しまして、伊勢への街道じゅうが抜け参りにいく人々で溢《あふ》れ返りましたので」

「うちも宝永二年の抜け参りのことを京の実家で聞かされたことがおます」

とその場に同席していた桜子が田之助の話に相槌《あいづち》を打った。

言い出したものの田之助はこの先、どう説明したものか迷っていた。そして、総兵衛一人に話すべきであったか、と自らの迂闊《うかつ》を悔いていた。だが、もはや話し始めたことを途中で止《や》めるわけにはいかなかった。

「大黒屋でも三人の小僧が抜け参りに出かけました。十三の恵三《けいぞう》と十一の栄吉《えいきち》にございます。この二人は鳶沢一族の出にございましてな、通いの小僧の丹五郎《たんごろう》十七歳に誘われてのことにございました。この抜け参りには京、大坂からだけでも三百六十余万人が伊勢に向かったと言われております。江戸や東国の抜け参りを加えると大変な数です」

「大黒屋の小僧三人はその中に混じり込んだのだな」

「はい」

と返答した田之助が説明を言いよどんだ。

「どうした」

「いささか微妙な話になります」

「うち、遠慮申します」

と桜子が田之助の迷いを察して言った。

「いえ、桜子様、その斟酌《しんしゃく》は要りませぬ。大黒屋と坊城家になんの秘密もありませぬ、それはこの百年の付き合いが教えております」

と総兵衛が言い切った。その言葉を聞いた田之助が、

「いかにもさようでした」

と桜子に会釈《えしゃく》をすると話を再開した。

「ちょうどその頃、鳶沢一族と緊密なる連係の下に影御用に携るべき影様が交代された時期にあたりまして、新しい影様から総兵衛様へのお呼び出しがございました。六代目が東叡山《とうえいざん》寛永寺東照大権現宮《だいごんげんぐう》に出向きますと神韻縹緲《ひょうびょう》とした鈴の音が響き、影様がお出ましになられる様子がございました。が、突然影様は奥へと引き返し始められた」

「それはまたどうしたことか」

「新たなる影様は鳶沢一族との新たなる連絡方法を神君家康様より伝えられておられ、その片割れを富沢町に届けられたのでございます。それは火呼鈴《ひこれい》と水呼鈴《すいこれい》という名の一対の鈴がお互いの身分を表すものにございます。総兵衛様はすでにそのことを承知でございますな」

「二つの水火の鈴は宝永二年以来のものか」

「いかにもさようです。鳶沢一族には火呼鈴が密《ひそ》かに届けられ、以後影様と鳶沢一族の頭領の面会時の身の証《あかし》を呼鈴の音にて立てると告げておられたのでございます。ですが、六代目も側近もそのような覚えはない。ゆえにお呼び出しの場の寛永寺東照大権現宮には持参なされようがなかった。面会を拒まれた総兵衛様は急ぎ富沢町に戻り、あれこれと調べました。すると十一歳の小僧の栄吉が火呼鈴と思える包みを受け取っていたことが判明致しました」

「栄吉は抜け参りに行った一人じゃな。一族にとって掛け替えのない秘物を持って小僧は抜け参りに参ったというか」

「はい」

「なんと、鳶沢一族にとって危急存亡の事態ではないか」

「いかにもさようです。なぜ栄吉が火呼鈴を懐《ふところ》に伊勢への抜け参りに出かけたか、謎《なぞ》にございました。この危難に六代目鳶沢総兵衛様は自ら栄吉を追う道中へ出立なされました」

「栄吉はんは一族の秘事を知らんと火呼鈴を受け取られたんやろか」

と桜子が呟いた。

「いえ、桜子様。われら一族の者は鳶沢村から富沢町に奉公に上がる前、必ず一族の影の秘命を心身に叩《たた》き込れます。ゆえに栄吉が知らなかったわけではございません」

「ならばどうして」

と総兵衛が首を捻《ひね》った。

「はい。栄吉は不思議な力を秘めた小僧にございまして、一見年上の丹五郎に誘われて伊勢への抜け参りに加わったかに見えますが実態は然《さ》に非《あら》ず、十一の小僧が六代目総兵衛様を始め、敵方の一味一統、さらには伊勢に向かう抜け参りの何百万という人々の心をも操り、伊勢へ伊勢へと引き寄せていったのでございます。それが宝永二年の抜け参りの真相にございます」

「そのような奇怪なことがあろうか」

「総兵衛様、うちは栄吉さんのことがなにやら分かるような気が致します」

と桜子が総兵衛の疑問に答えていた。

「京の人間は、かような摩訶《まか》不思議をよう信ずるのどす」

桜子の言葉に首肯した田之助が、

「栄吉は伊勢に向かうにつれ、段々と不思議な力を発揮して参ります。まず抜け参りの子どもらを糾合し、自らは火之根御子《ひのもとのみこ》と称して、伊勢神宮の前を流れる五十鈴川《いすずがわ》へと導いていったのでございます。その背後には鳶沢一族と敵対する者たちが従っていたそうな」

「なんとな」

「五十鈴川を渡れば伊勢の聖域にございます。火之根御子の背後には鳶沢一族の怨敵《おんてき》、徳川幕府に害をなす一味一統が子どもに代わって従っておりました。内宮《ないくう》への参拝後、参道を外れた栄吉は五十鈴川の清き流れに向かいました。火之根御子の栄吉が榊《さかき》を振ると五十鈴川の流れの中に幅数間の道が現われ、一行は御渡りを始めたそうにございます。ところが火之根御子一行が五十鈴川の中ほどに差し掛かったときのことです。上流で轟《とどろ》きわたる音が突如起り、高さ数丈にもおよぶ鉄砲水が走りきて、御渡りの最中の火之根御子と一行を一気に飲み込んで下流に押し流しましたそうな。それはそれは、空恐ろしき光景であったそうにございます」

「待て、待ってくれ。私は大黒屋と鳶沢一族の正史というべき『鳶沢一族戦記』をこれまで何度も読み返してきた。じゃが、そのような大事の記述はどこにもなかった」

「はい。ございません」

「なぜか」

「伊勢は我が国の聖なる神域にございます。伊勢参りの正統を覆《くつがえ》すような火之根御子の行動に鳶沢一族が関わっていたことを秘するためにございましょう。ゆえに五十鈴川の大惨事は自然がもたらした災害として、伊勢の歴史にも数行あるだけと聞いたことがございます」

「田之助はん、火之根御子こと栄吉はんもまた五十鈴川で亡《な》くなったのですね」

桜子の問いに田之助が頷《うなず》き、

「六代目総兵衛様は奔流に飲み込まれた栄吉を探して御手洗場《みたらしば》の河原から半里（約二キロ）下で見つけられたのでございます。その姿を見た栄吉は、『お待ちしておりました』と言うて、懐の火呼鈴を総兵衛様に差し出したのでございます」

「栄吉は六代目をわざと伊勢まで誘い出したのじゃな」

「はい。ここから先は推測になります。物心ついた栄吉は自らに不思議な力が備わっておることに気付き、自らの判断で一度だけ伊勢への抜け参りとして使うたと思えます」

「むろん鳶沢一族の使命を全うするためじゃな」

「はい。それが証に栄吉は影様をも伊勢に導かれ、かの地で火呼鈴と水呼鈴が初めて呼び合い、鳶沢一族の危難を救ったのでございます」

「栄吉は自らの身を滅ぼして鳶沢一族を救うたのじゃな」

「総兵衛様、六代目も栄吉の骸《むくろ》に同じ言葉をかけられたと伝えられております」

総兵衛が大きく頷いた。

「最後に申し上げます。総兵衛様の京行きの供が私に決まった後、大番頭さんに地下城に呼ばれ、総兵衛様を伊勢に案内《あない》して、六代目の威徳を偲《しの》んでいただくよう命じられましてございます」

「京への道中の途中伊勢参りは富沢町に残った大番頭さんの指図と言うか」

「はい。手代風情《ふぜい》が一存で話せる事柄ではございません。一族の長老の総意で私がお伝えしただけにございます」

関宿手前の追分で伊勢への街道、

「伊勢別街道あるいは伊勢参宮道」

に入った総兵衛一行は、まず関川（鈴鹿川）に差し掛かった。

川幅三十間余で鈴鹿と安芸《あげ》両郡の国境であった。毎年渇水期の九月より五月までは橋が架けられてあった。ゆえに一行は橋を渡り、二里先の楠原《くすはら》を目指した。

風もなく冬の陽射《ひざ》しがぽかぽか温かい。

刻限も昼前のこと、一行の足取りは軽かった。だが、その後を見え隠れにつけてくる強脛《こわすね》の冠造《かんぞう》には、

「なぜ一行が変心して伊勢に向かうのか」

理解ができなかった。だが、総兵衛一行の目的地が京であるかぎり、ぴたりと張り付くしか冠造に策はなかった。

「桜子様、お疲れではございませんか」

と田之助が桜子の足を気にかけた。

「田之助はん、うちはなんも疲れてなんていまへん。伊勢まで一気に歩き通せと言われればそうします」

「桜子様」

としげが悲鳴を上げた。

「これ、しげ、供のそなたが泣き言をいうてどうする。桜子様の手伝いどころか足手まといではないか。鳶沢村に戻しますぞ」

田之助が総兵衛や桜子の手前、しげを叱《しか》った。

「田之助さん、しげさんは旅が初めてじゃろう。そう無理を言うてもいかん

ぞ」

と言い出したのは陰吉だ。

「薩摩の忍びに同情されて情けないと思わぬか」

これは田之助が一族の娘に言った。

「田之助さんは早走りじゃそうな。いちばん走り通したのはどれほどか」

「そのような自慢ができるものか」

田之助は陰吉の問いに答えようとはしなかった。すると総兵衛が、

「江戸から日光まで一昼夜で走り通したときではないか」

と田之助に代わって答えていた。

「なんと一昼夜三十六里（約一四四キロ）とはなかなかの健脚かな、それは薩摩の早飛脚にも忍びにもおるまい」

と陰吉が応《こた》え、

「いいか、田之助さん、そこまで鍛えるのにどれほどの稽古《けいこ》を積み、どれほどの歳月がかかったか」

それは、と答えかけた田之助が、

「しげは初めての道中とはいえ、桜子様の手伝いとして同道しておるのです。甘えは許されませぬ、それを言うておるだけです」

「田之助さんや、しげさんは肉刺《まめ》を作っておる。これがつぶれ、新しい皮膚が生じて固くなったころには今の何倍もの力で旅ができよう。それまで辛抱なされ」

と田之助は薩摩忍びに諭され、

「なんだか、言い負かされたようで気色が悪い」

とぼそぼそ呟《つぶや》き、桜子がころころと笑った。

「田之助はんにお聞きします。今日はどこまで行かれるつもりやろか」

「そうですね。桜子様の足はなんの差し支《つか》えもないそうな。ほれ、もはや楠原宿が見えてきましたな。次の椋本《むくもと》までは一里、椋本から窪田へは二里、窪田から津まで一里半、椋本で早い昼餉《ひるげ》を食して、津まで三里半（約一四キロ）、どうでございますな」

田之助の答えに桜子がしげを見た。

「桜子様、私は大丈夫でございます」

「いえ、陰吉はんの診立てどおり、両足を引きずっておいでです。田之助はん、どこぞで馬か駕籠《かご》を雇うてくだされ」

「しげに馬ですと、滅相もない」

と田之助が拒んだ。

「わても足に肉刺ができました、馬を雇うておくれやす」

「えっ、最前まで元気だった桜子様に肉刺が、それは大変じゃ。どこぞで馬を捜します、それまでの辛抱です」

「馬を一頭雇うも二頭雇うも変わりおへん。そうと違いますか、総兵衛様」

「桜子様の申されるとおりです。田之助、馬を二頭探しなされ」

と総兵衛が桜子の気持ちを察して命ずると、

「馬二頭にございますな」

と応じた北郷陰吉が楠原宿へと走り出し、

「あやつ、本気でうちに加わるつもりでしょうか」

と田之助が首を捻《ひね》った。

南町奉行所の市中取締諸色掛土井《どい》権之丞《ごんのじょう》のフグの毒あたりは、ようやく快方に向かった。

当人も妾《めかけ》おさよもフグにあたったと判断し、呼ばれた医者も患者らの申告を信じてフグの毒あたりとして治療した結果のことだった。

だが、実態はおこものちゅう吉が数年前、湯島天神の床下に旅の老おこもを誘い、何日か休息をさせて寝泊まりさせた礼にと伝授された、

「秘薬」

だった。

この造り方は幾種類もの薬草に鼠《ねずみ》の糞《ふん》などを混ぜ合わせたもので、これを口にした人間は即座に激烈な吐き気、腹下し、高熱、悪寒《おかん》が一時に見舞い、数日から長い者は十数日寝込むことになる。

土井権之丞はようやく床上げすると即刻腹心の池辺《いけのべ》三五郎を呼び寄せた。

「花伊勢で摑《つか》まえたおこもを調べる」

と告げた。

「土井様、いささか差し障《さわ》りが生じました」

「差し障りじゃと、なんだ」

池辺はこの十数日黙っていたことを告げざるをえない覚悟をした。

「いえ、おこもを隠した廃《すた》れ家が忍び装束に仮面の集団に襲われました」

「なに、忍びじゃと、雇った用心棒どもはどうした」

「忍びの者どもに三人の剣術家は手もなく痛めつけられ、何の役にも立たなかったことを恥じたか、逃げ出したそうでございます」

「おこもはどうした」

「忍び装束の集団が連れ去ったとのこと。平地の甲兵衛も一家の面々もあのおこもは鬼門だ、もうあやつと関わるのは嫌だといっております」

「戯《たわ》けが」

と土井が吐き捨てた。

「土井様、忍び装束の一団は何者にございましょうな」

「決まっておるわ。大黒屋の一統よ」

「総兵衛はこのところ姿を見せておりませぬが大番頭の古狸《ふるだぬき》が内与力の田之内泰蔵どのを丸めこんでおります」

なんと、と土井はフグにあたって寝込んでいた代償を支払わされたかと切歯した。

「池辺、今一度富沢町にきついお灸《きゅう》を据え直さねばなるまい。例の古着大市は中止になったのであったな」

「いえ、それが」

「口籠《くちご》もって、なにがあったのだ」

「大黒屋の大番頭が内与力どのに嘆願したそうで、師走《しわす》の古着大市として開かれますそうな」

「なに、そなた、それを知りながら手を拱《こまぬ》いておったか」

「お奉行の根岸様も認められた話にございます。それがし如《ごと》き一同心の力ではどうにも手の打ちようがございませぬ」

「フグなど食して高くついたわ。よし、巻き返しに富沢町に一泡吹かせようぞ。見ておれ、市中取締諸色掛与力の力を甘くみたツケを存分に味わわせてみせようぞ」

と吐き捨てた土井が思案に落ちた。

二

富沢町に乾いた寒風が吹き始めた。

帳場格子《ごうし》に手あぶりを入れて、暖を取りながら大番頭の光蔵は思案していた。秋に催されるはずだった古着大市が師走に延びて開催が決まった。開催の日数は三日間、刻限は五つ（午前八時頃）から仕度を始めて五つ半（午前九時頃）に店開き、暮れ六つ（午後六時頃）に店仕舞い、と当初古着商たちが考えた以上のことを南町奉行根岸鎮衛《やすもり》が保証してくれた。

こちらのほうはなんとか目途が立った。

（今一つのほうじゃな）

と光蔵は考えをちゅう吉の身の始末にやった。

湯島天神の床下をねぐらに、かげま茶屋の花伊勢を見張ってきたおこものちゅう吉が大黒屋と通じていることは完全に敵方に明らかになったと、こたびの拉致《らち》騒ぎは教えてくれた。

ちゅう吉は、

「大番頭さんよ、いいってことよ。向こうもこっちも正体を知っての騙《だま》し合いが繰り返されるのも面白いじゃないか」

と呑気《のんき》に構えていたが、

「いえ、もうおまえを湯島天神の床下に戻すわけにはいきません。薩摩は子飼いの町方に、おまえを捕えて情報を引き出したうえでの始末を命じたが、われらの探索とちゅう吉、おまえ自身の機転により、こたびはなんとか命をつなぐことができました。しかし次は薩摩自らがおまえの命をとりにきます。さて、どうしたものか、私の思案がつくまでとりあえず大黒屋の二階座敷に寝泊まりすることを許します」

「えっ、天松兄いといっしょに枕《まくら》を並べて寝られるのか。ならば店の手伝いだってなんだってやるぜ」

とちゅう吉は張り切った。

「ともかくまず湯に浸《つ》かっておまえの体から汚れをきれいさっぱり洗い流すのです。そうしなければ二階座敷には寝かせません」

「えっ、それじゃ、おこもじゃないよ」

「そうです。もはやおまえはおこもの暮らしには戻れませんよ」

「大番頭さん、おれどうなるんだよ」

「だから、二、三日思案します。その間、手代の九輔《きゅうすけ》が飼い主の甲斐犬《かいけん》、甲斐、信玄、さくらの世話をしなされ」

「大番頭さん、おこもだぜ、犬は天敵なんだよ。あいつら、おれが近づくと無《む》暗《やみ》に吠《ほ》えるし噛《か》み付くぜ」

とちゅう吉が怯《おび》えた。

「おまえの助け出しに甲斐も信玄もさくらも出張って戦ったんですよ、それをお忘れか」

「忘れちゃいないけどさ」

「九輔が仕込んだ三頭は無暗に吠えたり噛んだりはしません。おまえの体から臭《にお》いが落ちて、しっかりと世話をするならば犬たちもおまえを信じます」

光蔵はちゅう吉に甲斐犬の世話掛を命じて様子を見ることにした。

時折薬草園の手入れをしながらちゅう吉の様子を見ていると、九輔にまず動物への接し方の基本を教えられ、

「いいか、ちゅう吉、犬も人間もいっしょです。こちらが真心をこめて接すれば必ずや相手も応えてくれます」

と一番目の忠言を受けて、甲斐、信玄、さくらの三頭の世話を始めた。

最初こそおずおずと怯えた様子を見せていたちゅう吉だったが、まずさくらが、ちゅう吉が大黒屋の奉公人に準ずる扱いを受けていると察したか、尻尾《しっぽ》をふって甘える様子を見せた。ためにちゅう吉も、

「おれ、ほんとはおまえたちが怖いんだよ。でもさ、生きていくために仕方なくおまえたちの世話をするんですからね、噛んだりしないでね」

と猫なで声でさくらの体に触れた。その瞬間、犬の温かみを知ったちゅう吉は、

「おまえたち、結構温かいな。それに毛はけっこうごわごわと強《こわ》いんだ」

と言いながらさくらを撫《な》で回していると他の牡《おす》二頭も寄ってきて、ちゅう吉の顔をべろべろ舐《な》めはじめた。どうやら仲間と認めてくれたようだ。

「わあっ、三匹の犬に囲まれるなんて小便がちびっちまうよ」

と大騒ぎするちゅう吉に九輔が、

「ちゅう吉、おまえが大声を上げると犬たちも興奮して騒ぎます。この三頭には毅然《きぜん》と接しなければいけません」

と躾《しつけ》の第二条を教えた。そんな風に少しずつちゅう吉は甲斐犬三頭と親しさをまして、なんとか中庭で散歩をさせるまでになっていた。

「ちゅう吉の身の振り方、思案がなりましたか」

帳場格子の隣から二番番頭の参次郎が光蔵に聞いた。

「いつまでも富沢町においておくわけにはいきますまい。いつ何時、市中取締諸色掛の与力同心の目に留まるかもしれませんからね。むろん向こうだって、ちゅう吉を奪還したのはうちだと承知していましょう。なのにちゅう吉を今までどおりに店に出入りさせて相手を刺激させることもないでしょうし」

「土井と池辺の背後には薩摩が控えています」

「そこです。おこものちゅう吉が変わるためには、しばし間が要ります。鳶沢村に送るか、深浦《ふかうら》の船隠しでお店《たな》奉公のいろはを教えるか迷っておりましてな」

「大番頭さん、おこものちゅう吉を一族の列に加えると申されるので」

「ちゅう吉とうちは大きな秘密を共有しています」

日光で総兵衛が行った影殺しのことを光蔵は言っていた。その決断をさせたのはちゅう吉の働きだったし、実際に総兵衛自らが弩《ど》で影たる本郷康秀を射殺した場にいたのだ。

「いかにもさようです。とは申せ、一族の秘密をおこものちゅう吉に知らせてよいのでしょうか」

「二番番頭さん、ちゅう吉はもはやわれらの裏の貌《かお》を承知です。それはおこものちゅう吉として、見ざる聞かざる言わざるを通しての信頼関係でのことでした。これからは一族の内部に入り、鳶沢一族の一翼を担《にな》ってもらうために厳しい教育を施します。それには深浦のお香さんに預けるのがよかろうと思います。おこものちゅう吉が一族の忠吉に変わるために修業三年ほどの歳月がかかりましょう」

参次郎相手に自らの考えを光蔵は整理した。

お香とはおりんの母親である、ただ今深浦の今坂一族の男女に和語を始め、この国の歴史や躾や仕来《しきた》りを教えていた。

光蔵はお香にちゅう吉を預ける考えに傾いていた。そこで改めて店座敷におりんと参次郎を呼び、この考えを申し述べた。

「ちゅう吉さんを鳶沢一族の列に加えるために深浦で一から修業をさせますか。ちゅう吉さんは十一と幼うございます。その割には皆さんがご存じのように豊かな体験と知識を持った賢い子供衆です。母がしっかりと世間の躾から読み書き、算盤《そろばん》と奉公人としてひと通りのことを教えれば、今なれば一族に変わらぬ人間に育つのに間にあおうかと存じます」

「私は一族の者でないちゅう吉を深浦に送ることに危惧《きぐ》を感じます」

と参次郎が異を唱えた。

「二番番頭さんの気持ちもよう分かります。ですが、ちゅう吉さんは鳶沢一族のために体を張ってくれ、幾たびか私どもの窮地を救ってくれました。こんどは私たちがちゅう吉さんに恩返しする番です。母に預ければ、ちゅう吉さんは生まれながらの鳶沢一族に負けず劣らずの奉公人忠吉に変身致しましょう」

とおりんが言い切った。

その時、手代の九輔が店座敷の廊下に姿を見せて、

「大番頭さん、南町の市中取締の土井様と池辺様のお二人が富沢町に入ってきたとの連絡《つなぎ》が入りました。おそらくうちに来るものと思えます」

と報告した。

「九輔、ちゅう吉を内蔵に入れてしばらくじいっと辛抱するように事情を説明しておきなさい」

と命じ、

「これまでうちの店と直接関わりを持たなかった南町の市中取締諸色掛与力の土井様が大黒屋に顔を出すのはよくせきのことですよ。秋の古着大市が師走の古着大市に装《よそお》いを変えた一件、承服しておられるか、あるいは新たなる反撃の手に出られるか、手の内を拝見しましょうかな」

と光蔵が言い、おりんが、

「この店座敷でようございますか」

「はい。接待は渋茶で十分にございます」

と言い切った。

土井と池辺は店座敷で待つ光蔵の前にのっそりと姿を見せた。

「これはこれは、南町のお歴々お揃《そろ》いで顔を見せられるとは珍しゅうございますな」

「大黒屋とはこれまで疎遠《そえん》であった。市中取締諸色掛は本来、商い全般の指導監督をなすのが務めである」

「いかにもさようでございます。こたびの師走《しわす》の古着大市開催について土井様には大いなるお助けを頂き、なんとかかたちになるところまで漕《こ》ぎ付けました。それも偏《ひとえ》にお二方のご理解とご協力のたまものと存じます。この通り礼を申し述べます」

と光蔵が頭を下げた。

「番頭、そのほうの名は」

「光蔵にございます」

「光蔵、とくと聞け。八品商売人の監督は市中取締諸色掛与力たるわしの専決事項である。お奉行といえども口は差し挟めぬ。それをそのほう承知か」

「と申されますと」

光蔵が問い返すと、

「師走の古着大市の開催はならぬ」

「土井様、そのことお奉行の根岸様にお断りなされましたか」

「なぜ、断らねばならぬ」

「南町のお奉行は根岸鎮衛様にございます。そのお方がいったん師走の古着大市の開催をお許しになったのです。土井様、そのこと、根岸様に確かめられてのことでございましょうな」

土井が池辺に顎《あご》を振って何事か命じた。

「番頭、ここに内与力田之内泰蔵《たいぞう》様より頂戴《ちょうだい》した指図書がある、とくと読んで土井様の申されることに承服せえ。でなければ、大黒屋、古着商の鑑札を召し上げることになる」

「田之内様の書状を拝見致しましょう」

池辺が封印し蠟《ろう》で二重に密封された書状を光蔵に突き出した。

光蔵が両手で受け取り、捧《ささ》げ持つと店座敷の隅に置かれた文机《ふづくえ》まで下がり、蜜蠟《みつろう》を小刀の先で削って封を開いた。そこには、

「南町奉行根岸鎮衛様、委細承知なされ候《そうろう》。手はずどおりの処置を願い候」

と短く記されてあった。

光蔵はこの短い文面を何度も読み返し、十分に間をとって書状を畳んで懐《ふところ》に入れた。そして、ゆっくりと土井と池辺の前に戻ってくると、

「いかにも根岸様より直々のお指図がございました」

「師走の古着大市は中止じゃ」

土井の言葉に顔を歪《ゆが》めた光蔵が、

「土井様、あなた様のお力を見誤りました、この光蔵、一世一代の不覚にございます。主《あるじ》の総兵衛に弁解の致しようもなし」

と大仰に肺腑《はいふ》を抉《えぐ》るがごとき言葉を吐いた。

「腹を斬《き》るか」

「商人にございます、腹は斬りませぬ。その代わり、いささか遅きに失しましたが、土井様に貢物《みつぎもの》を差し上げとうございます。それでお見逃しのほど願い奉《たてまつ》ります」

と光蔵がその場に平伏した。頬に笑みを浮かべながらも、

「金で見逃せというか、戯《たわ》けものが！」

と土井が怒声を浴びせた。だが、光蔵は平伏したまま、

「主に申し訳がたちませせぬ、金子ならいくらでも払いまする」

「ほう、奉公人の分際で大層なことを抜かしおったな」

「商人の誠意は黄金色にございます」

「千両」

と土井が即座に応じた。

「せ、千両にございますか」

平伏していた光蔵が驚愕《きょうがく》の顔を上げて、動揺の体《てい》を見せた。

「一奉公人ができぬことを大言するでない」

しばし光蔵が瞑目《めいもく》し、

「土井様、分かりましてございます」

「なに、千両を出すというか」

「商人に二言はございません。千両箱はそれなりに重いものでございます。後ほど八丁堀の役宅にお届けしてようございますか」

「馬鹿《ばか》を申せ。八丁堀の役宅に大黒屋が賂《まいない》を届けたとあらば、即座に噂《うわさ》が広まるわ。千両の届け先のう」

と土井が考え込んだ。

「師走の古着大市を開催して、ようございますな」

「よい。ただし刻限は予《かね》てのとおり四つ（午前十時頃）から八つ半（午後三時頃）までとせよ」

「それでは商いが成り立ちませぬ」

「商人は損して得とれと申す。千両がわしの手に渡った後、古着大市の許しを与える」

「ならば急ぎ今宵《こよい》にも千両箱を都合し、土井様にお届けせねばなりませぬな」

「よし、後刻、小者に手紙を持たせる。その指示どおりにせよ」

「はっ、はい」

と応じた光蔵が、

「土井様、店仕舞いの刻限をせめて七つか七つ半（午後四時か五時頃）に願えませぬか」

「この土井権之丞を甘く見るでない」

と吐き捨てた土井が立ち上がり、

「大黒屋では客に茶の一杯も供せぬのか」

と言い放つと用事は済んだとばかり店座敷から出ていった。その後を池辺が慌《あわ》てて追いかけ、しばらく間があっておりんが茶を運んできた。それは光蔵の茶菓だけであった。

「盗人に渋茶一杯出しとうはございませぬ」

おりんが呟《つぶや》き、光蔵が茶碗《ちゃわん》を手にとると、

「今宵九つ（午前零時頃）、千両箱をお届けしましょうかな」

とふてぶてしくも笑ったものだ。


伊勢別街道を馬二頭に女衆《おんなしゅう》を乗せ、男三人が従う一行が窪田宿より津へと向かっていた。一頭目の馬には桜子が乗り、二頭目の馬には旅が初めてのしげがなんともすまなさそうな顔で鞍《くら》に横座りしていた。

桜子の傍らには総兵衛が従い、

「総兵衛様、寺の山門が見えてきましたよ」

と鞍上《あんじょう》からあれこれと見える景色を先に教えてくれた。するとその後ろから田之助が、

「桜子様、あれは高田派本山専修寺《せんじゅじ》にございましてな、親鸞上人《しんらんしょうにん》の念仏道場が始まりだそうです。専修寺を中心に門徒たちで形作られた寺内町にございますそうな。寺と門前町はロの字型に水濠《みずぼり》で囲まれ、寺内町への出入りは、桜門、赤門、黒門で厳しく見張られておるそうにございます」

総兵衛は田之助の説明に富沢町の大黒屋の造りを思い出していた。

専修寺山門前に差し掛かり、寺内町ががっちりとした造営であることが見てとれた。

「旅はええもんどすなあ、田之助様のように教え上手がいてくれはって、一々ためになります」

「いかにもさようです」

総兵衛が応《こた》えるところにあとから来ていた北郷陰吉が総兵衛と並びかけて歩き出した。

「総兵衛様よ、強腰の冠造親父《おやじ》がまるで膠《にかわ》のようにぴったりと張り付いてきますよ。どうしたもので」

「相手様が考えることです、こちらではなんともしようがありますまい」

「冠造はあちらこちらから当方の動きを薩摩の京屋敷に伝えておりますよ」

「どうせよと陰吉はいうのです」

「総兵衛様一行が京に入る日程がすべて筒抜けになり、薩摩では京入りを前に待ち伏せしておるかもしれませんぞ」

「そのときはそのときの話です」

「そのような呑気《のんき》なことでよいのですか、薩摩は総兵衛様が考える以上に強敵ですぞ」

「十分に知っております。されど私にはどうにもできぬ、陰吉、そなたはなんぞ策がありますか」

「策ね、冠造親父にどこぞへ去《い》ねというても聞いてくれますまい。どうしたもので」

　陰吉と総兵衛の掛け合いを桜子が、

うっふっふ
と笑いながら見ていた。

夜半九つを過ぎて大川から仙台堀に一艘《そう》の琉球型小型帆船が入ってきた。

言わずと知れた鳶沢一族の面々で、今晩の頭分は大黒屋の大番頭の光蔵であり、小型帆船の長櫓《ちょうろ》は坊主《ぼうず》の権造《ごんぞう》と船頭の潮吉の二人が操っていた。その細い船体が今川町に差し掛かると土手に寄せられ、七尺五寸（約二・三メートル）ほどの樫棒《かしぼう》に千両箱がぶら下げられて、先棒の九輔と後棒の天松が担《かつ》いで船から土手に上がり、二番番頭の参次郎と、櫓を潮吉に任せた坊主の権造が続き、最後にいつもの店着の光蔵が、

「どっこらしょ」

と土手に飛び、権造に背中を押されるように河岸《かし》道《みち》に上がった。

一行は予てからあたりを付けていた南町奉行所市中取締諸色掛与力の土井権之丞が囲わせた妾宅《しょうたく》おさよの家に向かった。

小型帆船に残ったのは潮吉とおこものちゅう吉だけだ。船は仙台堀の川幅い

っぱいを使い、方向を転じて一行が戻ってくるのを待ち受けた。

今晩のちゅう吉はえらく神妙だ。富沢町を出立する前に光蔵に呼ばれ、天松を同席させて懇々と今後の行く末を語り聞かされた。

「えっ、おれは天松兄いと同じく大黒屋の奉公人になるのかい」

「嫌か」

「嫌じゃねえけど、おこものおれに出来るかな」

「そのためにはけわしい奉公見習いが必要です、江戸から離れた相州の深浦に船隠しがあります。ここでおりんの母親のお香さんが読み書きから行儀作法まで厳しく教えてくれます。三年、深浦にて辛抱できれば、おこものちゅう吉はこの世から消えて、大黒屋の小僧の忠吉が新たに誕生します。その折には、私どもの仲間として迎え入れます、できますか」

「そうか、おこものちゅう吉の年貢《ねんぐ》の納め時か。いつまでも続けられる商売じゃないものな。かげまの中村歌児《うたじ》が芝居者見習いの里次《さとじ》に変わったように、おれもまともな暮らしを始めるか」

腕組みして胡坐《あぐら》をかいて座った膝《ひざ》を天松が、

びしり

と音がするほど叩《たた》いた。

「ちゅう吉、そのような生半可なことでは大黒屋の修業はできません。そなたもわれらの影の貌《かお》を承知のはず、命を張る覚悟を大番頭さんが問うておられます。ちゃんと返事をなされ」

と傍らから天松が険しい顔で言い添えた。しばし無言で沈思していたちゅう吉が、

「三年辛抱できれば天松兄いの仲間だな」

「そうです、総兵衛様の配下として迎え入れると大番頭さんが仰《おっしゃ》っているのです」

「分かった、兄い」

ちゅう吉がその場で座り直し、

「大番頭さん、天松兄い、心を入れ替えて修業をします。ちゅう吉は三年後、忠吉に変わって大黒屋の立派な奉公人になります」

と頭を下げて子供おこもの行く末が決まった。

この夜、寝床に就こうとしていたちゅう吉は、天松に案内されて大黒屋の船隠しに連れて行かれると、いきなり琉球型小型帆船に乗せられて大川を下って仙台堀に入ってきたところだ。

天松が船を下りる前、

「ちゅう吉、私どもはひと仕事してきます。それまで大人しく潮吉さんの指図に従っていなされ」

と命じられたのだ。

(よし、三年修業に耐えられればおれは大黒屋の奉公人だ)

ちゅう吉の胸の中で小さな灯が燃え上がった。

三

南町奉行所市中取締諸色掛土井権之丞の深川今川町の妾宅の暗がりから一つの影が浮かび上がってきた。見張りを務めていた手代の晃三郎《こうざぶろう》だ。

「大番頭さん、薩摩っぽが三人、今宵から土井の願いを受けて警護についておりますよ」

「なんと薩摩っぽが南町奉行所の与力の警護をしておりますか」

「薩摩としてはなんとしても古着大市を年中行事にさせたくない様子でございますよ」

と晃三郎が言った。その口調から敷地の中に潜り込んだ様子が窺《うかが》えた。

「となるといきなり千両箱を担ぎ込むのは難しいか」

と応じた光蔵の傍らから、

「妾《めかけ》の他に小女がおったな、どうしています」

と二番番頭の参次郎が晃三郎に尋ねた。

「小女は部屋に下がって寝付いた様子ですが、妾は酒の場でいっしょに薩摩者の相手をしています」

「女二人を一時《いっとき》眠らせる手はありませんか」

光蔵は女と薩摩の三人を始末することなく生き残らせたいと考えていた。そのためには顔を見られたくはない。

棒にぶら下げていた千両箱を地べたに下ろした九輔が、

「晃三郎さん、妾に猫はつきものですがこの家はどうですね」

「子猫が一匹おりまして、妾のおさよは眼に入れてもいたくない様子の可愛《かわい》がりようです」

「大番頭さん、私が台所に子猫を呼び寄せます。そいつを捜しに妾が姿を見せるところを鳩尾《みぞおち》に拳《こぶし》を打ち込んで気を失わせるという手はいかがです」

「いいでしょう。ここは猫どのに任せます、後詰めで気を失わせる掛りは晃三郎、おまえさんです。となると天松、おまえさんが千両箱を一人で担いで私に従いなされ」

「はい。でも、どうなさるので」

「千両箱を届けに来たのですよ、玄関から訪《おとな》いを告げます」

「かような刻限に千両箱を妾宅に届けるので」

「賂《まいない》千両です、日中に届けられますか」

光蔵が不敵に笑い、坊主の権造が千両箱をぶら下げていた七尺余の樫棒を手にし、参次郎が弩《ど》を手に表組の助っ人に回る構えを示した。

まず裏口組の猫の九輔と晃三郎の二人組が妾宅の裏の勝手口に回り込むと、

すでに晃三郎によって開けられていた戸をすうっと押した。さらに裏庭を抜けると台所の戸を押し開く。

台所に行灯《あんどん》の小さな灯かりがあっておぼろに見渡せた。晃三郎が奥から聞こえる声の方を指差して、板の間に上がると廊下の一角にしゃがんだ。

猫の九輔は懐《ふところ》から猫が狂うというまたたびの粉を出して土間に捲《ま》いた。すると奥の座敷で、

みゃう

と子猫の鳴き声がして廊下を走って台所にきた。そして、またたびの粉の上に転がると全身にこすり付ける仕草で、

みゃうみゃう

と鳴いた。

「三毛や、どうしなさった」

若い女の声がして妾のおさよが台所に姿を見せた。

「おや、三毛、なにがあるのです、この匂《にお》いは」

おさよが廊下から台所に入ってきた瞬間、しゃがみ込んでいた晃三郎が立ち

上がり様、鳩尾に拳を叩き入れ、崩れ落ちる体をやんわりと抱き止めた。

晃三郎は気を失ったおさよに猿ぐつわを噛《か》ませ、手足を縛って転がした。

鳶沢一族の者にとって人ひとり縛めるくらいお手の物だ。

一方、猫の九輔は狂ったように転がる三毛をそのままにして小女の寝息が響く女中部屋に忍び込み、こちらもおさよと同じように意識を失わせると猿ぐつわをして、体を縛めた。そこへ晃三郎がおさよを運んできて、二人の女を寝かせると夜具をかけた。

思い掛けないことが起った。

「うーいっ」

と言いながら薩摩っぽの一人が台所にやってくる様子で、

「おさよさあ、水《みじょ》をくいやんせ」

と姿を見せた。そして、三毛が狂ったように転げまわる様子を見て、

「おかしかこっじゃね、おさよさあ、おいやはんか」

と問いかけた。

忍び衣の猫の九輔が台所の板の間に転がり出た。

「なんや、こいはなんじゃろかい」

立ち竦《すく》んだ薩摩っぽの顔に女中部屋から鉄菱《てつびし》が飛んで頬に食い込むようにあたり、その痛みに手を顔に上げたところを猫の九輔の忍び刀の鐺《こじり》が鳩尾に突っ込まれた。

猫の九輔が倒れ込む薩摩っぽの大きな体を支えようとしたが耐えきれずに取り落とし、

「どたん！」

と大きな音が響いた。

「なんじゃろかい」

座敷で薩摩名物の焼酎《しょうちゅう》を飲む一人が台所に視線を向けた。

「なんとも薩摩の酒は強いでな、足を縺《もつ》れさせたのではないか」

土井権之丞は薩摩屋敷に用心棒を求めたものの、三人が持参した焼酎を飲む様に驚き、

（これなれば警護の侍など頼むのではなかった）

と後悔をし始めたその耳に、

「ご免くだされ」

という声が玄関口でした。

「おや、こげな刻限に誰《だい》や」

薩摩っぽの一人が酔眼を玄関に向けた。

「土井様の御用により、お約束の千両を持参しました」

「なにっ、夜半に千両を」

と慌《あわ》てて立ち上がる土井を制して、薩摩っぽ二人が武骨な拵《こしら》えの豪刀を手に玄関に向かった。すると玄関に、いかにも大店《おおだな》の番頭然とした光蔵が小僧の天松に千両箱を担《かつ》がせて立っていた。二人の貌には仮面があった。

「おはん、誰《だい》や」

「この家の主《あるじ》の土井様の御用でな、賂の千両をお届けに参りましたので」

「賂の千両ち、いいやったか」

はい、と答えた天松が肩に担いだ千両箱を薩摩っぽの足先の上にどさりと投げ落とした。

「ぎゃああっ！」

叫び声が上がると光蔵がその場にしゃがみ、天松も玄関の壁にへばりついた。するとする坊主の権造の両手に構えた七尺余の赤樫の棒の先端が痛みに前屈《まえかが》みになろうとする薩摩っぽの鳩尾を突き、さらに素早く手繰り寄せられた棒が今いちど三人目の薩摩っぽの刀を抜かんとした胸を強《したた》かに突き上げて後ろ倒しに廊下に転がした。大力の権造の早技に二人は一瞬のうちに悶絶《もんぜつ》した。

「な、なにが起った」

不安を感じた土井権之丞が床の間の刀掛けに置かれた大刀を摑《つか》んで立ち上がろうとしたとき、忍び衣の二番番頭の参次郎が酒席の場に姿を見せた。

「何者か」

「南町の旦那《だんな》、知れたことにございますよ」

「だ、大黒屋か、かような刻限に何用か」

土井は必死に威厳を見せようと胸を張ったところに千両箱を両手に抱えた小僧と大番頭の光蔵が入ってきた。すでに仮面は外されていた。

「おや、もうフグの毒あたりは治りましたかな」

「な、なぜそのようなことを」

「知っておると問われますか。大黒屋はただの古着問屋ではございません。そのことを土井様、いささか甘く見られましたな」

「おのれ」

「あれはフグの毒に非《あら》ず。子供のおこもの秘伝の毒薬を土井様、そなた様の膳《ぜん》の器に入れた効き目でしてな」

「なんとおこもの毒にあたったか」

「そういうことですな。さて千両の賂、お受け取り下され」

「このようなところにだれが届けろと命じた」

「八丁堀の役宅ではならぬと申され、かといって南町奉行所ではあまりにも大胆過ぎましょう。ゆえに薩摩屋敷から贈られた妾の家にお届けに上がりました」

「ならば、千両箱を置いてさっさと去《い》ね」

「受け取りを頂戴《ちょうだい》致しましょうかな」

「貢物《みつぎもの》に受け取りじゃと言うか、番頭」

「はい、大黒屋は一文の品でも売る場合には受け取りをお出ししますでな」

「抜かせ、後日富沢町に届ける」

「なりませぬ。もはや猶予《ゆうよ》がございませんでな」

「わしがよいと言うておるのじゃ、帰れ、去ね」

鞘《さや》から大刀を抜き放ち、

「帰らねば番頭、叩《たた》き斬《き》るぞ。古着屋の奉公人一人、叩き斬ったとて南町奉行所市中取締諸色掛土井権之丞、いささかの問糾《といただ》しもないわ」

「それがそうではございませんでな」

「どういうことか」

「もはや南町奉行の根岸鎮衛様はそなた様の越権行為の数々、かような賂の受け取りを見過ごしにはできぬと申されておられます」

「奉行になにが分かる。わしが直に話せば得心することよ」

「根岸様がよしんばお分かりになられても大黒屋は許すことはできませんでな。そなた様は薩摩と組んで春、秋の古着大市潰《つぶ》しを断行なされようとしておられますな。その罪、商人のわれらにとって万死に値します」

光蔵の傍らから二番番頭の参次郎が忍び刀を抜いて構えた。

「わしに傷の一つでもつけてみよ。薩摩が黙っておらぬわ」

「大黒屋は一向に痛痒《つうよう》は感じませぬ。すでに薩摩と大黒屋は百年前からの怨念《おんねん》これあり、戦いの火ぶたはとっくに切られておりますのじゃ」

「総兵衛が乗る交易船団を、その何倍もの数に優《まさ》る薩摩の大帆船軍団が待ち受けておるわ」

「それもすでに覚悟の前、ついでに申しておきますならば総兵衛様はこたびの交易船団には乗っておられませんよ。今頃、伊勢路か、京の都を前にした逢坂《おうさか》の関あたりを旅しておいででございましょう」

「あれこれと虚言を弄《ろう》するな」

吐き捨てた土井が抜身を光蔵の肩口に叩きつけようとした。すると、光蔵の傍らに控えた参次郎が、すいっと気配もなく動くと南町奉行所市中取締諸色掛与力の土井権之丞の腹部を深々と撫《な》で斬っていた。

容赦のない撫で斬りだった。

土井がよたよたと前によろめき、
うっ

と押し殺した叫びを洩《も》らして障子に顔から突っ込んでいった。土井の断末魔の光景だった。

半刻《はんとき》（一時間）後、琉球型小型帆船を坊主の権造と潮吉が操船し、胴ノ間に光蔵と天松、それにちゅう吉の三人が乗っていた。二番番頭らは富沢町に戻っていた。そして、最前まで古帆布に包まれて土井権之丞の骸《むくろ》が積まれていたが千両箱を重し代わりにして江戸湾の海底深くに沈められた。

その様子を見たちゅう吉はなにも喋《しゃべ》らなかった。だが、光蔵も天松も無言を保っていることに堪えきれず、

「ねえ、兄い、教えてよ」

「なにが知りたい」

「与力の骸にさ、千両箱をつけて海の底に沈めたね、あれ、本物の千両箱なの」

「ほんものです」

光蔵が言い、煙草《たばこ》盆を引き寄せると刻みを煙管《きせる》に詰めた。

「千両箱には小判がどれだけ入っているの」

「千両入るから千両箱と呼ばれます」

「死んだ人間に千両は勿体《もったい》ないよ、三途《さんず》の川の渡し賃は一文銭六枚でいいんだよね」

「いかにもちゅう吉、葬頭川《そうずがわ》とも呼ばれる三途の川の渡し賃の六道銭にしては重うございました。なあに中味は漬物石を詰め込んでな、三途の川の渡し賃だけがほんものの銭ですよ」

「魂消《たまげ》た、大黒屋ってそんなひどい騙《だま》しもやるのかい」

「相手次第ではな。ちゅう吉、そなたも三年の深浦の暮らしで大黒屋の奉公人として一人前の技量を身につけ、肚《はら》を十分に練るのです」

はい、と素直に返事をしたちゅう吉が、

「天松の兄い、おりんさんのおっ母さんって、おっかない」

と聞いた。

「注意をうけてそのことを聞こうとしない人間には厳しいお方です。ちゅう吉、お香さんの申されることは総兵衛様の言葉と同じです。そのつもりで裏表なく尽くし、従いなさい」

「わ、分かった。でさ、深浦ってどんなとこ」

「今に分かります」

天松が弦月の明かりで行く手に黒々と立ち塞《ふさ》がる断崖《だんがい》絶壁を差した。

「あそこが深浦なの」

「黙って見ておきなさい、おまえが深浦を抜け出ようなどと考えたときは、これから通る海の道を辿《たど》るしかないのです。だからよく覚えておくのです」

「兄い、おれはおこもだよ。神田川で水遊びしたくらいで泳ぎなんてできないよ。こんな荒海、ひと掻《か》きだって泳げはしないよ」

「ちゅう吉、私どもの仲間になる以上、海を怖がるようではなりません。また荒れる大海原の帆柱に昇らねばならないことも生じます。海では一時の迷いが生死を分つのです、それも己だけではない。仲間みんなの命を奪うことになります。大番頭さんの申されたことは、大袈裟《おおげさ》でもなんでもありません。朝はだれよりも早く起きて、お香さんに与えられた課題を何度も繰り返し解いて、確かと思えるまで考えるのです。夜はだれよりも遅くまで体を動かし、鍛えなさい。天松が与える最後の忠言です」

「わ、分かった」

　琉球型小型帆船は断崖に吸い寄せられるように接近していた。すると黒々とした断崖の一角に小さな光りが浮かんだ。断崖絶壁の間に割れ目があってその奥に深浦の浜があった。灯かりがぽつんと小さく見えた。

「あれが深浦か、随分と寂しいな」

「漁師は朝が早い、今頃は皆寝ています」

　船が方向を転じた。

　右手の折れ込むように続く断崖へと坊主の権造が舳先《へさき》を向け、その断崖に切れ上がった刃《やいば》のような亀裂《きれつ》が現われて、左右に点々と灯かりが灯《とも》された。洞窟《どうくつ》にも大きな波が押し寄せて夜目にも白く砕け散っているのが見えた。

「ちゅう吉、よく見なさい。これが深浦の船隠しへの海の道です」

「えっ、あそこに入るのか」

「そうです」

　天松が答えたとき、琉球型小型帆船の舳先が打ち付ける波間を縫って断崖の割れ目に突入した。波しぶきが降り注いできたが、光蔵も天松も平然としたままだ。

「こ、怖い」

尻《しり》を浮かせかけるちゅう吉の帯を持った天松がその場に戻して座らせた。

その様子を見つつ胸の中でにんまりと笑った光蔵は、

(総兵衛様が京から戻られた暁には天松を手代に上げるようご進言申し上げねばなりますまい)

と考えていた。

船の揺れは洞窟の中に入って落ち着いた。するとちゅう吉の眼にも断崖絶壁の間の亀裂は自然が創《つく》り出したものに人間があとで手を加えていることが見てとれた。

その証《あかし》に洞窟の左右の岩棚に幅一間(約一・八メートル)余の道が刻まれ、奥へと続いていた。その岩棚の道の要所要所に人影が見えて松明《たいまつ》が灯され、船の行く手を照らしてくれていた。

くの字に曲がった洞窟の先に煌々《こうこう》とした灯かりが浮かんで見えた。

「ちゅう吉、深浦の船隠しの静かな海です」

天松が優しい声でちゅう吉に教えた。

琉球型小型帆船は静かな海に入っていった。すると静かな海に大黒屋所有の千六百石積の帆船の海神丸《かいじんまる》など大小の船数隻《せき》が停泊し、海神丸では灯かりを灯して荷揚げが行われていた

イマサカ号、大黒丸の交易船団とは反対に琉球《りゅうきゅう》の大黒屋出店から荷を満載して戻ってきたばかりの海神丸だ。

光蔵が夜半深浦に訪ねてきた理由の一つだった。

海神丸と同様の和洋折衷船にして千六百石積の帆船は、これまで八艘《そう》深浦の船隠しの造船所で造られ、ただ今三艘が現役帆船として活躍していた。そして、さらに一艘の新しい船が建造中だった。だが、今後は和洋折衷帆船から、洋式帆船の建造が中心になることが総兵衛と鳶沢一族の長老らの間で合意されていた。

「ちゅう吉、あれが船隠しの浜です」

天松が海神丸の背後に隠れていた深浦の船隠しの浜を差した。

浜を煌々と松明の灯かりが照らしていた。浜の一角でも荷揚げが行われ、そ

の背後の山側には大きな館《やかた》や造船場や、蔵がいくつも並んでいた。

それでも大半の人々が眠りに就いていることが感じられ、何百人もの住人が暮らしていることがちゅう吉にも判断できた。

「ここも大黒屋の持ち物か、兄い」

「そうです、総兵衛様と鳶沢一族のご領地です」

「おっ魂消たな。こりゃ、おれが考える異国のようだ」

「ちゅう吉は異国を想像できますか」

「馬鹿《ばか》にするねえ、兄い。オランダ商館長一行がよ、江戸参府に出てくるだろ、その様子を長崎屋の前で見たもの」

長崎屋は、オランダ商館長一行の江戸での定宿だ。

「そなたにまだ船隠しのすべてが分かったわけではない。ちゅう吉がほんとうに驚くのは明日の朝です」

「もう十分に驚かされた、これ以上驚くタネもねえだろう」

ちゅう吉が応じたところで坊主の権造と潮吉によって操船された小型帆船が船隠しの船着場に接岸した。すると一人の女が待ち受けていて、

「大番頭さん、ご苦労に存じます」

と迎えた。

おりんの母親、お香だった。

「また一人厄介者を連れてきましたよ、お香さん」

「おこものちゅう吉さんですね」

お香にはすでに連絡《つなぎ》が入っているのか、そう答えた。

「いかにもさようです。あの砂村葉《よう》はどうしておりますな」

「もはや大番頭さんが以前の砂村葉を見付けるのは難しゅうございましょうな」

「それは明日が楽しみです」

天松がちゅう吉を連れて下船し、

「お香様、ちゅう吉にございます。宜《よろ》しく躾《しつけ》のほどお願い申します」

と願い、お香をぼおっと見つめるちゅう吉の頭を押さえて頭を下げさせた。

四

ちゅう吉は物音に目を覚ました。だが、意識は判然としなかった。眠る前のおぼろな記憶を辿った。雨戸を開ける音だと分った。

（だれが開けたのか）

お香に連れられて深浦の船隠しの浜から石畳みの坂道を上がった。光蔵と天松もいっしょだった。大きな長屋門を潜ると屋敷が並んでおり、その一軒にちゅう吉は伴われた。

お香の屋敷だろう。その家の玄関座敷に天松とちゅう吉が入れられ、光蔵とお香が別座敷で話をしていた。

天松は黙ったままだ。どうやら緊張しているらしい、とちゅう吉が思ったとき、睡魔が襲った。もはや八つ半（午前三時頃）を大きく回っているだろう。おこもの日常は日の出とともに起き、日没とともに活動を止《や》めて眠りに就く、単純にして明快な暮らしだ。

昨夜、江戸の富沢町から奇妙な帆船に乗せられて仙台堀の今川町に立ち寄った。その直後、南町の市中取締諸色掛与力の土井権之丞の骸を乗せた帆船は、江戸湾の一番深いところに向かい、骸は沈められた。その模様に立ち会ったちゅう吉はさらに帆船に乗船したまま南下し、天松の説明によると大黒屋の領地の一つという、

「深浦の船隠し」

に到着したのだ。

天松たちはもはや富沢町に戻ったろうか。ちゅう吉の頭にそんな考えが浮かんだ。そして、

(おれは今日から別の人間になるのだな)

光蔵と天松に繰り返し諭され、説かれたことを思い出した。

「おこものちゅう吉はもはやこの世にいないのか」

ちゅう吉は思わず口にして呟《つぶや》いた。すると、

「そうです。おこものちゅう吉などもはやこの世にいません。忠吉という小僧見習いがいるだけです」

若い女の声が言った。

廊下からだ。

「おまえはだれか」

がばっ、と夜具の上に起き上がったちゅう吉は声の主を見た。障子戸が開かれ、見知らぬ娘が立っていた。雨戸が一枚開かれていたせいで、かぼそい娘の五体から暗い翳《かげ》が漂ってきた。だが、黒い瞳《ひとみ》はひたっとちゅう吉を見詰め、娘がしっかりとした考えの主であることを気付かせた。

「砂村葉、そなたと同じお香様の見習い弟子です」

「ふうん、弟子仲間がおったか、それも女ときた」

「不満ですか」

ちゅう吉は娘を見た。

砂村葉は影であった本郷康秀《やすひで》の陪臣の娘だった。柳沢吉保《よしやす》の屋敷の六義園《りくぎえん》に巣食い、鳶沢総兵衛と一族に百年にわたり闇祈禱《やみきとう》を仕掛け続けてきた賀茂火睡《かもかすい》らにその美貌《びぼう》ゆえに貢物《みつぎもの》にされた二人の娘の一人だった。もう一人は闇祈禱の場で惨殺《ざんさつ》された。

「起きなさい」

「昨夜は遅かったぞ」

「深浦ではそのような甘えは許されません」

「ふうん」

と寝床から転がり出たちゅう吉に、

「夜具は自分で畳みなさい」

と娘が命じた。

「おまえ、えらそうだな。おれと同じ見習いだろうに」

「お香様の弟子は私たちだけではありません。多くの弟子がおられます。お香様の前ではだれもが等しく扱われます」

「寺子屋のようなところにおこもが通うのか」

「ここでは鳶沢塾と呼ばれます。いつまでもおこも根性でいると落ちこぼれになります」

娘が雨戸を大きく引き開けた。すると冬の陽射《ひざ》しが廊下に差し込んできて、娘の顔と五体をはっきりと浮かび上がらせた。

黒髪が似合う凜々《りり》しいほど顔立ちの整った娘だった。ちゅう吉より二つ三つ年上と思えた。

（この娘と暮らすのか、悪くはないな）

「忠吉さん、廊下の突き当たりを裏庭に出て井戸端に参り、洗顔を済ましなさい。皆様がお待ちです」

（そうか、大番頭さんや天松兄いもまだいるのか）

　昨夜は玄関座敷で眠り込んだはずだが、いつの間にか別座敷に移されていた。天松兄いが運んだのか、とちゅう吉は思った。

「名前はなんだったっけ」

「葉です」

「お葉さんか、今後ともよろしくな。おれはよ、おこも、じゃねえや、ただの忠吉だ」

　忠吉は胸の中がきゅんと締め付けられるような感じがして、深浦暮らしも捨てたもんじゃなさそうだと思った。

「よし、頑張るぞ」

　葉に教えられた井戸端へと忠吉は向かった。

「津―七十二町といふ。工商軒をならべ、繁華富饒《ふじょう》の地也《なり》。ここを津といふは、古《いにしえ》船着海浜の湊《みなと》にてありし也」

伊勢の道中記に示された地は旧名を安濃《あの》の津といい、いつしかそれが津と呼び習わされるようになっていた。

総兵衛一行は津の旅籠《はたご》を明け六つ（午前六時頃）に出立して伊勢へと向かった。いつもより出立の刻限が遅いのはしげの肉刺《まめ》が思いの他ひどく、熱を持ち、その治療に手間取ったからだ。

この日もしげのために馬を雇い、桜子は総兵衛と肩を並べて雲出《くもず》に向かう。

しげは肉刺のせいで一睡も出来なかったようで馬の上でぐったりとしていた。

「しげはんは大丈夫どすやろか」

「ああやって皆旅を覚えていくのです」

「総兵衛様も幼き折、肉刺を拵《こしら》えはったんやろか」

「交趾《こうち》では街道より海路が発達していますので、私どもはまず船に乗り、波の上で体を動かすことを覚え、海と船に慣れました。そのようなわけで、本式に歩き旅をしたのは日光道中が初めてです」

「天松はんと旅をされはったんですね」

「百蔵父《ひゃくぞうとっ》つぁんと天松が旅の師匠でした。桜子様ゆえ告白しますが、最初の一日二日は二人の足に合わせるのにも必死でしたよ。徒歩《かち》道中は日光への旅で覚えたのです」

「あらまあ、そんなことがおましたんか。肉刺はつくらはりましたんえ」

「私の足はよほど丈夫にできているのか、あるいは必死だったからか、肉刺をつくる暇もありませんでした」

桜子がふっふっふと笑い、

「うちは総兵衛様と歩いていると、このまま休みなく唐天竺《からてんじく》までも辿《たど》りつけそうですえ」

「桜子様、唐には陸路では参れません。まず海を渡って唐のどこぞの湊に上陸し、それから何千里も歩き通し、最後は万年雪の高峰を越えて天竺に辿りつくことになります。それならば和国から船に乗り、唐大陸の陸影を望みつつ、南に下ってわが故郷の交趾を見ながらマラッカを回り込んで天竺に向かう海路がずっと楽にございます」

「総兵衛様といっしょに、うちは異郷に行きますえ」

「もうこれまで幾たびも約束致しましたな。桜子様が異郷に向かわれるときは、必ずや総兵衛が供を致します」

「お願い申しますえ」

と桜子が乞《こ》うた。

二人のそんな様子を田之助が微笑《ほほえ》んで見ていたが、ふと気づくと薩摩忍びから転んだ北郷陰吉も田之助と同じような表情で眺めていた。

「田之助さんや、このお二人は似合いの夫婦になられますぞ」

「そなたが案じることではあるまい」

「田之助さん、そげん言わんとなかようせんね」

と陰吉が平然と言った。

ちゅう吉は光蔵や天松といっしょに朝餉《あさげ》の膳《ぜん》を頂戴《ちょうだい》した。お香も葉も異人の血が流れると思える娘二人もいっしょだった。

朝餉の膳に彩《いろど》りあざやかな果物らしきものが供されているのを、ちゅう吉は驚きの目で見た。

「天松の兄い、これはなんじゃ」

「ちゅう吉、食事の折は無駄話をしてはなりません」

と天松が相変わらず緊張の様子でちゅう吉に告げた。

「ちゅう吉さん、昨夜、そなたは海神丸の荷揚げを見ましたね。あの船が南国から大黒屋の琉球出店を経由して運んできたパパイヤとよぶ果物です。天松さんは食したことがありましたか」

「いえ、お香様、初めてです」

お香が光蔵を見て、

「富沢町に連れてこられたとき、泣き虫だった天松さんはもはやおられません。大番頭さん、前髪を落として良い時期が訪れたのではございませんか」

「お香さん、私もそのことを考えておりました。それもこれもちゅう吉と知り合ってより、天松から急に小僧っけが抜けたのですよ」

ふっふっふ、とお香が笑った。

「おこもさんが天松さんを一人前の奉公人に変えましたか」

「そういうわけです」

「天松さん、ちゅう吉さん、パパイヤを食してご覧なさい。ちゅう吉さんの客扱いは朝餉が終るまで、以後三年泣こうと喚《わめ》こうと厳しい修業が待っております」

「深浦の修業はそんなに厳しいか」

ちゅう吉の言葉遣いを咎《とが》めて天松が睨《にら》み、

「ちゅう吉、厳しいですかとお香様に言い直しなさい」

「えっ、はい。厳しいですか」

「ちゅう吉さん、どのような修業も最初が肝心です。三日我慢が出来れば三か月耐えられます。三か月凌《しの》げれば三年の辛抱が叶《かな》います。私がちゅう吉さんを立派な大黒屋の奉公人に育て上げてみせます」

「お香さん、おれはよ」

「ちゅう吉、お香さんではなくお香様、それにおれではありません、私です」

とぴしゃりと傍らから天松が注意した。

「天松の兄い、今言うことだけはおれの言葉で言わせてくんな、その後はどんな辛抱でもするからよ」

なにか言いかけた天松を制したお香が、

「ちゅう吉さん、いつもの言葉遣いを許します」

「ありがとうよ、お香さん。おれはさ、なにも商人になりたくて深浦に連れて来られたんじゃないんだ。おれは総兵衛様を助けるよ、天松兄いのようなさ、鳶沢一族の戦士になりたくてここに来たんだ」

「ちゅう吉さんの気持ち、お香はとくと分かりました。ですが、大黒屋の古着商いと鳶沢一族の影の御用は表裏一体のものです。どちらが欠けても大黒屋の一人前の奉公人とはいえず、鳶沢一族の戦士とは名乗れません。商と武は両輪の如《ごと》く同じなのです。ちゅう吉さん、分かりますか」

「分かった、いや、分かりました。お香様、もうちゅう吉を客扱いはしないで下さい、呼び捨てで十分です」

「分かりました、忠吉」

とお香が威厳をもって応《こた》え、光蔵が、

「忠吉、お香さんを始め、深浦の衆にはそなたのことを頼んでおいた。富沢町で天松がそなたのことをだれよりも、どのような時も忘れないでおるということを胆《きも》に銘じて頑張りなされ」

と最後に言い添えて、忠吉が光蔵に大きく頷《うなず》き、

「大番頭さん、あれこれ気遣い有難うございました」

と礼を述べ、天松を見て無言で互いが頷き合った。こうして忠吉の深浦の船隠しでの修業が始まった。

光蔵と天松は、その日の昼前に佃島《つくだじま》の大黒屋中継地に琉球型小型帆船をつけると、坊主の権造の漕《こ》ぐ猪牙舟《ちょきぶね》に乗り換えて富沢町の大黒屋に戻って来た。すると竈河岸《へっついがし》の角蔵親分が二番番頭の参次郎に店先で問い質《ただ》していた。

「おや、竈河岸の親分さん、なんの御用ですね」

「大番頭、一体全体どこに行っていたんだよ、大事出来《しゅったい》なんだよ」

「どうなされました」

「南町奉行所の市中取締諸色掛与力の土井権之丞様が行方《ゆくかた》知れずになってよ、

南町では大変な騒ぎというぜ。昨日よ、ここに土井様と池辺様のお二人が訪ねてこられたというじゃねえか、まさかおまえら方と揉《も》めて、どこかに閉じ込めたなんていうことはねえだろうな」

「親分さん、仮にも南町の与力様を一介の古着商人がどうこうするなどあるわけがないではないですか。昨日は、師走《しわす》に延期になって開催が決まった古着大市について話し合いにお見えになられたのでございますよ。困りましたな、また師走の古着大市が日延べになんてなった日にはあれこれと仕度をしてきた柳原土手の商人衆も富沢町の古着屋も困ってしまいますよ。一体全体どうしたということでしょうかな」

「それをこの角蔵が尋ねているんだよ」

「ちょいとお待ち下さいな」

と光蔵が店座敷に赤鼻の角蔵を誘い上げた。

「え、おれを店座敷に招じ上げるなんて珍しいじゃねえか。なにか内々に相談か」

と角蔵が鼻をひくつかせた。

「正直申します」

「おう、正直言え。おれも竈河岸の角蔵だ、相談にのるぜ」

「土井様は南町でも評判のやり手与力です」

「土井様に泣かされているお店《たな》は多いな」

「それでございますよ。なんでも土井様は妾《めかけ》を囲っておられるとか」

「その程度の羽振りのよさはあろうじゃねえか」

「これは過日内与力の田之内泰蔵様に聞いた話です。親分は内与力をご存じでございましたよね」

「大番頭、嫌なことを思い出させるんじゃねえぜ。先日よ、大黒屋の店先でえれえ目に遭ったばかりじゃねえか。あん時だってよ、おれに早めに相手の身分を知らせてくれりゃあよかったじゃねえか」

「だって、親分が最初から爺侍《じじい》だのなんだのと居丈高に突っ張っておられましたからね、口は挟めませんよ」

「ちえっ、で、内与力様がどうしたってんだ」

「それです、土井様を訴える投げ文が奉行所に頻繁にあるとか、お奉行の根岸様は見過しにできないと申されておられたとか」

「ほう、見過しにできないとな」

「そんな最中《さなか》、そのお方が行方を絶った。これはね、あんまり騒ぎ立てると竈河岸の親分に迷惑がかかるような気がしますがな」

「どうしてよ」

「土井様はお奉行の強い決意を察して自ら姿を消したとも考えられる。与力職を投げ出すくらいの金子はお店から集めておられましょうからな」

「ほう、そんな見方もあるか」

「呑気《のんき》なことを言っている場合じゃありませんよ。ここは沢伝の旦那《だんな》が浮かび上がる絶好の機会じゃありませんか」

「えっ、沢伝の旦那が市中取締の与力になるってのか」

「牢屋《ろうや》同心が町奉行所の同心に鞍替《くらが》えしただけでもあの風あたり、大変強うございましたな。いくらなんでも無役の同心がいきなり花形の与力に抜擢《ばってき》されることなど万が一にもありません」

「ねえだろうな」

「けれど、新しい市中取締諸色掛与力がだれになるかでは、沢伝の旦那の出番もなきにしも非《あら》ずではございませんか」

「おお、そうだ」

「ここは土井様の行方知れずに関わるよりだれが新しい市中取締方の与力に就くか、こっちを知ることのほうが大事ではございませんかな、竈河岸の親分さん」

「そうだ、そうだよな。こんな呑気にしていられねえよな」

赤鼻の角蔵が立ち上がり、

「おれ、すぐにも沢伝の旦那に会う。大番頭さんよ、いやさ、光蔵さんよ、次の市中取締与力がさ、だれになるか耳に挟んだら、ご町内の誼《よしみ》、おれに知らせてくれねえか」

「はいはい、承知しましたよ」

光蔵が生返事をするのを半分聞いて角蔵が店座敷から飛び出していった。そこへおりんが姿を見せた。

「大番頭さん、二番番頭さんが根岸様内与力様には土井様始末の一件、本未明に知らせてございます」

「南町奉行の根岸様も評判の悪い与力をこちらに始末させて、一息ついたってところでしょうかね」

光蔵の言葉に頷いたおりんが、

「最前、根岸から使いが見えて坊城麻子様の書状を届けていかれました」

「おお、麻子様からですか」

光蔵はおりんから水茎美《うるわ》しい女文字の書状を受け取ると封を披《ひら》き、黙読した。早書きしたらしい短い文面を二度三度と繰り返し熟読しておりんに渡した。おりんが目を落とした書状には、

「大黒屋大番頭光蔵様　調べが遅うなって申し訳ございません。私の親しきある筋の人物と面談致しました。今出川季継《いまでがわすえつぎ》なる人物は、先年身罷《みまか》られた近衛経熙《このえつねひろ》様の継嗣基前《もとさき》様の後見役と自称する人物にて、十五歳の基前様の委任状を持ち、江戸に上がってきたとか。薩摩屋敷の留守居役が密《ひそ》かに面談するところを見てもそれなりの力を持ち合わせているかと推察されますが実態は分からず。今しばらくこの人物究明の日にちをお貸し下さりますよう。一言付言致します

ならば、薩摩と近衛家は昔から『擬制親族』と京で噂《うわさ》の間柄、先の茂姫様こと寔子《ただこ》様が将軍家斉《いえなり》様正室に縁組されたのもこの擬制親族を利したまやかしにございます。取り急ぎ判明したことのみをお知らせ申します　麻子」

とあった。

「おりん、また怪しげな人物が一人現われましたな」

「大番頭さん、うちの邪魔をなすものは土井与力のように始末するまで」

とおりんが言い切り、光蔵が頷いた。

朝ぼらけ、伊勢内宮を前にした五十鈴川の清流から朝靄《あさもや》が立ち昇っていた。

総兵衛は御手洗場《みたらしば》の前に立ち、百年前にこの五十鈴川に起った奇跡と悲劇を思い浮かべていた。

六代目総兵衛は小僧の栄吉が起した熱風にどう立ち向かったか、そのことに想《おも》いを致していた。そして、日本じゅうが高熱に冒されたような熱風が収まったとき、六代目総兵衛は大船を建造し、異国に打って出る『雄飛』を改めて決断したのだ。

百年後、総兵衛勝臣は、肩にかかる重圧を感じていた。その傍らには朝廷へとつながる坊城桜子がひっそりと寄り添っていた。

あとがき

恒例になった時節外れの夏休みをとった。久しぶりの家族旅行になったが、仕事を離れきれないのがいささか哀しい。考えてみれば小説家の休みなんてそんなものだろう。

陽が西の海に落ちる景色を見にいく、それが今回の旅のテーマといえばテーマだ。

シンガポールから始まった旅は陸路でマレーシアのマラッカに入った。

中国人とマレー人が交わり、独特のブラナカン（この地で生まれた子、を意味するそうな）文化を生み出したマラッカは、漢字文化圏でもあり、先年旅したベトナムと雰囲気が違っているが活気に満ちて、現代日本が喪失したエネルギーと優しさを感じさせてくれた。

食事もなかなか美味《おい》しかった。

なによりオランダがこの地に残した遺産のオランダ東インド会社（現在では

見ることのできないバタビアのオランダ東インド会社の社屋を模したもの）の建物を見られたのは私にとって貴重な収穫だった。オランダ支配のあと、このマラッカをイギリスが支配した。その折オランダ支配当時は白漆喰だった壁が、なぜかイギリスによって朱色に塗り直されたとか。

ポルトガルがインド航路を開き、そのあとをオランダが続いて植民地を拡大し、美味しい実を食べたのはイギリスと言い切るには無理があろうが、ベンガル湾を越えて到着したチェンナイ（マドラス）でも、インド西海岸のコーチンでもゴアでもムンバイでも南蛮人の宣教師、船乗り、商人らが残した痕跡《こんせき》を見て歩く旅になった。

つまり海に落ちる夕陽、落日を見にいく旅は、大航海時代以降の遺産を見物にいく旅行でもあった。そして、フランシスコ・ザビエルらがアジアでの布教に携わった地を転々と訪ね歩く道中でもあった。ゴアのオールド・ゴアにあるボン・ジェス教会に眠るザビエルの棺《ひつぎ》を見たとき、ふとスペイン放浪時代に訪ねたナバラ州ハビエル城を思い出し、われは、

「ザビエルの生地と遺体が眠る地」

を共に見た数少ない人間かといささか感慨に耽《ふけ》った。

だが、信仰や布教に格別関心のない私にとってはあまり深い意味のある話ではない。それより路上に眠る犬の姿や賑《にぎ》やかな市場の物売りの声や騒然と走るオートリキシャのエンジン音の方が親しみやすい。旅の感興を構成する記憶としていつまでも残る。

大航海時代の先鞭《せんべん》をつけたポルトガルは、リスボンを模した居留地を造ることを目指した。ためにどこも河口付近にその名残りがあった。

喜望峰を回ってきた帆船は河口近くの沖合に停泊し、小舟に乗り換えて上陸したのであろう。遠浅の海岸のせいか、どこでも大帆船が横付けできるような港湾施設は見えなく、河を利用して人や物を積み下ろししたのであろう。

桟留縞《さんとめじま》の語源になった聖人サン・トメの名やサン・トメという地名に多く接した。

私が訪れた旅先は多くのものを日本にもたらしてきた地だ。

ポルトガルが去り、オランダが衰え、イギリスが撤退して二十世紀、次々にこれらの地が独立し、ただ今の世界経済を引っ張ろうとしている。

いつの日か、古着屋総兵衛のイマサカ号がマラッカやマドラスへ姿を見せる日がくるのか。二百余年前、古着屋総兵衛こと鳶沢総兵衛勝臣になにを求めてこれらの地に立たせるか、異郷の夕風に吹かれながら、現代日本の光の見えない泥沼と考え合せ、複雑な気分に陥った。

ともあれマラッカ海峡、ベンガル湾、アラビア海に沈む落日を存分に堪能《たんのう》させてもらった旅でした。

平成二十四年十月二十四日　朝日の見える熱海にて

佐伯泰英

本書は新潮文庫のために書き下ろされた。

佐伯泰英著
死闘
古着屋総兵衛影始末 第一巻

表向きは古着問屋、裏の顔は徳川の危難に立ち向かう影の旗本大黒屋総兵衛。何者かが大黒屋殲滅に動き出した。傑作時代長編第一巻。

佐伯泰英著
異心
古着屋総兵衛影始末 第二巻

江戸入りする赤穂浪士を迎え撃て——。影の命に激しく苦悩する総兵衛。柳生宗秋率いる剣客軍団が大黒屋を狙う。明鏡止水の第二巻。

佐伯泰英著
抹殺
古着屋総兵衛影始末 第三巻

総兵衛最愛の千鶴が何者かに凌辱の上惨殺された。憤怒の鬼と化した総兵衛は、ついに〈影〉との直接対決へ。怨徹骨髄の第三巻。

佐伯泰英著
停止（ちょうじ）
古着屋総兵衛影始末 第四巻

総兵衛と大番頭の笠蔵は町奉行所に捕らえられ、大黒屋は商停止となった。苛烈な拷問により衰弱していく総兵衛。絶体絶命の第四巻。

佐伯泰英著
熱風
古着屋総兵衛影始末 第五巻

大黒屋から栄吉ら小僧三人が伊勢へ抜け参りに出た。栄吉は神君拝領の鈴を持ち出したのか。鳶沢一族の危機を描く驚天動地の第五巻。

佐伯泰英著
朱印
古着屋総兵衛影始末 第六巻

武田の騎馬軍団復活という怪しい動きを摑んだ総兵衛は、全面対決を覚悟して甲府に入る。柳沢吉保の野望を打ち砕く乾坤一擲の第六巻。

山本周五郎著

日日平安

橋本左内の最期を描いた「城中の霜」、武士のまごころを描く「水戸梅譜」、お家騒動をユーモラスにとらえた「日日平安」など、全11編。

山本周五郎著

虚空遍歴（上・下）

侍の身分を捨て、芸道を究めるために一生を賭けて悔いることのなかった中藤冲也——苛酷な運命を生きる真の芸術家の姿を描き出す。

山本周五郎著

季節のない街

〝風の吹溜りに塵芥が集まるように出来た〟庶民の街——貧しいが故に、虚飾の心を捨て去った人間のほんとうの生き方を描き出す。

山本周五郎著

ながい坂（上・下）

下級武士の子に生れた小三郎の、人生という〝ながい坂〟を人間らしさを求めて、苦しみつつも着実に歩を進めていく厳しい姿を描く。

山本周五郎著

栄花物語

非難と悪罵を浴びながら、頑なまでに意志を貫いて政治改革に取り組んだ老中田沼意次父子を、時代の先覚者として描いた歴史長編。

山本周五郎著

松風の門

幼い頃、剣術の仕合で誤って幼君の右眼を失明させてしまった家臣の峻烈な生きざまを描いた「松風の門」。ほかに「釣忍」など12編。

藤沢周平著
竹光始末
糊口をしのぐために刀を売り、竹光を腰に仕官の条件である上意討へと向う豪気な男。表題作の他、武士の宿命を描いた傑作小説5編。

藤沢周平著
冤（えんざい）罪
勘定方相良彦兵衛は、藩金横領の罪で詰め腹を切らされ、その日から娘の明乃も失踪した……。表題作はじめ、士道小説9編を収録。

藤沢周平著
神隠し
失踪した内儀が、三日後不意に戻った、一層凄艶さを増して……。女の魔性を描いた表題作をはじめ江戸庶民の哀歓を映す珠玉短編集。

藤沢周平著
春秋山伏記
羽黒山からやって来た若き山伏と村人とのユーモラスでエロティックな交流——荘内地方に伝わる風習を小説化した異色の時代長編。

藤沢周平著
闇の穴
ゆらめく女の心を円熟の筆に描いた表題作。ほかに「木綿触れ」「閉ざされた口」「夜が軋む」等、時代小説短編の絶品7編を収録。

藤沢周平著
霜の朝
覇を競った紀ノ国屋文左衛門の没落は、勝ち残った奈良茂の心に空洞をあけた……。表題作ほか、江戸町人の愛と孤独を綴る傑作集。

池波正太郎著

闇の狩人（上・下）

記憶喪失の若侍が、仕掛人となって江戸の闇夜に暗躍する。魑魅魍魎とび交う江戸暗黒街に名もない人々の生きざまを描く時代長編。

池波正太郎著

上意討ち

殿様の尻拭いのため敵討ちを命じられ、何度も相手に出会いながら斬ることができない武士の姿を描いた表題作など、十一人の人生。

池波正太郎著

闇は知っている

金で殺しを請け負う男が情にほだされて失敗した時、その頭に残忍な悪魔が棲みつく。江戸の暗黒街にうごめく男たちの凄絶な世界。

池波正太郎著

雲霧仁左衛門（前・後）

神出鬼没、変幻自在の怪盗・雲霧。政争渦巻く八代将軍・吉宗の時代、狙いをつけた金蔵をめざして、西へ東へ盗賊一味の影が走る。

池波正太郎著

忍びの旗

亡父の敵とは知らず、その娘を愛した甲賀忍者・上田源五郎。人間の熱い血と忍びの苛酷な使命とを溶け合わせた男の流転の生涯。

池波正太郎著

真田太平記（一〜十二）

天下分け目の決戦を、父・弟と兄とが豊臣方と徳川方とに別れて戦った信州・真田家の波瀾にとんだ歴史をたどる大河小説。全12巻。

○《まる》に十《じゅ》の字《じ》

新・古着屋総兵衛 第五巻

新潮文庫 さ－73－16

平成二十四年十二月一日発行

著者 佐《さ》伯《えき》泰《やす》英《ひで》

発行者 佐藤隆信

発行所 株式会社新潮社

郵便番号 一六二―八七一一
東京都新宿区矢来町七一
電話 編集部(〇三)三二六六―五四四〇
読者係(〇三)三二六六―五一一一
http://www.shinchosha.co.jp

価格はカバーに表示してあります。

乱丁・落丁本は、ご面倒ですが小社読者係宛ご送付ください。送料小社負担にてお取替えいたします。

印刷・株式会社光邦　製本・株式会社植木製本所

ISBN978-4-10-138050-6 C0193